LA
LIEBRE

CÉSAR AIRA

LA LIEBRE

emecé

BIBLIOTECA CÉSAR AIRA

Aira, César
La liebre. - 1a ed. - Buenos Aires : Emecé, 2011.
328 p. ; 23x14 cm.

ISBN 978-950-04-3382-2

1. Narrativa Argentina . 2. Novela . I. Título
CDD A863

Publicado bajo el sello Emecé®
Independencia 1682 (1100) C.A.B.A.
www.editorialplaneta.com.ar

Diseño de cubierta: *Juan Pablo Cambariere*
1ª edición en esta presentación: septiembre de 2011
2.000 ejemplares
Impreso en Artes Gráficas del Sur
Almirante Solier 2450, Sarandí, Avellaneda, Provincia de Buenos Aires
en el mes de agosto de 2011.

IMPRESO EN LA ARGENTINA / PRINTED IN ARGENTINA
Queda hecho el depósito que previene la ley 11.723
ISBN: 978-950-04-3382-2

Sudoroso, desorbitado, el Restaurador saltó del lecho y se tambaleó un instante sobre las baldosas frías, moviendo los brazos como un pato. Estaba descalzo y en camisón. Dos sábanas blancas muy limpias, enrolladas y anudadas por las convulsiones de la pesadilla, eran la única cubierta del catre de bronce y tiento que a su vez era el único mueble de la pequeña alcoba de sus siestas. Tomó una de las sábanas y se secó el rostro y el cuello empapados. El corazón le reventaba en el pecho, por el terror remanente; pero la niebla del embotamiento ya empezaba a disiparse. Dio un paso, después otro; apoyaba todo el pie en el suelo, ávido de su frescura firme. Se acercó a la ventana y corrió la cortina con la punta del dedo. El patio estaba desierto: palmas, sol a plomo, silencio. Volvió al lado del catre pero no se acostó; tras un instante de reflexión se sentó en el piso con las piernas estiradas y la espalda recta. El frío de las baldosas en las nalgas desnudas le produjo un moderado shock de placer. Recogió las piernas para hacer abdominales. Los hizo con las manos en la nuca, que es el modo en que se trabaja más. Al principio ponía cierto empeño, después se hacían solos, muy rápido, desafiando la gravedad, mientras él pensaba. Hizo cien al hilo, contando automáticamente de a diez, y todo el tiempo pensando. Reconstruyó detalle por detalle la pesadilla, como una especie de castigo autoimpuesto. El bienestar de la actividad física desvanecía el espanto del recuerdo. O más bien, sin desvanecerlo, lo hacía manipulable, como una cifra más en la gimnasia. No se le escapaba el sentido general de estos fantasmas que lo visitaban a la hora de la siesta. Eran el uno, el dos, el tres, el cuatro, el cinco, el seis, el siete, el ocho, el nueve, el diez. Qué equivocados estaban los plumíferos salvajes al suponer que era la sombra de sus crímenes la que se proyectaba en su conciencia. Eso sería contar al revés: diez, nueve, ocho, siete, seis, cinco, cuatro, tres, dos, uno. Era precisamente lo contrario, y si sus enemigos se equivocaban con tanta precisión era porque la oposición era el sitio desde donde todo se veía al revés; eran los crímenes que no había cometido los que lo acosaban, el remordimiento por no haber agotado la cuenta. Uno, dos, tres, cuatro, cinco, seis, siete, ocho, nueve, diez. Había sido demasiado blando, había sido convencional. Ellos decían que era un monstruo, y él lamentaba haber perdido en algún punto del camino la oportunidad de serlo de veras. Lamentaba no ser su propia oposición, para realizarse por los dos lados, como un bordado bien hecho. Uno, dos, tres, cuatro... Le había faltado imaginación, y sin imaginación la crueldad no se hacía del todo real. Cinco, seis, siete, ocho... Los sueños eran la imagen invertida de las acusaciones en jeroglífico que publicaban los pasquines ilustrados, antes *El Grito*, después *Muera Rosas* (qué nombres imbéciles). El mundo al revés. Era una literatura. El enigma de los sueños se resolvía en tristeza por la vida pasada. A él le faltaba el auténtico genio inventivo, la agilidad poética. Nueve... Lo reconocía y lo lamentaba, en su franqueza algo bárbara consigo mismo. Pero de dónde, de dónde, de dónde sacar el talento para transmutar la negatividad fantástica de los escribas de Montevideo a la realidad, a la vida, a lo argentino. Diez, cien.

Se despachó medio litro de ginebra con agua fría mientras el otro escribía una página. Un vasito por línea, y no era demasiado. Ver escribir era algo que lo subyugaba. Lo encontraba uno de los pocos espectáculos que valían por sí mismos, que no exigían nada del espectador. Es cierto que debía poner algo de su paciencia personal, pero tenía muchísima, tanta que a veces pensaba que debajo de ella no cabía nada. Se le hacía breve el lapso en que sus intenciones orales se transformaban en una página bien redactada y caligrafiada. Por eso tenía tan en cuenta la prolijidad. Parecía no suceder nada, pero él veía, ni más ni menos, un pasaje entre personas; en el aire sombreado del despacho veía el suave dibujo de un fantasma. Los gestos siempre creaban una perspectiva, y más si eran los gestos de escribir. El movimiento del brazo, de la mano, de las pupilas, de la pluma era una intención inflada como una vejiga con aire cargado de fantasmas. Los fantasmas eran una persona volviéndose otra. Lo veía todo con un brillo de mojado, como si las cosas estuvieran enguantadas de un agua sublime. Era efecto de la bebida en la resolana, pero también era parte de la escena. Él decía haber descubierto que la ginebra con agua era lo más efectivo contra el calor; no decía que en realidad el calor no le molestaba. Con todo, crear la ilusión de frío, como deseo urgente, cuando hacía calor, y viceversa, podía ser maravillosamente eficaz para darles realidad a los enunciados; debía de ser por eso que el género humano, en la figura prototípica de los ingleses, hablaba con tanta fruición del clima. Era el mundo dentro del mundo, pero no como teatro sino tomado en serio, creyéndolo. Quizás eso le daba sentido a los tragos que se preparaba: el agua fría para la transmutación de las temperaturas, la ginebra para el brillo sin el cual no había inclusiones, o no se las veía. Todo se resolvía en pasar de un estado a otro, de un cuerpo a otro, de una posibilidad a otra. Y ahí estaba la explicación, al fin, de que él y no otro fuera, y no fuera otra cosa, el Restaurador. Lo era porque... ¿Por qué? No, se le desocurría, con la misma velocidad de relámpago con que se le había ocurrido. Se encogió de hombros, mentalmente por supuesto. El momento de entender había pasado sin que lo advirtiera. Se quedó fijo como una momia una cantidad indefinida de tiempo, sin pensar en nada. Su único movimiento era llevarse el vaso a los labios. De pronto el secretario le tendió la hoja, un dechado de prolijidad. Y la pluma en la otra mano, para que firmara.

Una vez terminado el trabajo de la jornada, que era livianísimo al extremo de lo inexistente, fue a sentarse bajo la enramada a que Manuelita le cebara mate. Esta hora de relax, íntima y familiar, la dedicaba a reflexionar. Lo hacía, paradójicamente, con la mente en blanco. Parece imposible, pero alguien con tan alta estima de su propio cerebro lo conseguía sin esfuerzo. Había un buen número de pájaros cantando, y tres o cuatro perros yendo y viniendo entre los niños que se entretenían. A su espalda, un semicírculo de limoneros purificaba el aire; justo frente a él, un gran sauce-mimbre con ramas que salían directamente del suelo parecía una silvestre ikebana que hubieran puesto allí para complacerlo. La tierra muy apisonada bajo la parra había recibido un somero asperjado en su honor. A veces, cuando no pensaba en nada, podía llegar a creerse el único hombre en la tierra, el único que vivía de verdad. No soplaba un ápice de viento, pero el calor distaba de lo excesivo. Manuelita, fea y pálida, iba y venía de la cocina a la silla con el mate en la mano. Su querido tatita consumía escasamente media docena de mates en el curso de una de estas sentadas, por lo que no valía la pena hacer la instalación afuera. Esperaba de pie mientras él sorbía con un ruido chocante. Rosas no encontraba ni amena ni inteligente a su hija favorita; más bien estaba persuadido de que era idiota. Idiota y esnob: eso era Manuelita. Lo peor era su falta de naturalidad, sin atenuantes. Una marioneta de bofe. "Es una de mis peores costumbres", solía confiarles a sus amigos. Estaba encaprichado con esa chica, pero no sabía por qué. Había una especie de malentendido entre ellos, hasta ahí podía ver, pero ni un milímetro más. Ella estaba convencida de que su tatita la adoraba. Él se preguntaba cómo había podido engendrarla. Por suerte, la paternidad era siempre incierta. La maternidad en cambio siempre es certísima. Mirando a Manuelita, Rosas se sentía una mujer, una madre. Desde hacía años jugaba con la idea de casarla con Eusebio, uno de sus locos. Era su idea secreta, regocijo escandaloso de lo imposible. El escándalo estaba en que lo imposible, como todo el mundo sabe, es lo primero en hacerse real. De ahí que un día, cuando vio que los salvajes en sus pasquines le atribuían ese proyecto, su perplejidad no tuvo límite. Por cierto que de él no había salido ni media palabra sobre el tema. Y ellos no sólo lo escribían, sino que, de acuerdo con su costumbre inveterada, lo acompañaban con un dibujo lleno de filacterias. Claro que los inmundos salvajes, como toda oposición, sólo podían operar dentro de una Combinatoria, estaban obligados a armar y desarmar el rompecabezas con unos pocos elementos, y siendo así no era de extrañar que llegaran a la conclusión Hija-Loco. Pero eso no quitaba nada de lo asombroso del caso, tal como lo planteaba Rosas: ¿era posible introducirse en un malentendido ajeno? Al propio o al ajeno, se los diría sin puertas ni ventanas. La fantasía más descabellada creaba por ambos extremos, el del exceso y el de la falta, el malentendido constitutivo de la vida cotidiana. Aunque existía la posibilidad de que los unitarios hubieran llegado a él por la alegoría, a la que eran tan aficionados: el Restaurador "cazaba" a la patria usando de escopeta un Idiota cargado de viento. Aquí Rosas, cuya ortografía no era muy segura, hacía un lío; pero eso no tenía la menor importancia, porque lo que era alegórico para ellos era real para él, con lo que el malentendido ascendía a constelación, a universo, a ley de gravedad. En realidad, la idea en cuestión la había tenido el día en que Eusebio había estado al borde de la muerte por los excesos del fuelle. Casarlos en artículo mortis habría sido lo ideal, porque se habrían evitado las consecuencias prácticas reteniendo todo el valor simbólico. Manuelita tenía cara de viuda ya antes de eso. "Mi viuda...", decía a veces el Restaurador en sus ensoñaciones, y quienes lo oían no acertaban a adivinar si se refería a Manuelita, a la Heroína, a la mujer en general, a Eusebio, a la Patria, o a él mismo.

Las dos últimas audiencias de la tarde fueron concedidas a una negra entrada en años y a un inglés. La negra venía por una nimiedad, por una tragedia personal irrisoria, pero Rosas tenía por norma recibir siempre a sus queridos morenos y hacer de Salomón con ellos, actitud que recibían con un beneplácito rayano en la adoración. Tenía la teoría de que la Argentina sería a mediano plazo un país negro. Quizás él llegaría a verlo, si vivía lo suficiente. Por lo pronto, se tomaba el trabajo de mantenerlos en un primer plano político, como objetos privilegiados de la Ley y la Justicia. Le costaba bien poco, y en cierto modo él también adoraba la fatalidad de miseria y estupidez que hacía de la nación negra una ficción social. La negra del día se presentó con sus dos hijas mayores. Era un ejemplar horrible, que no debía de tener más de cuarenta años pero aparentaba sesenta, y bien vividos. Arrancó su exposición con unos llantos y gritos aterradores. La entrevista tenía lugar en la galería principal de la casa, donde a esa hora daba la sombra. Entre los curiosos sadistas que se regocijaban con la escena resaltaba Manuelita, con sus cintas y moñitos punzó, simulando conmiseración. Era una pésima actriz, la pobre. ¡Su *falta de naturalidad*! El Restaurador escuchaba con cara de piedra, vitrificando con el vaso de ginebra, sentado en su silloncete de palosanto. La cosa no tenía remedio, por dondequiera que se la mirara: el marido de la plañidera, después de treinta años de vida conyugal, se había mudado con otra. No había absolutamente ninguna solución. Del lloroso discurso de la negra se desprendía que después de cometer incesto con sus hijas mayores y menores, las presentes y las ausentes, el sujeto no había encontrado nada más que esperar del matrimonio en términos de satisfacción sexual. Eso podía entenderlo cualquiera. A partir de ahí, la argumentación de la abandonada se ensortijaba en la queja pura. El hombre de la Máscara de Mármol encontraba que la queja, cuando llega a su estadio absoluto, que es estático, da una buena oportunidad para pensar. Las razones no avanzan, y parece como si no fueran a avanzar nunca más. ¿Qué quería que hiciera? ¿Que lo mandara a castrar? Era muy fácil, era demasiado fácil. Pero ella misma debía de saber que era inconducente. Manuelita vertía lágrimas de cocodrilo, las hijas de la negra le estudiaban el batón de tarde con intención de copiar el modelo, la negra tenía clavados los ojos en el Salomón palermitano, quien por su parte se había embarcado en un fantaseo sobre el deterioro del cuerpo femenino. Esa línea de reflexión (que podía sintetizarse en la pregunta: ¿qué tiene para ofrecer una mujer, cuando ya no tiene lo obvio?) lo llevó por rumbos inesperados, y de pronto se le ocurrió una idea, clara como el sol, para que la vieja conservara a su hombre. Un método infalible, impecable, facilísimo de aplicar y con garantía total de éxito. Era raro que no se le hubiera ocurrido a ella, pero para que así fuera tendría que haber podido ocurrírsele a todas las mujeres, incluida la rival, y entonces su eficacia disminuía a cero. Se le había ocurrido a él, justamente a él, que por definición nunca necesitaría retener a un hombre en la cama. Lo más extraño era que no podía decírselo, no podía comunicarle la solución a la interesada, debía permanecer callado e inmóvil. No porque temiera el ridículo (estaba más allá de eso), sino porque había un imperativo de silencio de tipo lógico que se aplicaba, como siempre, justo allí donde la palabra habría servido de algo. Miró a la negra, la negra lo miró... Hubo una impasse, y ella se retiró bastante calmada después de recibir un beneficio de tripas para sus negocios en el matadero. Era más que suficiente para que se fuera contenta. ¿Y el marido? Lo daba por perdido. Sobre ese tema no habían concluido nada. ¿O sí? Se preguntó si le habría leído el pensamiento.

En cuanto al inglés, se presentó a la hora más agradable de la tarde, acompañado por el Cónsul de su nación, que era como de la casa. También ellos fueron recibidos en la galería, pero ahora convenientemente desembarazada de mirones y con dos sillas extra. El visitante aparentaba unos treinta y cinco años, era muy moreno y de pelo renegrido. No parecía inglés, pero había ingleses así, que parecían indios, incluso eran prototípicos, eso lo había notado Rosas, quien por su parte parecía un inglés de los otros, rubio y coloradote. De entrada lo encontró feo, aunque con la ventaja de ser pequeño, como un oriental. Y hablando, con su castellano muy inteligible, se volvía casi apuesto, en un estilo muy serio y reservado. Intercambiaron unas banalidades. Clarke, el inglés, era cuñado de Darwin, de quien traía saludos para el Restaurador. Siguieron otras naderías sobre el clima, los viajes, esto y lo otro. Lo que importaba en ese momento era captar la atmósfera del lugar, de la hora, el complejo doméstico-moral, que según Rosas producía una fuerte impresión política. A esa altura de la jornada el círculo áulico estaba completo, y giraba a cierta distancia alrededor de las necedades de Manuelita. Para Manuelita el género humano decente se dividía en "primitas" y "señores"; de ahí no la sacaban. El inglés manifestó su intención de iniciar el viaje al interior no bien hiciera sus preparativos. Ya ese dato estaba en el borde de los que no tenían necesidad de decirse, así que no hablaron mucho más. Ambas partes se consideraban al tanto de lo que podían llegar a saber del otro. La policía de Rosas había determinado el día anterior que el tal Clarke era quien decía ser, que el skipper del que había desembarcado venía de Valparaíso, y que debajo del disfraz de naturalista y geógrafo al servicio de los intereses imperiales no había nada digno de notar. Claro que habría sido más interesante que hubiera algo, y por ello con toda seguridad lo había. La policía tenía sus limitaciones.

Rosas deploraba que la buena educación impidiera preguntarle directamente a la gente qué se traía entre manos. Se necesitaría, pensaba, una forma distinta de cortesía.

—Mi amigo —le dijo como saliendo de un sopor—, voy a mostrarle algunas piruetas que sé hacer a caballo, y usted me dirá si la equitación está así de avanzada en Gran Bretaña.

El inglés asintió con la cabeza y se dispuso a ver. La cara de Eusebio, que apareció de pronto ante la suya, lo espantó. Era un homúnculo de un metro de alto, pero la cabeza sola debía de medir cuarenta centímetros. Había acudido a un silbido del Restaurador, imperceptible para los demás, emitido entre sus párrafos o sus pausas. Debía de tener una atención muy vigilante para lo que le concernía, y por eso era un monstruo. Tampoco hubo que repetirle el nombre del caballo que su amo le mandó traer: Repetido.

Vino entonces el espectáculo que el Restaurador rara vez dejaba de ofrecerles a sus visitantes europeos. El Repetido era un caballito manchado de tipo indefinido, ni árabe ni criollo, delgado, de patas como las de un gato de alambre, el lomo fijo, la cabeza minúscula e inexpresiva. Los ingleses volvieron sus sillas hacia la amplia explanada que hacía de pista, los cortesanos interrumpieron con veneración sus pláticas. Manuelita se acomodaba los moñitos punzó, con una sonrisa remanente de tonta; estaba convencida de que en la alta sociedad estas exhibiciones eran habituales. El jinete supremo, el primer centauro de la Confederación, dio unas vueltas en círculo esperando a que la bestia entrara en calor; era necesario muy poco en este sentido; unos caracoleos, unos brincos, y Repetido ya se desplazaba veloz como un rayo de entrecasa. Rosas tenía nalgas finas y ajustadas; nunca parecía del todo sentado. Fue muy natural el movimiento de alzar los pies hacia atrás hasta cruzar los tobillos sobre la grupa. Sin abandonar esta posición aumentó la velocidad, y en la pasada siguiente levantó los pies en el aire y metió la cabeza entre los brazos, que apoyaba en la silla, hasta quedar como cayendo de un edificio. Sonaron los primeros aplausos. En la tercera pasada frente a la galería los pies habían girado hasta las orejas del caballo; en la cuarta, llevaba el cuerpo completamente horizontal. Luego dio una vuelta entera por debajo del vientre del animal, cabalgó de pie sobre la silla, en un solo pie, de rodillas, de rodillas mirando para atrás y tomando las riendas con los pies, tomándolas con los dientes y tocando con las palmas de las manos las suelas de las botas. Todos los giros se hacían con virtuosa lentitud sobre la exhalación que era Repetido, pero fueron tomando velocidad sin que el caballo aminorara el paso, hasta culminar en una serie de fulminantes espirales directas e invertidas, entre un trueno de aplausos. En este ejercicio había pruebas de dos tipos: las fáciles de mucho lucimiento, y las difíciles de poco. Se podía quedar bien con unas o con las otras, con un mínimo de esfuerzo en ambos casos, según los espectadores fueran o no entendidos. Como esto último Rosas no podía prejuzgarlo, y además sus públicos eran mezclados, había adoptado un sistema que combinaba ambos tipos, haciendo del modo difícil las pruebas fáciles, y viceversa.

Los dos visitantes volvían a Buenos Aires al tranco de sus caballos, por el camino del bajo, disfrutando de la hora como suelen hacer los ingleses, con un poco de conversación; el silencio de esos descampados silvestres les permitía hablar sin levantar la voz aunque sus cabalgaduras se apartaran una de otra donde había zanjas. Vieron pasar un chajá asustado que correteaba todo desarticulado, como haciendo acrobacias sobre sí mismo. Los dos pensaron al unísono en el Restaurador. Unas palomas gordísimas hacían bajar casi hasta el suelo las ramas de unos aguaribayes en las que se posaban. Debían de estar abuchonándose para la noche. A la izquierda de los jinetes el río color pardo estaba quieto como un lago; sólo contra el fin del plano de la playa verdeante hacía palpitar los bordes del agua, y había que prestar atención para verlo. El Cónsul, que conocía de sobra el paisaje, se desinteresó de él para pensar en asuntos políticos. Con ello dejaba de ocuparse de su huésped, pero no se preocupó demasiado. Era de esos diplomáticos de la vieja escuela que no creían que entrara en las funciones de un cónsul hacer de guía turístico de sus compatriotas. Limitaba su cortesía para con ellos a un estricto mínimo, que en esta ocasión consideraba superado con la visita a la mayor atracción del país, el Dictador. Además, dos cosas: primero, Clarke se podía arreglar solo en Buenos Aires, si era cierto que venía dispuesto a viajar al interior. Y segundo, él tenía mucho que pensar en política, no le alcanzaban las veinticuatro horas del día. De modo que se abstrajo completamente. El otro dejó que su caballo se adelantara. Más que la tierra, miraba el cielo, sobre el que se había extendido un lavis violeta, y sobre él celestes y rosas de gran peso. El calor era sofocante, el aire estaba saturado de humedad. El crepitar de los insectos oscilaba en el silencio... Cuando el Cónsul levantó la vista, lo intrigó la actitud de Clarke. Había soltado las riendas para hacer algo con las manos a la altura del ombligo. De espaldas, no podía ver qué. Apuró el paso a la vez que torcía hacia un lado para sacarse la duda sin parecer indiscreto. Clarke iba tan concentrado que ni se dio cuenta. Con la mano izquierda sostenía abierta una cajita metálica, con la derecha trabajaba en ella. El Cónsul reconoció el dispositivo, un cromatógrafo. Consistía en unas hileras de anillos diminutos de metal de colores, en los que Clarke ensartaba agujas con destreza que hablaba de una larga práctica. El Cónsul no se acercó más. La ocupación le parecía, además de ociosa, siniestra: era como clavar pinches en los colores blandos del crepúsculo.

Pasados unos días, y ya a punto sus aprestos para el viaje al interior, el naturalista hizo otra excursión por el mismo rumbo, pero bastante más lejos, hasta un pueblo al norte de la ciudad donde vivía muy retirado un buen pintor. Esta vez fue solo. Salió a la mañana temprano, almorzó a las once en una especie de picnic unipersonal a medio camino, durmió una siesta en la ribera a la sombra de un sauce, y siguió sin apuro, a paso de tortuga. A partir de cierto umbral de lentitud, se le hacía más difícil conducir el caballo: no sabía si estaba quieto o avanzaba.

Quería encontrar despierto al pintor de marras, y sabía que por más precauciones que tomara siempre se quedaría corto en el cálculo de las siestas, con este clima tropical. No había un camino marcado, y por él no andaba nadie. Se cruzó con una carreta manejada por un negro vestido de verde, un verde tan brillante como la librea de un loro. Un niño de cuatro o cinco años corría adelante apartando a las palomas que se posaban en la huella por la que avanzaba, de a milímetros, el vehículo. El tiro era todo un espectáculo: dos bueyes gemelos, blancos, tan mal castrados que con el paso de los años (eran centenarios) se habían deformado hasta parecer toros japoneses, con las carotas arrugadas y tantos pliegues de piel blanca en el lomo que daban la impresión de estar cubiertos con sábanas de mármol como las estatuas de Bernini en Roma. Hubo un saludo muy cortés cuando se cruzaron. En el momento, a Clarke le pareció como si el negro usara anteojos, pero después dudó de haber visto bien. Un poco más allá, donde la costa se precipitaba en unas pendientes, vio una reunión de animalitos que a la distancia tomó por cangrejos, pero en realidad eran equidnas abiertos tomando sol. Pasó algo curioso. Los equidnas, que son la timidez en persona, lo vieron en el preciso instante en que él los vio; pero no reaccionaron todos juntos, sino uno por uno, y aunque en una sucesión muy veloz, le dieron tiempo para que fuera viendo la huida de cada ejemplar del grupo. No era una huida de verdad; si quieren desplazarse, los equidnas son ultralentos, pero si se asustan desaparecen de algún modo. El que miraba Clarke se enrollaba hasta quedar hecho una bola, y como para hacerlo retraían las púas, no les quedaba otra que rodar por la pendiente y hundirse en el agua. Así hasta que no quedó ninguno, antes de que el inglés hubiera atinado a parpadear.

La siesta de Prilidiano ese día se prolongó menos de lo habitual, pero no estuvo desprovista de fantasmagorías, y eso sí era habitual, demasiado habitual. Era puro hábito, como los niños. Y ese hombre, que tanta importancia tuvo en la historia argentina de su siglo, tenía mucho de niño. Era regordete, arrebatado, imprudente, miedoso, esclavo de sus pasiones, objeto doméstico de las más locas fantasías. Había inventado una comedia terrorífica que se representaba todo el tiempo dentro de los límites de su quinta en lo alto del pueblo de San Isidro; pero sólo todo el tiempo en que brillaba el sol, pues dormía profundamente y sin sueños cada una de las horas en que estaba bajo el horizonte. Era soltero, sin familia inmediata, y se había quedado sin servidumbre por culpa de la confianza que le había dado a Facunda López, su cocinera, ahora también mucama, ama de llaves, jardinera y hasta caballeriza. Facunda había asumido todas las funciones; era una gorda cuarentona, que no necesitaba aprender erotismo para tener a su patrón en el puño porque ya lo tenía, y a perpetuidad. En sus soliloquios, y también en voz alta, ya que no era un ejemplo de delicadeza, al pintor lo llamaba "el Repetido" porque siempre hacía el amor exactamente igual, sin variaciones, y todos los días sin falta, insaciable como un niño. Se le apareció, como siempre, cuando la siesta daba la vuelta, lo miró un momento hacerse el dormido, como siempre, y se precipitó a los embates de siempre. Desde hacía unos meses Prilidiano estaba pintando un cuadro para su disfrute personal, el primero que hacía en tales condiciones, sin que mediara encargo. Para él, no para vender. Eso ya lo había desconcertado un poco. Al principio había dudado del arte que pudiera desprenderse de esa gratuidad. Con su sistema, que era de una prolijidad exasperante, veía nacer poco a poco la imagen, y era como cualquier otra. Quizá fuera arte, después de todo. Iba especialmente despacio con esta obra, porque la hacía en sus ratos libres. La idea original era pintar a Facunda desnuda durmiendo la siesta. Por supuesto, el cuadro era y sería siempre su secreto. Pero, precisamente para no desperdiciar siquiera una fracción de secreto, que era más digno de economizar que la tela, quiso pintar a Facunda por segunda vez, en la misma cama, al lado de la primera figura. Atolondrado como era, no cayó en la cuenta de que así representaría a dos mujeres, y no a una sola dos veces. Cuando lo advirtió, era demasiado tarde. Se llenó de perplejidades. Era un genio, pero le pasaban cosas así. Al menos aprendió la lección. Y como era de veras el Repetido, no dejaría de aprenderla siesta tras siesta.

Eran escasas, aunque no tanto, las visitas en la quinta. Cuando cayó el inglés, a media tarde, la somnolencia persistía en sus dos habitantes. Salió Facunda a tenerle el caballo. Le preguntó quién era y qué quería. Después de responder, Clarke encontró impertinente que ella insistiera en preguntarle si realmente quería ver al pintor. Claro que quería. ¿Quería verlo, o retratarse? Si era lo segundo, tendría que armarse de paciencia. Había elegido al artista más lento del mundo. Molesto por la inoportunidad de los consejos, tan plebeyos además, Clarke se metió en la sala sin esperar a que la mujer lo invitara y se sentó. Al minuto apareció el artista. Clarke pensó que era el hijo, pero no, era él. No se lo había imaginado así: un muchacho rollizo, muy moreno, medio calvo aunque nadie le habría dado más de veinticinco años, con ojos de orate, asimétricos, chinos. No tenía modales, pero el inglés los tenía por los dos. Mencionó a una tía del dueño de casa, que le había dado su dirección, y luego avanzó en un discreto elogio de su trabajo. Prilidiano era la primera vez que oía algo parecido a la crítica. Le daba la razón en todo, con una ingenuidad desarmante. Facunda, que parecía haberse ido para siempre, reapareció con una botella de clarete enfriado y dos copas. Bajaron media botella en un abrir y cerrar de ojos. Cuando entró en confianza, el joven dijo que pensaba viajar pronto a Europa, a desasnarse un poco. Clarke se lo desaconsejó con vigor. Aquí lo tenía todo para desarrollarse. La escena artística europea estaba agotada, pronto los pintores del viejo mundo empezarían a emigrar al nuevo. ¿Y la técnica?, decía el otro. Ya tenía de sobra. ¿Y los viejos maestros? En el fondo, dijo el inglés, no valían la pena. Así siguieron un rato. Prilidiano lamentaba no tener cuadros suyos en la casa para mostrarle al entusiasta amateur. Tenía uno, el de las Facundas, pero no estaba terminado, y no era algo para mostrar. De todos modos, lo invitó a contemplar unas obritas que adornaban las paredes de la sala. Clarke se puso de pie cortésmente. Eran unos cuadros tejidos, en lana y esparto, hechos por Manuelita Rosas, que se los había regalado. Los miró y no supo qué decir. Esas porquerías eran abismantes. Había visto durante los últimos días, en algunos salones porteños, una media docena de retratos firmados por Prilidiano. Lo había encontrado superior a Reynolds y Gainsborough juntos, un verdadero genio, y no tanto por la captación psicológica, fantasmática, de los retratados, que ya era sublime, sino por la superficie que lograba. En eso no tenía rivales. Lo suyo era una limpieza visual hecha visibilidad definitiva, un llevar la superficie a la superficie y hacerla coincidir, crear pintura justo allí donde se la había estado esperando sin saberlo. Ese triunfo estaba más allá de la dialéctica engañosa de la ingenuidad y la sabiduría. En las lanas ridículamente laboriosas de Manuelita se daba exactamente lo contrario. ¿Era un sarcasmo que el genio las tuviera colgadas en la sala, y se las mostrara? Por el momento no pudo decidirlo.

Agotado el tema de la pintura, volvieron a sentarse y hablaron sobre los proyectos del visitante. Era un naturalista, y se proponía viajar al interior de la provincia a tomar nota de ciertos animales, uno en especial, en los que estaban interesadas ciertas instituciones científicas europeas.

—Bueno —dijo Prilidiano ligeramente—, si lleva un buen embalsamador, supongo que podrá traer unos lindos ejemplares de algo.

No. No era ésa la intención del inglés, para nada. Dijo que embalsamar era lo último que pensaba hacer. No trabajaba con vistas a la colección, sino más bien en sentido contrario. Le explicó someramente que había una nueva teoría según la cual unos animales descendían de otros, por lo que no valía la pena fijarlos en una forma determinada. Y ni siquiera correspondía transportarlos, porque otra teoría, complementaria, decía que en la antigüedad todos los continentes habían estado unidos... En la cabeza del pintor se hizo una confusión total. Era como si el otro le estuviera hablando en chino. Prefirió cambiar de tema, porque además se le había ocurrido una objeción:

—Entonces, usted va a ir... *¿al desierto?*

—Sí.

—Pero ahí, ¿no están los indios?

—Bueno, sí.

—¡Pero mi amigo, lo matarán no bien lo vean!

—Espero tener la oportunidad de tomar mis precauciones.

Prilidiano no insistió, porque su pensamiento inconstante había vuelto atrás. Lo de los animales que descendían de otros, absurdo, como parecía, le había dado una idea que quizá resolviera el dilema de su cuadro de Facunda durmiendo la siesta, lo cual era una demostración, al menos, de que unas ideas descendían de otras. Pero tampoco se detuvo ahí (todas sus ocurrencias las dejaba para estudiarlas en otro momento). No importaba que los indios mataran a un viajero; después de todo, era un azar como tantos otros. La cuestión debía plantearse en términos más generales. ¿Cómo se podía ser feliz viajando? ¿No era contradictorio? Él postergaba desde hacía años su viaje de estudios a Europa porque no podía concebir una vida que no fuera la suya presente, en cada uno de sus detalles. A la vez le daba demasiada importancia a la felicidad, y no le daba tanta como para salir a buscarla. La pintura y el amor estaban en todas partes o en ninguna. En un relámpago de intuición, en su cabeza pueril y veleidosa, llegó al fondo del darwinismo y le dio la vuelta completa. Toda transformación era una vuelta en redondo. La eternidad misma era una transformación, era el presente, la figura de la felicidad, y todas esas palabras podían reemplazarse unas por otras.

—Me gustaría acompañarlo —dijo con maravillosa incoherencia—, pero no puedo. ¡Tengo tanto que hacer!

Antes de pasar al desierto, Clarke hizo una segunda y última visita a Palermo para despedirse del Restaurador y agradecerle la provisión de un guía o "baquiano", el gaucho Gauna o Guana. Lo hizo un sábado a la hora epifánica de la tarde. Después de admirar un poco a Manuelita, según los usos, se encerraron a charlar en el despacho del jerarca. Como siempre, Rosas lucía distendido y bárbaro, coloradísimo por todo el vino que había tomado en un asado descomunal con gobernadores. Olía a carne a la brasa y a vino. Se había mantenido al tanto de todos los movimientos del inglés. Ésa era la ventaja de tener una policía secreta, aunque no fuera un secreto para nadie que la tenía: uno lo sabía todo sobre los demás, y los demás también sabían todo de uno, porque para disponer de una policía hay que empezar por ser un hombre público. De modo que no tocaron temas prácticos, lo que habría sido redundante. Hablaron sobre lenguas. El castellano de Clarke era notablemente bueno para un extranjero, lo que él atribuía con modestia a una facilidad innata. Rosas se consideraba dotado de la misma facilidad, y en grado sumo. Nunca la había puesto en práctica, ni falta que le hacía, porque su certidumbre de poseerla no necesitaba verificación. Con semejante don, decía, le gustaría probar, en lugar del inglés o el francés, tan convencionales, algo realmente difícil, por ejemplo el bable de los negros. En cualquier momento se ponía a estudiar, y escribía una gramática del bantú criollo. El inglés asentía.

—Y no vaya a creer —decía Rosas— que lo haría para combatir el tedio, porque no me faltan ocupaciones. Y no me refiero sólo a la política. ¡Tengo una enorme cantidad de problemas domésticos! Mire a éste sin ir más lejos... —Un niño, uno de sus incontables hijos ilegítimos, se había colado en el despacho, y los miraba desde un sillón. —Últimamente le ha dado la manía de bizquear, y a mí me da miedo que le dé un golpe de aire y se quede así. Ya sé que fisiológicamente ese temor es disparatado, pero no puedo evitarlo, es un atavismo. Él sí podría evitar ese feo hábito, pero como sabe que me impresiona, se encapricha. —El niño, lindo y callado, miraba de uno a otro enfocando a la perfección; quizá ni siquiera sabía cómo ponerse bizco. —Aunque yo también a su edad me lo pasaba bizqueando, eso debo reconocerlo. Pero no soy la clase de padres que se conforman diciendo "yo también tuve siete años".

Clarke se limitó a asentir con la cabeza. Pensaba que Rosas era un genio. Aunque no lo fuera para los idiomas, lo era para el "small talk". Todo el aparte era una celada para averiguar cuánto sabía él sobre las sociedades indias. Pero Clarke no se consideraba tan estúpido. Claro que conocía el sentido de la bizquera entre los indios. Más que eso, era de los pocos europeos de su época que habrían podido explicarlo en alguna lengua americana. Pero no se lo diría al Restaurador, ni siquiera para llenar un hueco en la conversación.

—Entonces —dijo Rosas—, ¿espera encontrar un secreto?

Clarke respondió que era una manera inadecuada de expresarlo. La liebre legibreriana de la que le había estado hablando, y que constituía el objeto principal, por no decir único, de su expedición, no era un secreto. Si lo fuera, ¿cómo podía esperar encontrarla él con sus pobres medios, solo y extraviado en esas inmensidades? Pero a la vez tenía que serlo, para que valiera la pena tomarse el trabajo. Planteada correctamente, la pregunta sonaría así: ¿qué es lo que está tan oculto para que sea necesario dar la vuelta al planeta para hallarlo, y a la vez es tan visible como para poder descubrirlo simplemente yendo a buscarlo? Por definición, tal cosa debía de estar en cualquier parte, en todas, donde uno fuera, en este mismo despacho...

—Pero aquí no está —dijo Rosas simulando mirar por debajo de la mesa.

—Es que la definición impone un rodeo, porque toda definición puede considerarse nominal y...

Rosas lo había seguido con toda la atención de que disponía, pero aun así se distrajo casi desde el comienzo, desde que captó la idea principal. Había olido Manuelita en la trama. Fuera lo que fuere la famosa liebre, su hija también lo era. Y lo era por obra de él. Había hecho de esa tonta el elemento más plenamente visible de su política, pero escamoteando la explicación, que era la forma de la visibilidad. Darwin había apuntado en la misma dirección, pero con infinita timidez, tanto que resultaba patético; había tenido que apoyarse en lo que Rosas menos necesitaba: en la creencia. Como siempre, un argentino se había adelantado. Se sintió tan feliz, tan pleno, que tomó al punto algunas determinaciones fundamentales, que lo habían tenido cavilando: primero, encargarle al hijo de Pueyrredón un retrato de cuerpo entero de Manuelita; segundo, prestarle al inglés su caballo Repetido para que hiciera el viaje; y tercero, hacer lugar al pedido que recibiera el día anterior de la madre de Carlos Álzaga Prior, joven aprendiz de acuarelista, y recomendarle a Clarke que lo llevara consigo. Todo coincidía, todo formaba sistema... Quedó momentáneamente suspenso, en la contemplación de su propia grandeza.

La Liebre Legibreriana

Cafulcurá retiró con gesto más que lento el cigarro de la boca para seguir hablando, esfumado en el centro de una nube de olor medicinal. Balbuceaba con los párpados bajos, el torso desnudo, sentado en el suelo sobre unos felpudos de cuero.

—Los viajeros vienen al desierto —decía— a imponer alguna especie de ley, ¿no es cierto?

Clarke abrió los brazos cautelosamente y mostró las palmas de las manos: llevada a tal grado de generalidad, la idea era irrefutable. La palabra del cacique, que podía oír quince días después de salir de Buenos Aires, al cabo de un viaje sin accidentes, tenía una modalidad afeminada, a primera vista por lo menos (era una impresión, como tantas otras, que se desvanecía con el acostumbramiento), una incertidumbre, algo de impreciso que a su vez no era fácil localizar con precisión. Eso hacía tanto más improbable hallarse de acuerdo con él sobre un punto determinado.

—Una ley —siguió Cafulcurá— es la que proviene del legislador; la otra es la que ya está en la naturaleza, y que se llama "ley" sólo por extensión.

—O viceversa —se atrevió a sugerir el extranjero, que sabía que la palabra mapuche para "ley" significaba otras muchísimas cosas, entre ellas, sin ir más lejos, "atreverse", "sugerir", "extranjero", "saber", "palabra" y "mapuche".

El cacique asintió con modestia, como si lo hubiera dicho él. Volvió a aspirar el humo, hizo un gesto vago con la cabeza, antes de seguir perorando, en el mismo ritmo muy pausado que llevaba hacía dos o tres horas:

—Lo que el viajero ignora es que al imponer y/o encontrar la ley, crea un círculo hechizado a su alrededor, del que no podrá salir tan fácil. —Un largo silencio. —No vea nada amenazante, ni siquiera profético, en mis palabras, señor Clarke, se lo ruego. Tómelo como una descripción, como una "ley", si quiere. El círculo de la ley es un mundo en miniatura dentro del mundo, que ya de por sí es una miniatura. Al mundo se lo crea para que coincida con el sistema personal, para que el hombre se haga mundo. En otras palabras, para que la miniatura se haga miniatura. Pero las miniaturas tienen sus leyes propias, ¿lo sabía? Porque no sólo el espacio se hace minúsculo: también sucede con el tiempo correspondiente, que se vuelve extremadamente veloz. De ahí que la vida sea breve.

Cayó en un silencio pensativo. La densidad del humo de esas hierbas que fumaba aumentaba y disminuía. Unas planchas de la neblina perfumada se extendían a las alturas del toldo, en el que sólo estaban, además de ellos dos, tres mujeres durmiendo, tres perros, y una gallina de extraordinario tamaño. Clarke se quedó callado también. Por primera vez en su vida percibía la acción de un verdadero continuo entre el tema y las palabras de la conversación. En el pasaje mutuo los valores se invertían: el vértigo al que había aludido Cafulcurá se hacía extrema lentitud del tiempo real. La inversión consolidaba el continuo. A esa hora de la tarde, además, se sentía algo adormecido, y debía hacer un esfuerzo para coordinar. Estaba tomando té frío. El otro bebía agua, o algo que se le parecía. Estaba relativamente fresco en el toldo, aunque el día era tórrido.

—Me había quedado pensando —dijo de pronto Cafulcurá— en lo que estuvo contándome. Su cuñado es un genio, hay que reconocerlo. Cuando lo conocí me pareció un joven simpático nada más; pero de acuerdo con sus informaciones debo rectificar mi impresión. Suele suceder. Eso sí: un genio *en lo suyo.* Por mi parte, he difundido cosas parecidas, pero fíjese qué curioso caso de transformación, lo hice siempre de un modo poético. En estos casos, es importante que la gente empiece creyendo. Ahora, sucede que los mapuches, en este punto, no necesitamos creer nada, porque hemos pensado siempre que los cambios se producen realmente. Basta un soplo de brisa a mil leguas de distancia, para que una especie se transforme en otra. Usted me preguntará cómo. Eso lo explicamos, o al menos lo explico yo...

Se quedó un rato pensando cómo lo explicaba él.

—...Simplemente, hay que ver lo que es visible, o sea, cualquier cosa, sin excepciones. Pues bien, si todo está ligado, como es evidente, ¿por qué no lo estaría lo homogéneo *con* lo heterogéneo?

Estas últimas dos palabras, en idioma huilliche, significaban varias cosas. Clarke no acertó a captar el sentido de buenas a primeras, y le pidió una explicación. No ignoraba a qué se exponía, pues en lo casos semánticos delicados los indios se ponen especialmente laberínticos; el sistema del continuo les impide dar ejemplos separados. Pero esta vez su sacrificio no quedó del todo sin premio, porque la divagación de Cafulcurá, a partir de las acepciones "derecha" e "izquierda" que también tenían los dos vocablos, llegó a esto:

—Nosotros tenemos una palabra para "gobierno" que significa asimismo, además de toda clase de cosas, el "camino", pero no un camino cualquiera, sino el que siguen algunos animalitos cuando corretean, zigzagueando, ¿vio? y al mismo tiempo sin demorarse en esas desviaciones a la derecha e izquierda, que por un efecto secundario de la práctica del trayecto dejan de ser desviaciones y se vuelven una forma particular de la línea recta.

—¿Ah sí? —dijo Clarke, quien después de un cierto sobresalto al creer que se aproximaba el tema de su investigación, había vuelto a su amodorramiento. Estaba observando la cabellera del viejo, que miraba hacia abajo y por momentos le mostraba la coronilla. Era la melena más negra que hubiera visto jamás, con reflejos ya directamente azules. Ni una cana. A su edad, eso daba que pensar. Debía de teñirse, pensó el inglés; la química salvaje tenía recursos de sobra; tantos en realidad que lo sorprendente en ese caso era que el tono logrado fuera tan artificial, tan metálico. Pero mirando con más atención, se convenció de que era natural después de todo. Había muchas cosas asombrosas en este hombre, y ésta bien podía ser una más.

—Todos los cambios... —siguió Cafulcurá, más balbuceante que nunca al volver al tema del darwinismo—, hasta un cambio en el clima...

En ese momento se hizo más notorio un alboroto que ya desde hacía unos minutos se oía afuera, un pasaje de caballos (pero eso no quería decir nada fuera de lo común, porque los indios tomaban al caballo incluso para desplazarse hasta el toldo del vecino), y además entró Gauna, pidiendo permiso.

Cafulcurá lo miró como perdido.

—¿Qué sucede? —le preguntó Clarke. Su guía se había revelado un sujeto lleno de misterios. Como guía dejaba mucho que desear. A la espera de la circunstancia que le hiciera lamentar haberlo traído, Clarke se había hecho a la idea de recibir de él, en cualquier momento, una sorpresa.

—Todo el mundo va a ver una liebre que levantó vuelo —dijo.

—¿De veras? —Clarke miró al cacique, que se encogió de hombros, en un gesto muy suyo.

—Vaya a ver, si quiere —le dijo Cafulcurá.

El inglés no se hizo repetir la invitación. Estaba entumecido, aburrido, nauseado por el té frío y el olor de las hierbas. Desde que habían llegado, cuarenta y ocho horas antes, los estaban desplazando todo el tiempo, con mucha cortesía, eso sí, pero a la larga resultaba desmoralizador. Los jerarcas salvajes, por lo visto, tenían que mantener conversaciones privadas cincuenta veces por día, y a ellos los sacaban, y volvían a sacarlos del nuevo sitio media hora después, siempre con disculpas, con humildades, con ese fatalismo medio sarcástico que tan bien dominaban. Le habían asegurado a Clarke que no era lo habitual, todo lo contrario. Simplemente habían caído en un mal momento. Ahora por lo menos se le presentaba la satisfactoria posibilidad de salir por su voluntad. El motivo que le daban en este caso era, con todo, intrigante. Por una obvia precaución metodológica, se había cuidado de no decir una palabra de la liebre, pero temía, como suele suceder en estos casos, haberlo dicho de todos modos, y que estas alusiones interesantes que le salían al paso a cada rato fueran una especie de broma.

Salió dando un suspiro. La luz era demoledora. En Salinas Grandes dominaba el blanco más crudo. No necesitó preguntarle a Gauna en qué dirección era el suceso porque varios indios iban hacia allá en ese momento. Saltó al lomo de Repetido. Podía ver el sitio donde se reunían los indios, a unos dos mil metros. Los toldos de la capital del imperio mapuche formaban unos arcos laxos dispuestos de tal forma que no cerraban la vista por ningún lado.

—¿Puede ser que una liebre vuele? —le preguntó Gauna.

—Sólo si tiene palmas —respondió malhumorado. Gauna tenía un modo desagradable de hacer preguntas, con un retintín de sorna. Debía de ser medio indio, aunque por la cara amarillenta y arrugada parecía chino.

Los caballitos no tardaron gran cosa en franquear la distancia. En el lugar había más niños que adultos, y estos últimos habían improvisado un partido de pato con un bollo de cartón. Clarke quedó desconcertado. Vio a Mallén, uno de los machis favoritos de Cafulcurá, en un caballo quieto, solo y mirándose la punta de los dedos. Fue hacia él, seguido por Gauna.

—¿Cómo es esto de la liebre? —le preguntó a boca de jarro.

—Sé tanto como usted. Recién caigo.

Respuesta típica.

—Me dijeron que una liebre había alzado vuelo —insistió Clarke.

—Si es así —replicó Mallén—, cuando llegué ya lo había hecho.

Un grupito de chicos ahí cerca estaban mirando para arriba. El inglés fue hacia ellos sin decirle nada más al machi y les repitió la pregunta. Los jóvenes le resultaban más corteses, más racionales, seguramente porque lo eran menos según las normas indias. Le dijeron que efectivamente una liebrecita blanca ("blanco" se decía con la misma palabra que "gemelo") había levantado vuelo, y ellos creían haberla localizado allá arriba. Ahora bien, habían usado una palabra extra, un enclítico ("iñ") después de "levantar vuelo", que indicaba el pretérito de un modo algo enfático. Podía significar "hace un minuto", "hace mil años", o "antes".

Era un agregado eminentemente sospechoso, pero igual echó la cabeza atrás. Los chicos estuvieron un rato dándole indicaciones, usando como referencia las estrellas, que con su vista agudísima distinguían en pleno día. Renunció. De hecho, no pudo deducir de sus palabras si hablaban de un animal real, o de un astro que tuviera su nombre. Volvió junto a Mallén, de cuyo lado no se había movido Gauna. El partido de pato entretanto se había hecho multitudinario: ya debía de haber un centenar de indios, la mar de entretenidos. Los caballos correteaban en todas direcciones y no eran pocas las pechadas, que los espectadores celebraban con aplausos. Un indio se fue al suelo en una de las colisiones y se quebró el cuello. La reunión no tardó en disolverse. Mientras regresaban a la toldería, al paso, Clarke hizo algunas reflexiones en voz alta:

—Me pregunto si esta anécdota de la liebre fue algo real, algo que sucedió, o si será una suerte de representación o rito.

Mallén asentía con la cabeza, demostrando interés pero sin intenciones de dar su parecer; para él la distinción parecía ser improcedente, un mero ejercicio intelectual. Por decir algo, afirmó:

—No aquí, pero más al sur en regiones donde también hemos vivido, los vientos son de tal fuerza que a nadie le sorprendería ver pasar sobre su cabeza un animal de porte menor, por ejemplo una liebre.

Se les unió un jinete solitario que también volvía. Mallén lo saludó con repentina vivacidad, y se volvió hacia el visitante:

—¿Ustedes se conocen? Alvarito Reymacurá, el señor Clarke, de Inglaterra.

—Sí, nos vimos ayer —dijo el indio. Era uno de los tantísimos hijos de Cafulcurá, personaje de cierta importancia en la corte. Hijo de un gigante, había salido bajito, pero era atractivo, y se lo tenía por un maniático sexual.

Mallén hizo algún comentario sobre el frustrado espectáculo que habían tenido la esperanza de disfrutar. A eso Alvarito respondió con algo parecido a una pequeña risa espasmódica, aunque sin sonreír, cosa que casi nunca hacían los indios.

—¿Cómo ver lo que ya ha pasado, mi venerado Mallén?

Debió de considerar eso, lo mismo que su interlocutor, una salida de tono, porque se corrigió de inmediato, con severidad:

—¡Pero a quién le importan esas fruslerías!

—Bueno —dijo Mallén soltando un triste suspiro—, nuestros distinguidos visitantes tenían cierto interés, si no me equivoco.

Alvarito volvió a corregirse, dando un cuarto de vuelta en el lomo del caballo, como si estuviera en un sillón, para mirar de frente (pero sus ojos apuntaban al suelo) a Clarke:

—¡Por supuesto, por supuesto! Para quien no lo ha visto nunca, el interés se da por descontado. Aunque nunca llegue a verlo.

—Es decepcionante, ¿no? —dijo el inglés.

—¡No, no, para nada!

Mallén guardaba silencio. Dijo que tenía que hacer y le dio una palmadita en el cuello a su flete, que tomó en otra dirección.

—¡Hasta luego! —le dijo Alvarito.

—¡Nos vemos!

—Me pregunto, señor Clarke, si no tendrá inconveniente en venir a tomar una taza de té a mi toldo, aunque me temo que esté todo desordenado.

—Estoy a su disposición.

—¿Y el señor...?

—Gauna, a sus órdenes.

Gauna también venía. El toldo del individuo estaba ahí nomás, entrando al primer arco. Se apearon, y varios galguitos vinieron a frotarse en las piernas del indio. Siempre dejaban los caballos como quedaban, y Clarke había optado por hacer lo mismo.

Entraron. Todos los toldos eran iguales, por dentro y por fuera. Una decena de hombres jugaban a los naipes en el centro.

—Lamento molestarlos, amigos, pero los caballeros y yo querríamos conversar a solas un rato.

—¡Faltaría más, Alvarito! —dijo uno de ellos recogiendo las barajas sin mezclarlas—. Nos vamos a lo de Félix Barrigón.

Se fueron, efectivamente. Cuando salieron ellos, entraron dos mujeres con unos rollos de cuero, que tendieron en el suelo como esterillas. Los tres hombres se sentaron y el dueño de casa pidió té. No bien estuvieron ubicados, Alvarito Reymacurá puso los ojos bizcos, con una torsión de las pupilas que parecía sobrehumana, y los fijó en el suelo. Era una marcada señal de cortesía, que pocos habían tenido hasta ahora con Clarke; lo hizo sentirse mejor. Se pusieron a conversar.

Resumiendo las varias respuestas que dio Reymacurá a las preguntas vacilantes del inglés, y limpiándolas de sus muchas contradicciones, vaguedades y digresiones, lo que le transmitió fue más o menos lo siguiente:

—En efecto, como había creído advertirlo el perspicaz viajero en la actitud del sabio machi, la pregunta por la realidad de la liebre causante de ese alboroto no era pertinente. Era algo que, literalmente, a nadie le interesaba. Para explicar esto, lo mismo que para explicar cualquier otra falta de interés, había que remontarse a cuestiones más generales, que podían parecer sin relación. Simplificando, podía decirse que el problema central de la política salvaje durante siglos había sido el de la discontinuidad de los territorios. No se proponía entrar en el detalle, en parte porque era demasiado complejo, en parte porque se explicaba por sí mismo. ¿Qué otro problema tendrían los abiertos espacios de la pampa, si iban a tener alguno, que el de la discontinuidad? De tanto rumiarlo, habían llegado a dominar toda una lógica de los continuos, y eso había que tenerlo muy en cuenta cuando sucedían cosas incluso muy intrascendentes. Los mapuches estaban creando continuos todo el tiempo, y tal era su virtuosismo que ya ni siquiera usaban conectores visibles o virtuales, sino que al continuo mismo lo hacían cumplir esa función. Tomemos lo que pasó hoy —decía Alvarito—. La liebre corre, pero por definición corre por un territorio. Por ejemplo, si corre por el continente, no va a correr por la isla. Pues bien, si levanta vuelo y aterriza al otro lado del canal que separa el continente de la isla, entonces sí, ¿no? Es como aquel triste suceso —agregaba acentuando el amaneramiento algo febril de su discurso— del indio que llevaba de la mano a su hijo de tres años, en una especie de festividad donde había muchísimos indios, de pronto se distrajo, lo soltó un instante, y cuando volvió a mirar el niño había desaparecido, lo único que quedaba en el suelo, junto a los pies del padre desesperado, era el molinillo de papel que llevaba el pequeño. ¿Secuestro? ¿Fatalidad? No lo encontró nunca.

No eran —explicaba— razonamientos difíciles, todo lo contrario, eran cuentos de niños, se los podía seguir con un mínimo de atención. La liebre tiene grandes orejas, con las que oye lo habitualmente inaudible, incluso lo que viene de muy lejos. Pero además la liebre es el emblema de la velocidad. Tan rápida es que hace pensar en ese otro mundo miniaturizado en el que las cosas suceden casi de inmediato, en el que el tiempo está amontonado. Con lo cual nos apartamos insensiblemente de la liebre "real" para acercarnos al otro polo...

—Pero algún elemento de realidad debe haber —lo interrumpió Clarke.

—¡Siempre, siempre! —respondió el indio con vehemencia—. Eso usted lo sabrá mejor que nosotros, si es cierto, como oí decir, que es naturalista. —Clarke asintió. —Nosotros los indios somos muy ignorantes, muy torpes, no comprendemos ni lo pequeñísimo ni lo grandísimo, y nos desentendemos de lo intermedio. Prestamos atención, y eso a veces, en el mejor de los casos, a lo que nos cuentan, y después tenemos la coquetería de olvidarlo... La liebre puede ser el personaje de un cuento, y el cuento vuela sobre territorios discontinuos, llega siempre hasta el otro lado de la tierra... Mi padre, como usted sabrá, ha fundamentado su gobierno en fábulas; no es necesario que le cuente ninguna, además podría malinterpretarlas; él mismo se propone a sus súbditos como el protagonista de una historia fantástica...

En ese instante entraron en el toldo dos machis viejos con genuflexiones y parlamentos en la oreja de Alvarito, que destrabó la bizquera de los ojos, muy interesado en lo que le decían.

—Háganlo pasar —dijo al fin, y a sus dos invitados—: Les ruego que me esperen afuera mientras despacho un asunto importantísimo y de suma urgencia que ha surgido. Es un minuto nada más, y estoy con ustedes... para proseguir nuestra interesantísima plática....

Los llevó, sin dejar ni por segundo de excusarse, hasta la salida trasera del toldo, donde mandó que los acomodaran. Había varias mujeres a la sombra de unas telas extendidas; de inmediato les pusieron alfombrillas y les ofrecieron té. Como ellas siguieron charlando entre sí muy entretenidas, Clarke y Gauna se quedaron sin nada que hacer, mirando a lo lejos. De tanto en tanto pasaban grupos a caballo, como exhalaciones pero sin objeto. La llanura salitrosa desprendía un seco resplandor blanco que enceguecía. Uno de los grupos que pasó tuvo la virtud de hacer callar a las mujeres, que lo siguieron con la vista. Para ellos no tuvo nada de especial, pero por los comentarios subsiguientes se enteraron de que era Juana Pitiley, la esposa principal de Cafulcurá, que iba con una reducida escolta a Carhué a hacer una cura de aguas para sus viejos huesos. Las mujeres de Alvarito eran jóvenes (él también lo era, no debía de pasar los treinta años), tenían lenguas viperinas, y allí en la terraza posterior del toldo se mostraban en un encantador desaliño: sin la grasa de etiqueta eran más lindas.

Al cabo de una hora más o menos salió un indio del toldo y les dijo que tendrían que disculpar a Reymacurá, quien les suplicaba que lo hicieran, pero su agenda se había complicado horriblemente, y él pasaría a verlos por la noche, si lograba desocuparse, etcétera, etcétera. Clarke, resignado, dio con Gauna la vuelta al amplio albergue, montaron y se fueron.

Habían tomado automáticamente por el bulevard de los toldos de jerarquía, pero Clarke, reflexionando un poco dentro de la modorra que todo el té y las interrupciones le habían provocado, se preguntó con cierta alarma adónde iban. No tenía, por cierto, ningún deseo de volver a conversar con Cafulcurá ni con nadie. Le dolía la cabeza de sólo pensarlo. Miró a su alrededor. Gauna iba ensimismado, con cara de pocos amigos, pero eso era habitual en él. Le preguntó por el joven acuarelista, al que había perdido de vista desde la mañana.

—Creo que se fue a bañar al arroyo —dijo el gaucho.

—Podríamos ir nosotros también, a tomar un poco de fresco, ¿qué le parece?

Gauna se encogió de hombros. Levantó el brazo y señaló el otro lado de la toldería.

—Es por allá.

Hicieron galopar los caballos. Repetido era una maravilla de docilidad. La disposición de los toldos, y la discreción de Clarke, que como huésped no sentía inclinación a cortar entre ellos como hacían los indios, los obligaron a recorrer un arco que rectificaron con un giro abrupto a la izquierda no bien salieron del perímetro de la capital. La llanura descendía suavemente en la dirección que llevaban; aunque la pendiente era mínima, les daba la sensación de rodar. Los caballos estaban contentos. En el aire límpido se anunciaba la declinación de la tarde. El sol empezaba a perder el blanco afligente que tenía durante toda la jornada. Daba la impresión de que sobre Salinas Grandes flotaban pequeños cristales prismáticos, reduciendo todo al blanco de la mañana a la noche.

El arroyo corría entre mimbres, delgado y fresco. Una buena cantidad de bañistas habían pasado el día en sus ondas y riberas. Dos centenares de caballos esperaban sueltos frente a una playita despejada, sin árboles, que parecía el balneario oficial. La gente dormía, tomaba sol, jugaba a los naipes, los niños entraban y salían del agua con chillidos. Los dos recién llegados se apearon y caminaron un rato. Remontando la corriente, en unos recodos con mucha fronda, encontraron grupos de jóvenes que se entretenían más aislados. Allí estaba Carlos Álzaga Prior, que vino hacia ellos con el pelo mojado. Se sentaron en la hierba de un otero alto, desde donde dominaban un bonito remanso.

—¿Lo pasaste bien? —le preguntó Clarke, que lo tuteaba por ser tan joven.

—De primera. ¿Y ustedes?

Hubo un silencio. Gauna seguía ensimismado. Clarke dijo al fin:

—No muy bien. Estos indios son unos monologuistas incorregibles.

La risotada del muchacho sonó muy alegre, pero no contagiosa. El inglés había llegado a pensar que había actuado con precipitación aceptando la compañía de este jovencito. En realidad había sido una muestra de irresponsabilidad por parte de los padres, darle permiso para la excursión, como si el viaje al peligroso desierto fuera un paseo a la estancia familiar. Esa clase de padres, temía, eran los que con más violencia podían llegar a hacerlo responsable a él si al hijo le pasaba algo, por un clásico mecanismo de externalización de culpas. En cuanto al aprendizaje artístico, había sido claramente una excusa, porque no lo había visto tocar un pincel. Les contó con lujo de detalles sus proezas natatorias, sus zambullidas, etcétera. El parloteo terminó por cansar a Clarke, que le sugirió que volviera con sus amigos. Lo hizo de inmediato, sonriente.

—Qué pendejo —murmuró Gauna cuando se hubo alejado.

—Señor Gauna, usted también tuvo quince años —le dijo Clarke.

—Éste ha estado fumando algo. ¿No vio qué dilatadas tenía las pupilas?

—La verdad que no me fijé.

Se quedaron en silencio un rato. Veían pasar nadadores por el agua. Los pájaros cantaban en los árboles. El sol caía hacia el horizonte frente a ellos.

—Dígame señor Gauna, con franqueza, ¿hay algo que le molesta?

—Muchas cosas.

—¿Por ejemplo?

—Por ejemplo, que los indios sean tan macaneadores.

Eso le interesaba a Clarke. No porque necesitara confirmar que estaban en una telaraña de falacias, sino porque podía ser útil saber con qué elementos contaba el guía para afirmarlo.

—Fíjese esto de la "liebre" que "levantó vuelo" —dijo Gauna subrayando rencorosamente—. ¿Usted se lo creyó?

—No hubo mucho que creer, de todos modos.

—¡Pero es que parece que nos tomaran el pelo!

A partir de ahí, la curiosidad del inglés tomó un matiz defensivo; en cierto modo Gauna estaba tratándolo de estúpido, pues a él se habían dirigido masivamente las interpretaciones, de modo que le pidió una explicación. Gauna la tenía lista, y no podía negarse que era ingeniosa, y hasta sorprendente:

—Ellos dicen: la liebre "alzó vuelo". Ese verbo en mapuche quiere decir también "fue robada", "fue escamoteada". Nosotros, que no tenemos por qué entender de sentidos segundos, lo tomamos en el sentido primero, y ellos siguen divertidísimos la broma; hasta cuando usted les pregunta si lo que ha pasado es real o es una representación, pueden darse el lujo de mentir con la verdad, que es lo que hacen siempre. Entre paréntesis, le diré que en cuanto a la "liebre", estoy persuadido de que es el nombre propio de algún objeto valioso. No sé si ha notado que a los objetos muy valiosos suele ponérseles nombre. Pues bien, se produce el robo. Cuando nosotros llegamos al lugar donde han atrapado al ladrón, o a un cómplice, quién sabe, simulan un alegre ballet hípico, miran el cielo, se hacen los desentendidos, como ese cretino de Mallén. Bajo nuestras narices ajustician al sospechoso...

—¿Se refiere a ese pobre desgraciado que se cayó del caballo? ¡Pero eso fue un accidente!

—Sí, un "accidente"... ¡Y encima el hipócrita de Reymacurá se pone a darle una lección de metafísica! Pero no pudo impedir que se le escaparan algunos sarcasmos demasiado gruesos, como ese cuento del padre que perdió al hijo. ¿Me quiere decir qué tenía que ver esa anécdota ahí?

—Yo la tomé como un ejemplo más, y muy a propósito. Quería decir que un niño robado reaparece como adulto en otra parte, y establece una continuidad entre territorios y tiempos distintos.

Gauna ni se molestó en contradecirlo. Clarke incluso había tomado el ejemplo (aunque esto no se lo dijo a Gauna) como una muestra de delicadeza por parte de su interlocutor, porque él mismo, Clarke, había sido un expósito criado y adoptado por una prominente familia burguesa de Kent. No tendría nada de extraño que los salvajes lo supieran por la policía secreta de Rosas, que seguramente lo había investigado.

—Y otro detalle —siguió Gauna—: una hora después, la esposa de Cafulcurá sale de viaje. ¿Qué coincidencia, no?

—¡Pero si ese hombre tiene treinta y pico de esposas! Siempre ha de haber una que salga de viaje.

—¿Pero justo ésa, Juana Pitiley, que es la única rica y poderosa?

Había ido realmente demasiado lejos con sus sospechas. El inglés creyó preferible cambiar de tema, haciendo una especie de resumen abstracto de la discusión:

—Las palabras en mapuche tienen sentidos bastante volátiles.

—No creo que suceda más que en cualquier otro idioma.

—Le aseguro que en inglés no.

—No sé inglés, pero si comparo con el castellano, lo encuentro igual de ambiguo. Por ejemplo, a cualquier cosa usted puede ponerle el nombre que se le antoje, a este árbol sin ir más lejos, fíjese las ramas bajas, ¿no parecen una silla? Si yo vengo a dormir la siesta todos los días aquí, termino llamando a este árbol "silla"...

—¡Dios Santo!

Gauna cerró la boca. Volvió a abrirla al cabo de un rato:

—Por otro lado, no me negará que hay una contradicción en el hecho mismo de los discursos. Todos sabemos que los salvajes muestran "una invencible repugnancia a hablar salvo que sea absolutamente necesario". Y usted mismo dijo hace un rato que tenía la cabeza abombada por toda la cháchara que había tenido que tragarse. De modo que el juego de estos individuos está en ver la "necesidad absoluta" allí donde nosotros no vemos más que volutas de humo.

—¿Y eso también le parece sospechoso?

—¡Sí señor! ¡*Muy* sospechoso!

—Dígame una cosa, Gauna, usted no habla como un gaucho. ¿Asistió al colegio en su juventud?

De inmediato el guía volvió a ser un gaucho, mudo y reconcentrado. Paseó la vista por donde cruzaban las laboriosas hormigas. Arrancó una lanceta de hierba, la mordisqueó, y al fin pareció tomar una determinación:

—Claro que fui al colegio. Yo...

Eso fue todo porque la reaparición de Carlos Álzaga Prior lo hizo callar más callado que nunca. El chico venía a anunciarles que volvía a los toldos con sus recientes amistades.

—¿Pero quiénes son? —quiso saber Clarke.

Se ofreció a mostrárselos, radiante como siempre, sin motivo. Lo condujo hasta una elevación vecina y le señaló un grupito de chicas y muchachos, las primeras con abdómenes más o menos redondos de embarazadas.

—¡Venga que se los presento!

—No, gracias.

Mucha gente se estaba arrojando al agua.

—¿Usted no se bañó? —le preguntó Carlos.

—La verdad es que me daría con gusto un chapuzón.

Lo animó a que lo hiciera. Todavía quedaba bastante sol en el cielo para secarse después. Quedaron en verse a la hora de la cena. Clarke se sacó la ropa y se tiró al agua, que resultó estar helada. Era bastante buen nadador, y el ejercicio le sirvió para relajarse; entre el caballo y las conversaciones en cuclillas, estaba todo contraído. Cuando salió, Gauna se había ido. Se tiró en la gramilla y se adormeció. El cielo se había puesto rosa, los cantos de los pájaros se hacían más modulados, más extraños. Vio acercarse a unas grandes vacas cerriles que bebían antes de dormir. Entre las hojas, en un estado de semisueño, vio ponerse azul el cielo, y los árboles comenzaron a virar hacia el negro.

Cuando volvió hacia la playita, ya quedaba muy poca gente. Todos lo saludaban con seria cortesía.

Su caballo estaba esperando. Salió al paso, bajo el crepúsculo.

A la noche, todo era fuego. En la clasificación universal, los mapuches eran una cultura del fuego. Lo encendían por cualquier motivo, y lo disfrutaban inmensamente. A cada paso, cerca y lejos, brotaban fogatas, antorchas, fogones, y desplegaban suntuosos reflejos en los cuerpos de los salvajes, cuyo lujo nocturno era engrasarse de pies a cabeza. Ni Cafulcurá ni Alvarito ni casi ninguno de los jerarcas principales se mostraron, ocupados como parecían estar en conversaciones políticas. Gauna y Clarke cenaron asado en compañía de unos ministros parcos: Carlos Álzaga Prior se presentó un minuto para avisar que pernoctaría con amigos. Gauna, que no había podido dormir la siesta, se retiró pronto. Clarke se quedó un rato sentado frente al toldo, fumando una pipa y mirando los fuegos y los indios que pasaban. Ya estaba por irse a acostar cuando se le apareció Mallén.

—¿Cómo le va, señor Clarke, ya cenó?

—Opíparamente.

—Me alegro. Lamento que hayamos tenido que descuidarlo, pero se presentaron asuntos urgentes... ya sabe.

—¿Sí? ¿Algo grave? ¿Una guerra? Supongo que no podrá decirlo de todos modos?

—No, no. Nada grave, naderías, lo de siempre.

—Pero usted mismo me dijo ayer que no era lo habitual que estuvieran tan ocupados.

—También es cierto, pero usted reconocerá que a veces lo habitual se acumula.

—Eso es cierto.

—A propósito, mañana habrá un claro en el protocolo, y Cafulcurá me pidió que le transmitiera una invitación. Por mi parte, querría darle además una disculpa algo más elaborada por nuestra descortesía.

—Soy todo oídos.

Mallén no se había sentado. Los dos conversaban de pie frente a la entrada del toldo, hacia cuyo interior dirigió el machi una fugaz mirada. Parecía renuente a hablar allí, como si temiera que Gauna estuviera tendiendo la oreja. Temor infundado, porque sus ronquidos les llegaban con claridad.

—Caminemos un poco, si no está cansado.

Partieron en dirección a la fogata más próxima.

—Espero que el toldo le haya resultado cómodo.

—Sí. ¿Lo esperan pronto a Namuncurá?

—De ningún modo. Puede quedarse semanas, si quiere.

A Clarke le había resultado chocante que lo alojaran en el toldo del hijo y futuro sucesor del cacique, que estaba de viaje. Sobre todo por la cantidad de esposas de éste, que seguían instaladas allí.

Cuando estuvieron a cierta distancia, Mallén comenzó a balbucear, en el estilo típicamente ceremonioso que indicaba que lo que estaba diciendo había sido pensado previamente.

—En primer lugar, le diré que lamento sobremanera que su visita haya coincidido con estas circunstancias... digamos, especiales. Toda esta vigilancia, estas medidas de seguridad... sin duda han de resultarle engorrosas.

Aunque Clarke no había notado absolutamente nada, consideró más inteligente callar.

—¿Pero cómo iba a saber usted que Cafulcurá cumpliría sus setenta años en estos días, y que es tan cauteloso como para tomar en serio ciertas profecías de vieja data? Cauteloso no es la palabra... En fin, con él nunca se sabe. De eso también quería hablarle. Me atrevería a decir que ciertas características de nuestro cacique le han resultado, por lo menos, sorprendentes. No pretendo exculparlo, pero hay cosas que tienen su explicación. Lo conozco desde hace incontables años, y creo entenderlo mejor que nadie. De modo que tome mis palabras como una corrección a sus impresiones, sin que esto implique ningún menosprecio a su perspicacia, ¡por favor! Tenga en cuenta que ese anciano incoherente, ebrio de hierbas, que le estuvo salmodiando su cantinela del continuum, ha llevado durante cincuenta años sobre los hombros la responsabilidad del gobierno de un imperio de un millón de almas dispersas por todo el sur del continente, y lo ha hecho, y seguirá haciéndolo, pasablemente bien. Desde su juventud Cafulcurá ha tenido como ídolos la simplicidad y la espontaneidad. Pero uno no puede impedirse pensar, y ahí toda la simplicidad se va al diablo. Además, para ser verdaderamente espontáneo, habría que decir "espontaniedad", ja ja ja.

El chiste, por supuesto, era distinto en huilliche, que era el idioma en que hablaban. Pero la traducción da una idea.

—Esto explica —siguió Mallén— su consumo de hierbas alucinógenas, algo exagerado últimamente, debo reconocerlo. Las utiliza para crear imágenes, que al interactuar con las palabras crean jeroglíficos, y por ende sentidos nuevos. Dada la textura prismática de nuestra lengua, no hay medio más eficaz de hacer actuar al sentido, es decir, gobernar. Además, si su eficacia personal se fundamenta en su calidad de hombre-mito, ¿cómo iba a pensar de otro modo? Él busca la velocidad, la velocidad a cualquier precio, por eso recurre a lo imaginario, que es velocidad pura, oscilación de aceleraciones, frente al ritmo fijo de la lengua.

Habían cruzado hasta el arco de enfrente, y allí el machi lo invitó a dar media vuelta y volver. A lo lejos, unas grandes comilonas y reyertas resonaban en la noche silenciosa, y brillaban, como gemas en la oscuridad.

—Hoy no tenemos luna —dijo Mallén.

Cuando llegaron otra vez al toldo de Namuncurá, le transmitió al fin la invitación de su jefe:

—Mañana al mediodía, habrá en su honor una cacería de liebres aquí cerca. ¿Está libre? Perfecto, le aseguro que no se va a quedar con las ganas de ver una, como hoy, aunque me resisto a creer en la posibilidad de que salga volando. No queremos que se haga una mala idea de nosotros. Hasta ahora le hemos dado demasiadas palabras y poca acción, ¿no? Pero sin palabras, tampoco hay experiencia. Aunque sin experiencia, no hay palabras ni hay nada.

Durante la cacería de liebres del día siguiente, Clarke no vio una sola, y podría haber jurado que nadie las vio. No estaba seguro, pero no tuvo a quién preguntarle, ni con quién intercambiar puntos de vista: Gauna, que se había puesto a charlar con unos viejos desocupados, a los que creería poder tirarles de la lengua, no quiso saber nada de ir; y el joven acuarelista directamente no apareció en toda la mañana. Cerca del mediodía, unos indios altos y arrogantes fueron a avisarle que lo estaban esperando. Era un grupo selecto, de un centenar de adultos, todos muy bien montados. Cafulcurá, altísimo y atlético, marchaba con cara de piedra rodeado de unos indios que debían de ser su Guardia de Corps. No lo saludó a Clarke ni siquiera de lejos. Nadie lo saludó, pero en realidad no conocía a nadie de la partida. Salieron rumbo al Este, a buen paso, aunque no demasiado apurados. Era un día de sol como el anterior; cabalgando, una brisa profunda refrescaba el cuerpo. Clarke iba entre los mismos que habían ido a llamarlo; como el resto, estaban embadurnados de grasa de olor punzante. Repetido era el único caballo con silla. Los fletes de los indios, todos overos con manchas extravagantes, no parecían mejores ni más rápidos que el suyo. Fueron aumentando la velocidad poco a poco. Como él no sabía adónde iban, no podía calcular cuánto tardarían en llegar. El terreno era liso como un billar, la hierba asordinaba el ruido de la cabalgata. Los teros describían amplios círculos alarmados en el cielo. Clarke iba en medio de la caballería, por lo que el estallido del vuelo de las perdices no tenía oportunidad de sobresaltarlo tanto. Esa aprensión se la había contagiado Gauna, que daba un salto y se llevaba una mano al corazón, cubierto el rostro de sudor helado, cada vez que lo sorprendía distraído el tableteo de una perdiz en sus tangentes; pero ese hombre pensaba demasiado, lo contrario de Clarke, que era el hombre más exterior que existiera. Salvo los guerreros que iban cerca de Cafulcurá, con unas chuzas larguísimas, los demás iban sin armas, de sport.

Habrían hecho unas tres o cuatro leguas, tragando aire a ríos, brincando en elipses largas sobre el lomo de los caballos, cuando en un sitio igual a cualquier otro, porque eran todos iguales, pero más amplio, más espacioso todavía (el planeta debía de aplastarse ahí, no había otra explicación) se detuvieron. Unos indios que quizá fueran cazadores especialmente dotados dieron unas vueltitas al paso mirando el suelo, y después cambiaron unas palabras con Cafulcurá. Pese a la distancia, Clarke distinguió en el vocero el gesto de poner los ojos bizcos. Calculó que le estaba diciendo que era un buen sitio para hallar liebres. El cacique pareció pensar un instante, y después exclamó con voz poderosa, que contrastaba con sus balbuceos en privado: "¡Ñi Clarke!". El silencio se estiró un poco más. Los que estaban alrededor del inglés miraban para otro lado, simulando distracción de un modo tan pueril que causaba gracia. Supuso que querría decir algo así como "en honor de Clarke". Varios jinetes partieron a la carrera, en una fila a la que fueron sumándose otros. El que iba primero no tardó más que un par de minutos en llegar al horizonte. El grueso de los cazadores se dispersó, también a toda velocidad, en lo que parecía una irradiación al azar. Cafulcurá iba entre ellos, y Clarke lanzó a Repetido en una dirección aproximadamente paralela a la del cacique. ¡Cómo corrían! Tenían algo de liebres, esos caballos flacos e incansables, que no sabían hacer otra cosa. En muy breve lapso se habían dispersado por la inmensidad. Al llegar a cierto punto, que debía de estar marcado por el tiempo más que por el lugar, daban media vuelta y volvían por donde habían venido.

Clarke, obediente, hacía lo mismo, aunque nadie le había explicado el procedimiento. El conjunto de jinetes formaba una cuadrícula móvil; probablemente así se creaba, desde la perspectiva de las liebres en movimiento, un efecto de círculo envolvente, para causarles pavor. Clarke creía ver el paso sinuoso de las liebres entre las patas de los caballos. Pero no habría podido señalar una en ningún caso. Eran sombras anticipadas de percepción, que no se consumaban. Se devanaba los sesos pensando cuál era la clave del procedimiento. Quizá cada cazador se limitaba a pasarle la presa al que venía atrás por una fila lateral, y éste a otro, todo el tiempo. Si era así, se parecía a un juego de damas que fuera pura velocidad, sin resultados. Aunque el resultado podía ser cansar a las liebres. Al final las agarrarían de las orejas con sólo estirar una mano, sin apearse. Eso sería muy característico de los indios. El horizonte, una línea tenue, más tenue que nunca, ocultaba siempre a una mitad de los jugadores; y al mismo tiempo, cada uno estaba en el centro del círculo. Todo era movimiento; la tierra se deslizaba en cintas vertiginosas; el sol estaba ya de un lado, ya del otro. El espacio mismo invertía su posición a cada pasada: daba la impresión de que uno se ponía cabeza abajo para verlo pasar. ¡Allá iban! ¡Allá venían! Pero ni iban ni venían, para Clarke, cuyo punto de vista no sólo se desplazaba, sino que en la práctica se transformaba.

Los indios disfrutaban del ejercicio. Al pasar se lanzaban un grito, o varios, pero inarticulados; era lo más parecido a la carcajada que practicara ese pueblo melancólico. Algunos se apearon y se recostaron en el pasto, a beber de unas botellitas; Clarke creyó que era agua y se les acercó. Lamentablemente, era un licor. Se tiró un rato; Repetido estaba bañado en sudor, le había mojado las piernas a él, que por su parte también había sudado lo suyo. Se sacó el sombrero y se tapó la cara, echado boca arriba. Los gritos venían de distintos lados, de distintas distancias, y parecían mantener también un patrón, aunque móvil y cambiante. Los indios que habían estado bebiendo reanudaron sus carreras. Se podía pensar que después de concederse un respiro a escondidas, volvían a su deber; ¿pero dónde se habían escondido? ¿A la vista de todos? Como Clarke se quedó un rato más echado, tuvo la sensación de estar escondido. Sin embargo, el terreno de las carreras seguía siendo el mismo. Cuando volvió a montar, Repetido partió de un salto; estaba más entusiasmado que el jinete. Pero ya se sabe que los caballos adoran sudar. No había hecho un par de carreras, cuando surgió un clamor entre los indios. Pensó que habían atrapado una liebre, pero no. Los gritos eran de alarma, de recriminación. Ya se estaban reuniendo, todos ellos chillando de un modo espantoso. Fue a ver, intrigado. Unos jinetes partieron veloces como el rayo rumbo a la toldería. Cuando llegó adonde estaban los indios que alborotaban, se quedó boquiabierto un rato, sin entender. Nunca los había visto tan excitados. No se les entendía una palabra, tanta era la vociferación. Los de chuza, que eran los más frenéticos, vinieron hacia él de pronto, con gesto amenazante. Amenazante en serio, advirtió Clarke con una sorpresa horrible que le hizo detener los latidos del corazón. Hasta ahora todo había sido, en sus relaciones con ellos, provisorio, abstracto, preliminar. La cortesía misma que le habían mostrado se revelaba como una forma de lo preliminar. De improviso surgía lo serio, ¡y de qué modo! Absoluto. "Aquí me atraviesan", pensó en la contracción de un hipo de pavor, mirando las lanzas de tacuara. Lo peor era no saber de qué diablos se trataba, y qué tenía él que ver. Pero no lo mataron de primera intención. Le gritaban cosas que, en el desacomodamiento de sus napas mentales, no acertaba a descifrar. Blandían las chuzas a centímetros de su esternón. Entre ellos sí debían de entenderse, porque al cabo de unas breves deliberaciones a los alaridos un grupo partió como flecha hacia el Este. Cuando volvieron a gritar se dio cuenta al fin de lo que había pasado: Cafulcurá había desaparecido. Abrió la boca atónito. Estaba barajando unas palabras que decir, alguna condolencia al azar, cuando todas las cabezas se volvieron en dirección a la aldea, por donde venía a rienda suelta una comitiva desmelenada. Le salieron al encuentro; a él lo obligaban a marchar a pechazos. ¡Qué pulmones tenían estos salvajes! No dejaban de gritar un momento. ¿Pero cómo podía haber desaparecido el cacique? Parecía imposible, en la llanura panóptica. Aunque bien pensado, era fácil, si a cada ocasión, según donde estuviera el observador, había otro bajo el horizonte. Había que tener en cuenta que el hábitat natural de estas razas era la montaña, donde todo es escondrijo; no podía asombrar que reprodujeran la escenografía multiplicando el único elemento de que disponían en la llanura, la línea de la distancia. De todos modos, se explicaba que los guardaespaldas estuvieran nerviosos, si realmente al viejo se lo habían birlado con el simplísimo procedimiento de mantenerse bajo el horizonte, y esperarlo. Ninguna "liebre" habría sido tan fácil de atrapar. ¿Pero quién podía haber sido? Se daba cuenta de que le habían estado ocultando detalles sobre política externa, aunque era cierto que él no había preguntado. ¿Y por qué parecían culparlo? Trató de recordar lo que hacía un momento antes: estaba tendido en el pasto, descansando, sintiéndose a gusto. Pésima coartada. El sol caía vertical sobre los cuerpos hirvientes de frustración. Los caballos resoplaban malhumorados, privados de su ejercicio.

Entre los que venían se hallaban los principales machis, y el consejo de ministros en pleno. Traían unas caras de consternación que los hacían totalmente horribles. Hubo unas conferencias muy airadas, a lomo de caballo, y la primera determinación práctica que tomaron fue mandar de vuelta a Clarke a la toldería, con custodia. Cuando iban hacia allá vio pasar varios grupos de guerreros, a toda velocidad en dirección al lugar del hecho. Lo encerraron en un toldo en el que ya estaba Gauna, perplejo y furioso, y les pusieron dos salvajes adentro y dos afuera.

—¿Qué les pasa a estos orates? —le preguntó el baquiano.

—No me grite, que ya tuve bastante de eso.

Clarke apenas empezaba a salir del aturdimiento. Lo primero que hizo fue sentarse en un cuero, sacarse el sombrero, desabrocharse la hebilla del cinturón que le apretaba, y pedir un vaso de agua. Los indios no hicieron caso. Gauna fue a sentarse a su lado y le clavó la mirada de loco paranoico que tenía.

—Es inaudito —empezó el inglés— el modo en que se han precipitado los acontecimientos.

En ese momento los indios de afuera llamaban a los de adentro, que salieron. Ellos dos (Clarke sosteniéndose los pantalones con la mano) fueron a la hendija de la entrada a ver qué pasaba. No era nada. Se habían puesto a charlar con unas chinas, muy risueños, de cualquier cosa. Pero más a lo lejos se veía bastante movimiento. Los habían puesto en un toldo casi en las lindes de la capital, seguramente para tenerlos a mano y a la vez no meterlos en la boca del lobo; el centro debía de ser un hervidero si se había difundido, como parecía, la noticia. Volvieron a sentarse. Resumió el relato apenas anunciado:

—Parece ser que Cafulcurá, no me pregunte cómo, se hizo humo.

—¿Qué? ¿Explotó?

—No, por favor, era un modo de decirlo. Creí entender que sospechan que ha sido secuestrado.

—¿Y nosotros qué tenemos que ver?

Se encogió de hombros, en un gesto muy del otro. Para sus adentros, pesaba las posibilidades: por ejemplo, que los tomaron por entregadores. De pronto, lo asaltó una idea:

—¿Y dónde estará el chico?

—¿Qué chico? —preguntó Gauna.

—Álzaga Prior.

—¡Qué se yo!

—¿A usted adónde lo agarraron?

—Estuve toda la mañana hablando con unos viejitos, y ahí seguía cuando cayeron estos energúmenos.

Tuvo el más funesto presentimiento sobre la suerte que podía haber corrido el muchacho.

—Estaban esperando algo así —dijo Gauna.

—¿Qué?

—Un ataque contra la persona del tipo. ¿No vio lo custodiado que estaba?

—Eso mismo me dijo Mallén anoche —confesó Clarke—, pero la verdad es que yo no me di cuenta.

Se quedaron callados un rato.

—¿Y ahora qué nos harán? —dijo Gauna.

—Nada, por supuesto. ¿Acaso hemos hecho algo malo?

—¡Como si eso fuera a detenerlos!

Clarke no era tan escéptico respecto de la justicia, o por lo menos la etiqueta, de los salvajes.

—Quédese tranquilo.

—Yo tranquilo estoy. Lamentaría, eso sí, morir por una maniobra de la interna política de ellos. Sobre todo en este momento en que tan cerca estoy...

—¿De qué?

No hubo respuesta, porque volvieron a entrar los dos indios y prefirieron callarse. Así quedaron cosa de una hora, hasta que llegó alguien a caballo. Con esa intuición infalible de la gente en peligro, supieron que era para ellos. En efecto, los hicieron salir. Unos dignatarios a los que no conocían más que de vista se apearon, con sonrisas estiradas:

—Debemos presentarles nuestras más sentidas disculpas por las involuntarias molestias. Durante un corto lapso se temió que nuestro cacique hubiera sido objeto de un atentado, y se tomó la determinación, quizás algo apresurada, pero pensada exclusivamente con la mejor intención respecto de ustedes, de internarlos preventivamente, pues al ser los únicos extranjeros de visita en la capital en este momento, temimos no poder responder por su seguridad ante el imprevisto emotivo de la gente. En la confusión del primer momento, es posible que no se hayan contemplado todos los requisitos de su comodidad, pero desde ya queda subsanado. Pueden seguir con sus actividades normales ahora que todo pasó, y les rogamos que nos perdonen la rudeza.

—¿Debo entender que Cafulcurá reapareció?

—Lo que ha traído la más balsámica tranquilidad a la población es la noticia de que nuestro benévolo emperador nunca había desaparecido en realidad. Se trató de un malentendido, de los que son tan frecuentes. Había ido a tomar agua a cierta distancia, en pleno desarrollo del Lebratón, y se quedó conversando con un conocido que encontró casualmente.

—Debo reconocer —dijo Clarke— que yo también sentí bastante sed durante la cacería. La próxima vez voy a llevar una botella de agua.

A todo esto habían montado y se dirigían al centro al paso. Gauna, que nunca tomaba la palabra para dirigirse a los indios, por lo menos delante de Clarke, esta vez lo hizo:

—Qué imprudencia —comentó— sembrar la alarma entre la gente, con una noticia no verificada.

Su tono, falsamente relamido, tenía tal carga de sorna que Clarke se asustó. No comprendía cómo se podía ser tan imprudente, después de haber corrido semejante peligro. Pero sus temores eran infundados. Los indios, que tan sutiles podían ser cuando se lo proponían, eran impermeables a las sutilezas ajenas. Él por su parte no se sentía seguro de nada. Las palabras del gaucho le hacían pensar que realmente el desmentido podía no ser más que una mentira calculada para tranquilizar los ánimos. No se le había ocurrido antes. Por otra parte, prefería no preguntar por el acuarelista. Si aparecía, y si era cierto, cosa que dudaba, que estaban en libertad de movimiento, se irían de Salinas Grandes cuanto antes mejor.

En los grandes arcos centrales, la situación parecía bajo control. Fueron directamente al toldo de Namuncurá, donde se despidieron de los otros, que los habían escoltado. Las chinas del ausente estaban como siempre. Les pidieron algo de comer. Ya era tarde para sus horarios, pero les sirvieron carne fría y ensalada, y trasegaron una jarra de vino con agua.

—No me dirá que esta vez también les creyó —dijo Gauna.

—Mire amigo Gauna —dijo el inglés tomándose su tiempo—, tendrá que disculparme si no le pido que desarrolle su teoría. No dudo que la tenga. Pero en esta ocasión, para serle franco, no me interesa. Ya tengo bastantes motivos de preocupación. Lo único que me importa por el momento es ir a buscar al mocoso, y marcharnos de aquí, si nos dejan. ¿De acuerdo?

El otro se encerró en un rencoroso silencio. Clarke salió a fumar una pipa al aire libre. Desde la entrada del toldo se veía el patio trasero del de Cafulcurá, donde había un regular movimiento de mujeres. A lo lejos, sobre el horizonte, se veían pasar partidas de indios. No sabía si eso era normal, o no.

Siguiendo un impulso repentino, y sin avisarle siquiera a Gauna que salía, montó a Repetido y enfiló rumbo al arroyo, donde contaba con las mayores posibilidades de encontrar a Carlos Álzaga Prior. Le palmeó el cuello al animal: con tantos acontecimientos, lo había descuidado de un modo ruin. No le había dado de comer ni beber, lo había dejado todo el tiempo al sol, y encima volvía a exigirlo. Lo menos que podía hacer era ir al paso, y así fue. Se prometió darle una remojada en el arroyo.

Ahora bien, llegar no le resultó tan fácil. Aparte de que las emociones y cabalgatas lo habían dejado mareado y adormecido de agotamiento (la siesta se le había hecho una necesidad, y era justo la hora), en realidad no sabía dónde estaba ese oasis. El día anterior se había limitado a seguir a Gauna. Solo, encontraba todas las extensiones iguales. Por supuesto, en el plano absoluto que eran las salinas, sólo había que acertar con la dirección; el camino más corto se daba por sí mismo. Pero existían pequeñas desviaciones, a las que toda línea estaba expuesta, con efectos inevitablemente lejanísimos. De hecho, en el plano el punto siempre se escapaba. El blanco del aire, el transcurrir lentísimo de la cabalgadura le dificultaban asimismo el cálculo del tiempo, lo que terminó de desorientarlo. Optó por el arco, que aunque más prolijo era más seguro. No en vano los indios lo habían adoptado para sus urbanizaciones.

Al fin, unos niños montados en rollizas yeguas, a lo lejos, le dieron la pauta. Como sus vagabundeos se habían prolongado un par de horas, a paso de tortuga, el calor comenzaba a apaciguarse cuando avistó las arboledas, y los bañistas ya poblaban los oteros. Pasó frente a la playita sin apearse, y empezó a mirar los grupos de ociosos. Pensaba que la vida que se daban los indios era envidiable por muchos motivos. Se limitaban al trabajo delicioso de ser felices, no hacer nada y pasarlo bien. Comían a reventar, dormían todo, jugaban a los naipes, dejaban pasar los años. Debían de tener algún secreto.

Se internó entre los mimbres, que parecían grandes tiestos verdes y amarillos. El arroyo seguía un curso caprichoso, con serenos remansos, pasajes hondos en los que el agua se oscurecía y ondulaban las hierbas larguísimas arraigadas en el lecho, minúsculas cascadas sobre piedras, toda una hidráulica amena en la que se entretenía la muchedumbre. Quién sabe hasta dónde seguía este laberinto lineal, y en toda su extensión parecía haber indios, mostrándose como objetos ocasionales, la piel brillante de agua, los ojos negros entrecerrados, siguiendo con paciencia de víboras el progreso de las horas.

Había tomado una dirección, enfrentando la corriente, la misma por donde habían venido el día anterior, y que parecía ser la favorita de la gente. Pero hizo un largo trecho sin ver al joven. Los grupitos comenzaban a escasear, algunos pescadores dormitaban arrullados por las aves. Perdió la esperanza de encontrarlo por este lado. Quizá ni siquiera había venido al arroyo. Si no lo encontraba de entrada, tendría que recurrir a sus anfitriones, que parecían haberse olvidado de la existencia del muchacho. También existía la posibilidad de que se hubiera dado lo contrario, y lo tuvieran encerrado.

Sea como fuere, renunció a la busca. Se hallaba a solas en una especie de playita herbosa, sobre la que hacían cúpula las ramas de los árboles. Echó pie a tierra, desensilló a Repetido y lo introdujo en el agua, previo sacarse él las botas y el pantalón. La corriente fresca en los pies le produjo una instantánea sensación de calma. Lamentaba no tener un balde para bañar al caballo, que después de beber largamente se quedó quieto, con el agua hasta la mitad de las patas. Se la arrojó con las manos, haciendo cuenco, hasta mojarlo por completo. Lo que sí tenía, en una alforja de su bonita silla de cuero rojo, era un cepillo, y lo usó con energía. Clarke siempre había sentido veneración por los caballos, y éste que le había prestado Rosas era admirable. La quietud en un ser vivo siempre es algo digno de admiración. Se preguntaba de dónde vendría la belleza de los caballos, a los que todo hombre es tan sensible. ¿Sería del hábito? Para un hombre que nunca hubiera visto uno, quizá resultara un monstruo repelente. No podía imaginarse a ese hombre.

Era la hora vacía de la tarde. Un pájaro cantó sobre su cabeza. El susurro del cepillo, los murmullos del agua en sus pies era todo lo que oía. El llamado de un tero a lo lejos... un resoplido del caballo, el trémolo monótono de las chicharras...

Cuando dio por terminado el trabajo, con las imperfecciones derivadas de la falta de jabón, se sentó en la orilla a fumar una pipa. Repetido salió del agua y se puso a mascar unos yerbajos. Con la pipa, pensaba Clarke, qué bien le habría venido una taza de café. Trató de no pensar por un rato en sus problemas, ni en los indios siquiera. Que los indios se hubieran vuelto parte de su problema era un golpe de mala suerte nada más. Lo suyo era la naturaleza, o debía serlo al menos. Salvo un par de chinas gordas que habían aparecido mientras él lavaba el caballo, y después de mirarlo un momento dieron media vuelta para volver por donde habían venido, nadie pasó por allí. Se preguntó si estaría en el último extremo de sus paseos acuáticos. Pensándolo, sintió curiosidad por ver qué había más allá. El arroyo, considerado como línea de agua que cortaba la llanura, era un continuo homogéneo, cuyas amenidades resultaban intercambiables, pero precisamente al alejarse cambiaba, sin cambiar, se acentuaba su intensidad de distancia.

Se puso de pie y así como estaba, descalzo y sin pantalones, caminó unos cien metros. Otro aspecto del arroyo y sus orillas se presentó ante su vista, vagamente previsible pero novedoso. Había una especie de combinatoria de los mismos elementos: el agua, las orillas, los árboles, la hierba. Cautivado, en medio del silencio, avanzó más. El hechizo del lugar estaba en la línea, en lo ocultos que se mantenían sus segmentos desde el segmento anterior, al revés de lo que sucedía a campo abierto. Como había supuesto, no había nadie. Las voces y los ruidos lejanos que había traído ocasionalmente la brisa hasta la playita aquí cesaban del todo. Eran cámaras secretas, enfiladas como en un palacio italiano. Por acción del mecanismo de alejarse sobre una serie de "umbrales", tuvo la sensación de entrar en lo misterioso, en una inminencia de la nada que sugería el infinito.

De pronto, oyó algo: una voz ahogada modulando muy bajo, una especie de grito privado que no se dirigía a nadie, pero tenía algo de pedido de auxilio. Sonaba adelante; para saber qué era debía pasar a otro invisible más. Lo hizo, y quedó paralizado de la sorpresa. Sentado en la orilla, solo, estaba Carlos Álzaga Prior, llorando con desconsuelo, la cara entre las manos.

El golpe que recibió el inglés en ese momento fue grande. No recordaba haber visto llorar a un hombre en su vida. Es cierto que el acuarelista era casi un niño todavía, pero su llanto tenía una cualidad de adulto, de definitivo, que lo afectó a fondo. Estaba frente al dolor, y sintió nostalgia, aunque nostalgia es poco decir para la mezcla de desazón y remordimiento que lo embargó.

Le pareció ver al muchacho recortado en el vacío, en la oscuridad. La desesperación produce este vacío alrededor de uno. Desprovista de puntos de referencia, la figura podía estar tanto lejos como cerca; podía estar a mil leguas, y ser un gigante, o a diez centímetros y ser una miniatura. Pero estaba ahí nomás, a unos pocos metros, y Clarke debía confiar en el entendimiento de su vista, en la correlación normal tamaño-distancia. Esa fatalidad hacía cruel la escena. Creía tener ante él un emblema de su propia vida, y lo espantaba. Era el horror de ser inglés, educado, reservado, de no saber llorar en público (ni en privado), de vivir en una burbuja y no sentir las emociones. Su existencia se había secado desde hacía muchos años, tantos como debía de tener este joven, desde la pérdida, en su primera juventud, de un amor que habría podido hacerlo llorar. A su existencia desde entonces le había faltado el miedo connatural a la vida; lo vislumbraba ahora, cuando menos lo esperaba, pero en otro.

Su primer impulso fue huir, pero se repuso. Se acercó. Como estaba descalzo, se clavó toda clase de espinas y piedras puntiagudas en los pies. Carlos no levantó la vista, no se quitó las manos de la cara, ni dejó de llorar. Clarke le pasó un brazo por el hombro, transido de conmiseración, y cuando quiso decirle algo, no le salieron las palabras. Quería consolarlo, pero no sabía cómo. Lo más natural le pareció llevarlo a otro sitio, ir en busca de su caballo por lo menos, seguir con sus planes y olvidarse de los indios. A la vez quería concentrarse en una cosa y olvidarse de otra. Pero en la confusión que reinaba en su mente en ese momento, los dos impulsos se superponían.

De todos modos, dieron unos pasos. El joven se dejaba llevar dócilmente, sin aminorar los sollozos. Habían hecho unos metros apenas cuando una sombra cayó sobre ambos. Clarke fue el único que levantó la vista. Un jinete se recortaba sobre el sol ya declinante, una silueta misteriosa por el momento, algo amenazante por la posición elevada respecto de ellos y también por haberse detenido y por mirarlos. "Qué va a pensar", fue lo único que atinó a decirse Clarke. La voz lúgubre que sonó entonces le indicó a las claras que no era cuestión de pensar absolutamente nada.

—A usted lo andaba buscando.

Era la voz del machi Mallén. Un sonido de ultratumba, cargado de distracciones: el tono de un hombre que tiene un problema grave. Soltó al joven y dio unos pasos para hacer salir al machi del contraluz.

Le impresionó la cara; en menos de una jornada parecía haber envejecido veinte años.

—¿Qué pasa? —le preguntó.

—Tengo que hablarle.

No usaba los circunloquios habituales. El inglés se hizo cargo de la gravedad de la circunstancia, y no lo hizo esperar.

—Venga, voy a vestirme. —Y a Carlos: —Enseguida vuelvo. —Dio unos pasos, pero se volvió, sintiendo la obligación de decirle algo más. —Tratá de serenarte.

Volvió a la playita lo más rápido que pudo, con el machi atrás. Se puso los pantalones, se calzó las botas después de frotarse sumariamente los pies para sacarse el pasto y las piedritas pegadas.

—Soy todo oídos —le dijo encarándolo.

—Venga, por favor. Vamos a un lugar más tranquilo.

Era difícil imaginarse algo más tranquilo que el sitio donde estaban, pero montó de todos modos y siguió al machi, que tomó en una dirección perpendicular al arroyo, al paso. Pronto estuvieron en campo abierto. Para sorpresa de Clarke, a lo lejos apareció una colina, suave pero bien marcada, quizá por contraste con la planicie circundante. Fueron hacia ella. Cuando estuvieron en lo alto, Mallén, que no había vuelto a abrir la boca, se apeó e invitó a hacer lo mismo al otro. Parecía mentira que subiendo tan poco se viera tan lejos, pero era una propiedad natural de lo llano: un metro representaba cien leguas. Se sentaron en el pasto, de cara al sol. Como el indio seguía sin hablar, Clarke tomó la iniciativa con algo neutro:

—Linda tarde.

—Fíjese que ni siquiera me había percatado, tan pensativo estoy.

—Sus motivos tendrá.

—Vaya si los tengo. —Nuevo silencio, muy largo. Pero ya estaba lanzado, y Clarke se limitó a esperar. En efecto, después de que sus arrugas se hicieron más pronunciadas todavía, y los ojos más tenebrosos, Mallén se explicó: —Ha sucedido lo que yo más temía.

Para el inglés esas palabras tenían una resonancia especial. Era la clase de expresión que, cuando se ponía en lógico, debía reconocer que no tenía ningún sentido. Y sin embargo, era la segunda vez en media hora que tropezaba con ella, de un modo u otro.

—Cafulcurá —siguió el machi—, como usted bien ha de saber, ha desaparecido, a despecho de todas las precauciones tomadas.

—¿Pero no había aparecido?

—¡No me diga que creyó la desmentida oficial! Si se la tragó, fue el único.

Otra vez el desprecio a su credulidad. Por lo visto, no era exclusivo de Gauna. Optó por no molestarse.

—En realidad, no me detuve a pensarlo. Acepté lo que me dijeron, por pura reacción.

Mallén lo miró, saliendo de su ensoñación pesimista, como si lo viera por primera vez esa tarde:

—Es cierto. Me olvidaba que sospecharon de usted en un primer momento. Qué absurdo. —Hizo un gesto con la mano, como borrando una nimiedad. —Pues sí, nuestro cacique ha sido raptado. Y todo hace pensar que hay pocas posibilidades de recuperarlo vivo. La única esperanza que cabría albergar es que posterguen su ejecución por algún motivo; y también está el hecho de que Alvarito Reymacurá, su hijo, que partió en persecución de los secuestradores, no ha vuelto. Como ve, es un hilo debilísimo al que nos aferramos.

—¿No podría tratarse de un autosecuestro?

—No diga pavadas.

—¿Y quién puede haber sido?

—Todo indica a nuestros enemigos más acérrimos, los vorogas.

—¿Por qué no lo matarían directamente?

—Señor Clarke, he decidido confiar en usted. Ya verá por qué. Hay una mujer infame y feroz, que a mi juicio es la que está detrás de esta operación. ¿Ha oído hablar de la Viuda de Rondeau?

—No.

—Hace unos años, Cafulcurá venció a un cacique voroga, de nombre Rondeau, y lo mató, como es lógico. Entre las reparaciones que luego pagó a la tribu vencida (porque nosotros tenemos esa costumbre generosa: paga el vencedor), estuvo un ofrecimiento de matrimonio a la viuda del cacique. Esta mujer, que ni siquiera es una voroga de raza, sino una perfecta desconocida, tuvo el descomedimiento de rechazar la proposición, y se fugó con unos secuaces, a los que con el tiempo se han sumado muchos otros, y hoy es una temible potencia.

—¿Qué tiene contra Cafulcurá?

—Nada, eso es lo más inquietante. No es por haberle matado al marido, al que ella misma había intentado asesinar un par de veces, porque lo odiaba. En realidad, no parece tener nada en contra de Cafulcurá ni de nadie en especial; se limita a ser feroz y a sobrevivir.

—¿Por qué sospecha de ella?

—Porque es la única lo bastante audaz como para intentar semejante golpe de mano, y la única que tiene lo bastante poco que perder (no tiene ni siquiera territorio) como para no temer nuestras represalias. Aun así, inclusive ella debe de haberse dado cuenta de que se le ha ido la mano, y de ahí mi sospecha de que haya llegado a un acuerdo con el supremo jerarca voroga en la actualidad, Coliqueo, ese hipócrita, que es el que más saldría ganando con la muerte de Cafulcurá. En esa hipótesis se apoya todo mi razonamiento: si se lo han llevado con vida, tiene que haber sido ella, con la intención de mantenerlo vivo y amenazar a su socio con devolvérnoslo si no cumple sus promesas, sean cuales fueren. De ese modo, estaría asegurada.

—Ya veo.

—He pensado, señor Clarke, pedirle un gran favor.

—Usted dirá.

—Que vaya a los toldos de Coliqueo y sondee sus intenciones. No sé si me entiende.

—¡Pero yo jamás sabría cómo hacer eso!

—Vamos, no se haga el modesto. Si hay alguien que lo sabe, es usted.

—¿Y cómo haría para llegar, con este clima tan enrarecido?

—Precisamente, usted es el que menos problemas tendría para hacerlo. ¿Cómo llegó hasta aquí?

—Bueno... —dijo Clarke, que en realidad no se lo había preguntado en serio—, supongo que la pericia de mi baquiano, y la buena voluntad de ustedes...

El machi volvió a mirarlo, ahora genuinamente sorprendido:

—¿Pero acaso no sabe lo del caballo?

—¿Repetido? ¿Qué tiene? Me lo prestó Rosas, yo no sé nada.

—¿Y de dónde lo sacó Rosas? ¿No vio el caballo de Cafulcurá?

—Sí, es parecido...

—No. Es idéntico.

—Bueno, tanto como idéntico...

—¡Sí señor! ¡Pero qué increíble! ¿O sea que vino a ciegas, creyendo en su buena suerte?

—Señor Mallén, haga el favor de iluminarme.

Haciendo caso omiso del tono irritado del inglés, el machi ordenó sus ideas.

—Nosotros, señor, humildemente hacemos ciertas cruzas con nuestros caballos para lograr esos pelajes manchados que tanto nos gustan. ¿Y por qué nos gustan? Porque sabemos leer el lenguaje de las diferencias de las manchas, y nos resulta muy práctico. Repetido es un animal que reproduce de modo idéntico la configuración de manchas del caballo favorito, podría decirse "oficial", de Cafulcurá, y ése y no otro fue el motivo por el que usted logró llegar a Salinas Grandes sin un rasguño. Ambos caballos son gemelos, hijos de un mismo parto de una misma yegua, y esa yegua era nieta del famoso Fantasma, el caballo en cuyos riñones, una vez muerto, se encontró la piedra azul que es el talismán de Cafulcurá. Además de la piedra, y la leyenda y el juego de palabras consiguiente, Fantasma dio origen a un linaje de caballos gemelos. Su Repetido fue un regalo del cacique a Rosas, en ocasión de un tratado de paz perpetua que firmaron hace unos años.

—No sabía nada.

—No me asombra. Es tanto lo que ignoramos... Bueno, resumiendo, ¿nos hará el favor?

Clarke lo pensó un momento nada más:

—De acuerdo.

La conversación estaba agotada. Desde la pequeña altura, el esplendor de la tarde empezaba a cubrirse de colores atmosféricos. Las palomas monteras levantaban vuelo en bandadas. Estaba como para quedarse un rato más. Y a Clarke se le ocurrió una pregunta:

—Pero ustedes, por lo que me ha dicho, esperaban algo como lo que sucedió, ¿me equivoco?

—Sí y no. Es largo de explicar.

—Le ruego que lo haga. Tenemos tiempo. Y no querría irme sin saberlo, por si puede resultarme útil.

—Útil, no le será, en lo más mínimo. Si algo me ha enseñado la experiencia, es que cuanto menos se sabe, con más eficacia se actúa. Pero puedo contárselo, porque efectivamente tenemos tiempo. A usted no le conviene salir antes de mañana a la mañana.

Se quedó callado por un momento, ordenando sus ideas.

—A ver por dónde puedo empezar. Le anticipo que hay mucho de absurdo en todo el asunto.

—Eso es lo de menos.

—Me alegro. Pues bien, es cierto que habíamos tomado toda clase de precauciones para conservar la persona de Cafulcurá, pero no por un motivo real. Note lo paradójico del caso, teniendo en cuenta que al fin fue algo muy real, demasiado real, lo que sucedió. Años atrás, unos machis contratados habían hecho no sé qué maniobras oraculares, de las que resultó la profecía de que en el momento de cumplir los setenta años el cacique sufriría la repetición de un accidente que había tenido lugar treinta y cinco años atrás, al cumplir él esa misma cantidad de años. En aquella ocasión el festejo del cumpleaños se complicó con el de las bodas de Cafulcurá, pues había contraído matrimonio al fin con la que fue el gran amor de su vida, la maravillosa Juana Pitiley, a la que deseaba desde hacía una década. La fiesta fue impresionante, una comilona que duró una semana, con el consiguiente abuso de bebidas, y ya se imaginará el estado en que quedamos. A la medianoche de la última jornada, un comando de vorogas no tuvo ningún inconveniente en introducirse hasta el corazón de la toldería, alzar a Cafulcurá como un hato de ropa sucia, y llevárselo. Los vorogas en aquel entonces no eran lo que son hoy, salvo en la malevolencia. Eran unas bandas errantes, que no se acostumbraban a la llanura; anarquistas, en una palabra. Por nuestra parte, tampoco éramos exactamente lo que somos ahora. Cafulcurá era joven, algo disipado, nuestra organización era deficiente en la paz. Esto para explicarle por qué se produjo tal desconcierto en nuestras filas. Sólo el ardor de Juana Pitiley logró el milagro de reunir una partida que salió tras los vorogas, y los persiguió durante semanas sin perder el rastro. Los responsables del secuestro eran una pequeña tribu completa, que marchaba rápido, y que tomó por puro instinto el rumbo de las sierras del sur. Nunca se supo qué pretendían hacer con Cafulcurá, pero lo cierto es que lo mantuvieron vivo, adormecido con zumo de hierbas. Como se sabían perseguidos, y creían serlo por una fuerza importante, se hicieron fuertes en las sierras, dispersos, con su presa bien oculta. Los nuestros llegaron allá, y hubo una serie de escaramuzas en las que la decena de valientes huilliches fueron muriendo uno tras otro, hasta que no quedó con vida más que la heroica Juana Pitiley, quien por su parte estaba decidida a recuperar a su esposo o morir. A partir de aquí, su hazaña entra en el terreno de la leyenda. Qué hizo en realidad, nadie lo sabrá nunca, pero le cuento la versión canónica. Una astucia distinta (ahora proverbial) se despertó en ella, un instinto de animal, que la guió como una sonámbula, pero inteligente. Sola, desnuda, sin armas, logró introducirse en el sancta sanctórum de los vorogas, que no era por cierto una caverna sino un círculo de abruptas montañitas de una legua de circunferencia, y por centro un picacho agujereado, el llamado Cerro de la Ventana. A él logró subir sin ser vista, una tarde, y entonces, con la última luz del poniente, con el último rayo que se enhebraba en la "ventana", vio a través de ella la carrera de una liebre, la que a raíz de esta historia se llamó luego la Liebre Legibreriana. Ya estamos en pleno campo de la ficción, de lo que me disculpo. El recorrido le indicó dónde se hallaba Cafulcurá. Usted puede darse cuenta de que esto admite una explicación perfectamente razonable: cuántas veces la inocencia de un animalito silvestre ha descubierto una localización secreta. Esa misma noche lo rescató ella sola, en silencio, y volvieron a subir al Cerro de la Ventana, donde ella estaba segura de que por el momento no lo buscarían (el movimiento de los vorogas, por una regla natural de la estrategia, tendería a la dispersión, una vez descubierto el hurto del prisionero). En la cumbre, en el lecho mismo del agujero, ese amanecer cuando él recobró el sentido, consumaron el matrimonio. A partir del día siguiente comenzó la huida, el acoso, que duró un año entero. Mucho se ha fantaseado sobre ese prolongado escape, pero lo único cierto es que en determinado momento, cuando Juana Pitiley estaba a punto de parir al hijo que había concebido durante la noche de la reunión, los esposos se separaron. En cuanto a los vorogas burlados, la historia quiere que se hayan ido a vivir bajo la tierra como los tatús. Cafulcurá volvió solo a nuestros toldos, y un par de meses después apareció Juana Pitiley, sana y salva, con un niño en los brazos: Namuncurá. Desde ese entonces ha sido la principal de las treinta y dos esposas del cacique, y una vigorosa fuerza política en la corte. A propósito, mañana irá una comisión a Carhué a ponerla sobre aviso del lamentable suceso. Su reacción puede ser terrible.

Clarke ya no lo escuchaba. La aparición de la Liebre en el relato lo había puesto sobre ascuas. Era exactamente lo que quería saber, pero consideró que no era el momento de apremiar con preguntas a su interlocutor, sobre todo porque era dudoso que pudiera decirle algo importante. Además, debía darse a sí mismo un tiempo para pensarlo. Lamentaba amargamente que estos datos salieran a luz cuando la realidad se precipitaba a su alrededor. Con un razonamiento (erróneo) muy inglés, pensaba que en la calma, en el vacío, podría pensar mejor.

—¿Y qué es de Namuncurá? —preguntó—. Me dijeron que estaba de viaje. ¿Le avisarán a él también?

Mallén pareció de pronto mucho menos seguro de sí mismo.

—No creo que sea fácil localizarlo... En fin, ya veremos.

Se puso de pie y fue a montar. Clarke lo imitó. Ya era casi de noche. Tomaron al paso el camino a la toldería.

—Mañana —dijo el machi— puede partir con los que van a Carhué a ver a Juana Pitiley. Puede hacer ese trecho con ellos, ya que está en su dirección. Le sugiero que se acueste pronto, porque piensan salir bien temprano.

—¿A qué hora?

La respuesta del machi fue típicamente india.

—A las tres.

Clarke estaba cenando en compañía de Gauna y de las diecisiete esposas de Namuncurá, cuando irrumpió en el toldo Carlos Álzaga Prior, totalmente excitado. El inglés se había olvidado por completo de él, con el desarrollo imprevisto de los hechos.

—Vengo a despedirme —dijo.

—¿Qué? ¿Cómo?

Hubo un silencio. Gauna ni siquiera había levantado la vista de su costilla. Las indias, según la costumbre inveterada, se hacían las desentendidas. Clarke esperaba una explicación, pero el chico se limitó a decirle:

—¿Podría hablar con usted un instante en privado?

—Estoy comiendo, y preferiría terminar de hacerlo, en paz de ser posible.

—Lo lamento pero tengo prisa.

¡Qué petulante era! Clarke se propuso darle una lección.

—Sentate.

—¡Pero tengo prisa!

—¡Sentate y comé!

—Ah, yo me voy.

—A ver, una patinesa para el señor Álzaga Prior.

—Sí, señor Clarke, enseguidita.

A regañadientes el chico se sentó en un cuero. Le sirvieron la carne, y comenzó a mascar por los bordes con cara de asco. Clarke mantuvo en marcha el simulacro de conversación, por puro empecinamiento en las formas. Las indias respondían a cada una de sus frases, infatigables (aunque les costaba muy poco esfuerzo). Namuncurá no había tenido un gusto homogéneo para elegirlas; las había de todo tipo. Eso al menos pensaba Clarke, poniéndose hipotéticamente en la piel de un marido indio; porque para él eran todas iguales, todas indias, con los ojos achinados, las crenchas negras, el cuerpo engrasado hasta los dedos de los pies, y esa docilidad algo salvaje que siempre mantenía una reserva de amenaza.

—Ahora sí —dijo Clarke cuando terminaron—, veamos qué pasa.

Se levantó. El muchacho parecía haber perdido buena parte de su ímpetu original. Pero se dio ánimos cuando salían. Volvió a poner adusto el ceño, que se había suavizado naturalmente durante la comida, por su inconstancia infantil que se inclinaba a la alegría. Pero el papel que se había asignado en esta ocasión era demasiado importante, y cuando llegaron afuera ya había recuperado la seriedad impaciente y enojada.

—Pues bien, de qué se trata.

—Señor Clarke, en este punto me separo de usted.

—¿En qué sentido?

—En el único sentido posible. Estoy enamorado, y corro detrás de mi oportunidad de ser feliz.

Clarke no dijo nada. No era necesario. Un joven enamorado siempre se cree en la obligación de dar largas explicaciones. En efecto, la continuación no se hizo esperar.

—Yñuy ha huido, y me propongo ir en su busca.

—¿Yñuy? —Lo asaltó una duda. —¿Pertenece al sexo femenino?

—¡Por supuesto! ¿Por quién me ha tomado?

—Está bien, perdón. ¿Quién es?

—Una chica que conocí al llegar, y de la que me enamoré.

—¿En un día?

—En un instante. ¿Qué tiene? El tiempo es secundario. Lo que importa es el sentimiento.

—De acuerdo. ¿Y la chica se escapó?

—Es que tiene problemas. Creo que no fui lo bastante explícito en mis intenciones, y querría reparar esa falta. Quiero decir, a ver si me entiende:

se escapó por problemas suyos, con los que yo no tengo nada que ver; pero creo que no comprendió que yo estaba dispuesto a ayudarla.

—¿Pero qué le pasa?

—Está embarazada, y detesta al hombre que fue responsable. Es soltera. Él, no sé quién será, ni me importa. Yo quiero proponerle matrimonio.

—¿Y el chico?

—Le daré mi apellido, lo querré como si fuera mío.

Todo era arquetípico. Clarke no sabía si apiadarse o reírse.

—¿Qué creés que pensarán tus padres?

—No tengo padres.

Clarke se desconcertó.

—Soy adoptado —dijo Carlos.

—Es lo mismo. Le darás al bastardo el apellido, o mejor dicho los apellidos, de tus padres adoptivos.

—¡Soy muy dueño de hacerlo, señor!

Había mucho que decir, pero Clarke prefirió no decirlo, sobre todo porque no serviría de nada.

—¿Y qué pensás hacer?

—Ir tras ella, por supuesto. Encontrarla. Decirle que...

—Sí, de acuerdo. ¿Para dónde fue?

—No sé. Pero tengo el presentimiento de que puedo hallarla.

—En primer lugar, ¿estás seguro de que se marchó?

—Sí, me dejó un mensaje de despedida con su mejor amiga. Fue un verdadero mazazo para mí.

—Me lo imagino.

Clarke olía algo sospechoso, pero, como antes, se abstuvo de exteriorizarse. Se quedó pensando. En realidad, este disparate era la solución casi ideal para arrancar al muchacho del círculo de amistades con el que se había entusiasmado tanto. Ni siquiera tendría que recurrir a la autoridad; con un poco de persuasión bastaría.

—Escuchame —le dijo poniéndole una mano en el hombro—, por diversas circunstancias que después te explicaré, tengo que marcharme de Salinas Grandes, y se da el hecho de que tomaré rumbo al sur, por el camino obligado de los que se van de aquí. Así que no veo por qué deberíamos separarnos. Irás más seguro conmigo y con Gauna, e incluso podríamos ayudarte en tu busca. ¿De acuerdo?

Carlos lo miró con suspicacia:

—¿No lo hace por vigilarme?

Era un razonamiento clásico de los jóvenes, creer que el mundo giraba alrededor de sus tontos problemas.

—Saldremos antes del amanecer —le dijo—. Vamos a acostarnos.

No parecía muy convencido. Gran parte del efecto de su heroísmo amatorio se desvanecía con esta coincidencia, pero no encontraba excusas para negarse a la compañía. Clarke lo tomó del brazo:

—Mañana me contarás sobre esta chica... ¿cómo se llamaba?

—Yñuy.

—Bonito nombre. ¿Y qué dicen los padres de ella?

—No tiene. Es adoptada.

—¿Ah sí? ¿Ella también?

—Ése es el motivo de que me haya sentido tan identificado con su desdicha. Está tan sola...

Clarke le cortó el chorro antes de que se hiciera imparable.

—Te diré que yo también soy adoptado.

—¡No lo puedo creer!

—¿Por qué? Inglaterra es un país como cualquier otro.

—Entonces usted comprenderá...

—Sí, sí. Andá a acostarte. Yo voy a fumar una pipa. Estos bárbaros van a venir a despertarnos a las tres.

—¡A las tres! Van a tener que arrastrarme. Quiero decir si me durmiera. Pero no creo que pueda pegar un ojo.

—Andá de una vez. —Lo empujó hacia adentro,

lamentando exponerlo a la mirada burlona de Gauna. Pero el chico ni se daría cuenta, pues se caía de sueño.

Encendió la pipa y se quedó mirando las fogatas y las muelles cabalgatas nocturnas. Pensaba, pero no sabía bien en qué. Él también tenía sueño.

Poco después, en plena noche, los tres viajeros, de los cuales el único verdaderamente despierto era Gauna, salían de la toldería acompañados de media docena de indios silenciosos. El frío de la madrugada era intenso. Se hacía notar la falta de sol. Las estrellas brillaban en todo su esplendor, cada una de ellas marcada y acentuada en el cielo negro, como puntos de cristal líquido, centelleante. Todos los rumbos debían de estar indicados en sus destellos, para quien supiera leerlos. La tierra era un piélago de tiniebla. Algunas briznas de hierba capturaban los vagos reflejos astrales. Por lo demás, el negro era absoluto. Sólo la sensación de espacio dominaba, aunque sin abrumar. Era una grandeza portátil. Clarke, que sufría mucho del frío en las manos, y se había olvidado los guantes en Buenos Aires, las llevaba metidas en una suerte de manguito artesanal que él mismo había confeccionado, previendo un fresco. Era un rollo de matelassé con plumón, muy ingenioso y abrigado. La humedad que comenzó a subir hizo más punzante el frío. Al fin, se oyó el canto de un pajarito, y a partir de ese momento, con lentitud exasperante, se desarrolló todo el proceso del amanecer. Un sol rojo como una amapola asomó del horizonte, y no tardó en rodear al mundo de un resplandor tibio. Todo había vuelto a existir, es decir, a mostrar sus distancias, en las que no había nada. El cielo muy celeste los rodeaba. El verde opaco del terreno iba tomando poco a poco su coloración alucinante. Clarke miraba de tanto en tanto a los indios, encerrados en el mutismo más inexpugnable. Cuando menos se lo esperaba, uno de ellos le dirigió la palabra, para preguntarle si estaba dispuesto a desayunar. Asintió, y la detención no se hizo esperar. Encendieron un fuego como por arte de magia, y en menos de lo que canta un gallo estaba tomando un té. El inglés había puesto, por ser lo menos que podía ofrecer, un puñado de las finas hebras ceylanesas que llevaba en la mochila. Como si fuera su estilo de dar las gracias, después de beber su taza los indios se pusieron de pie y orinaron largamente, todos a una: empezaron juntos y terminaron juntos. Verlos allí en fila, frente al sol naciente, fue para el inglés una de esas experiencias pintorescas e inolvidables en las que se fundamenta el atractivo de los viajes.

La parte diurna de la travesía no fue más dialogada que la nocturna, pero al menos hubo en qué entretener la vista. Como Clarke, de todos modos, se perdió en una ensoñación complicadísima que llevó su ánimo a las más lejanas esferas, cuando levantó vuelo junto a ellos la primera perdiz, el sobresalto estuvo a punto de provocarle un paro cardíaco. Además, casi se cae del caballo, lo que hizo reír de buena gana a Carlos Álzaga Prior. Gauna simpatizaba más con él en esos casos; quizá porque también era un soñador, bajo su coraza de atrabiliario cinismo. A partir de ahí, el inglés trató de ir observando lo que lo rodeaba; pero ese ejercicio también exigía su dosis de concentración, y la segunda perdiz tuvo el mismo efecto que la primera, o peor incluso, porque él creía estar preparado.

Serían las siete o siete y media cuando avistaron las estribaciones de Carhué, la célebre estación termal. Unas colinas y barrancas hacían algo más entretenido el paisaje, y avanzaron por un camino o rastrillada que habían formado los salvajes en sus incesantes peregrinaciones a la laguna. No había árboles, pero sí pitas, algunas gigantescas. Llegaron a los toldos temporarios donde se alojaban los veraneantes, y en ese punto se separaron. Los indios abrieron la boca al fin para desearles buen viaje. Ahora ellos tres quedaban librados al juicio de Gauna. La noche anterior el baquiano había afirmado conocer perfectamente el camino de aquí a lo de Coliqueo, y no se desmintió en esta ocasión, que era la última más o menos razonable para hacerlo. De modo que se despidieron y tomaron a la izquierda, mientras los indios iban hacia los toldos.

El terreno subía, y de pronto tuvieron a su derecha la laguna, del color de la plata oscura, muy quieta e interminable. A lo lejos, hacia el centro, una isla. Pese a la hora temprana, o en razón de ella, había numerosos bañistas en la orilla o remojándose. Al salir se secaban al aire con toda la sal en el cuerpo, procedimiento que los dejaba blancos como fantasmas.

Vieron que los indios que habían venido con ellos trotaban por la orilla. Desde su posición elevada, y sin detenerse, los vieron ir hacia un grupito de mujeres algo más adelante. Ahí se apearon y comenzaron a hablar con ceremonia, hinchando los pechos. Cuando los tres blancos se pusieron a la par, Clarke se detuvo por curiosidad. Los indios hablaban frente a una mujer cuyas acompañantes se mantenían algo más atrás. Era Juana Pitiley: lo supo aunque nunca antes la había visto. Estaba desnuda, cubierta de pies a cabeza de sal seca que resplandecía al sol como polvillo de diamante. Pese a sus años, que no debían de ser menos de sesenta, era una mujer hermosa e imponente, tan alta que los indios frente a ella parecían enanitos bizcos. Estaba muy quieta.

Ya debía de haber recibido la noticia, y no decía nada. Algo trágico, o indiferente, pero en todo caso sublime, había en su inmovilidad. Clarke no podía apartar la vista de ella, ni moverse. Una fascinación inexplicable lo ataba a esa visión. Le pareció que ella alzaba los párpados centelleantes de cristales de sal y lo miraba. Seguía sin moverse cuando se alejaron al fin. Clarke lamentó, dentro de la confusión mental en que lo había dejado la visión, no haber podido hablar con ella de la famosa liebre. Pero al mismo tiempo sabía que habría sido inútil intentarlo directamente. No parecía la clase de mujer que responde a las preguntas. Ni siquiera parecía de las que hablan con los mortales.

El viaje duró una semana, y lo hicieron sobre una de esas líneas rectas que no se repiten de tan perfectas, por pura casualidad seguramente, porque Gauna todo lo que hacía era calcular la declinación equinoccial, y dejarse ir. Les tocó buen tiempo: soles impasibles, brisas que no alteraban las sombras, un pasaje complaciente de las horas y los minutos. Era como encontrar bellas mujeres a cada paso, salvo que las mujeres no estaban, porque no había nadie, con lo que además se evitaban todos los engorros de la realidad. Incluso la entente de los tres se mantuvo en un nivel aceptable de tranquilidad. Gauna iba en la suya, sin prestar atención a nada y a nadie, salvo a su propio silbido, un acompañamiento monótono pero por algún motivo no exasperante. "¡No haber traído el perro!", decía de vez en cuando, cuando aparecía una perdiz. Tenía la teoría de que un perro podía cazar una perdiz sin ayuda. Un perro suyo, que se llamaba Concuerda, era eximio en esa tarea. En realidad, las bandadas de copetonas que espantaban con su paso lento eran asombrosas. Clarke ejercitó su puntería a menudo. Cuando apuntaba a una perdiz en vuelo, y le acertaba a otra, invariablemente lo confesaba. Tanto, que su veracidad, él mismo se daba cuenta, resultaba sospechosa. Era casi como tener buena puntería desplazada, un más allá de la destreza. Gauna iba en persona, por decisión propia, a recoger la presa, lo que daba lugar cada vez al mismo chiste del inglés, pronunciado a media voz: "¡No haber traído el perro!". Hasta que Gauna, no sin delicadeza, una vez al traer la perdiz le dio a entender que lo oía: "Se llama Concuerda, mejor dicho se llamaba, porque lo pisó un toro, y lamento no haberlo traído, de veras lo lamento, y por partida doble, ya que no podría haberlo traído porque está muerto". Clarke se sintió avergonzado y no volvió a hacer el chiste. Como todo inglés, ponía en el empíreo el amor a los animales.

—Señor Gauna —le dijo después—, usted quizás encuentra injusto que yo haya puesto como condición para emplearlo el que no trajera armas de fuego. Sobre todo porque yo sí traje mi escopeta. Pero elementales razones de prudencia me impulsaron a obrar así. No caeré en la hipocresía de decirle que si lo hubiera conocido como lo conozco ahora, le habría permitido venir armado. Es una cuestión de principios, y sobre los principios no actúan los conocimientos, es decir, el antes y el después.

El gaucho asintió como quien oye llover.

También estaba la posibilidad de que fueran en cualquier otra dirección menos la que les correspondía. Se cruzaron con indios aquí y allá, pero de lejos y sin intercambiar información. Un jinete solitario les llamó la atención; lo vieron durante horas. Iba exactamente sobre la línea, para ellos, del horizonte, y su marcha parecía ondular, pero no al modo de un zigzagueo corriente (en ese caso lo habrían visto acercarse y alejarse), sino más bien como si el espacio entero cambiara de posición entre los observadores y el objetivo. Cosas como ésa daban pasto al pensamiento de Clarke, y ulteriormente le hacían pensar que él no tenía en realidad pasta de naturalista, sino de otra cosa, para la que no tenía un nombre a mano. ¿Qué era él? No lo sabía, pero todos estaban en la misma condición. Aquel vagabundo de andar intrigante era un recordatorio de las posiciones de la vida.

Lo alarmante fue que volvieron a verlo dos días después, y en otro punto totalmente distinto, dislocado, del horizonte. Como resultaba poco probable que un indio anduviera dando vueltas porque sí, el único significado que podía deducirse razonablemente era que ellos estuvieran dando las vueltas. El inglés se preocupó:

—Ese vagabundo... —le decía a Gauna, haciendo

planos con un palito en el polvo del suelo, cuando acampaban. Trataba de descifrar el cambio de posición, y contradecía sus propios argumentos cuando incluía en ellos esa ondulación del espacio que había creído detectar las dos veces.

—¡Pero déjese de escorchar con su vagabundo! —terminó diciéndole Gauna, y en adelante Clarke se guardó sus diagramas. Después de todo, también podía confiar en la buena suerte. Y si iba a dar a cualquier lado lejos de la toldería de los vorogas, ésta seguiría estando a cierta distancia. Bien podía ser lo mejor, quedar al margen de los indios. Salvo que él, y ésto aparte de la curiosidad, era de los que se ufanan, ante sí mismos, de hacer lo que se proponen, aun en el caso de ignorar qué es lo que se han propuesto.

De cualquier modo, todos estos elementos y otros muchos eran secundarios respecto de lo que se constituyó en la atracción central del viaje: la locuacidad de Carlos Álzaga Prior, que llegó a extremos insospechados. Era de esos jóvenes extrovertidos, confiados, expresivos; sólo había que pulsar la cuerda que lo hiciera resonar infinitamente, y eso al parecer era lo que había hecho Clarke, o la vida, en esta ocasión. Lo curioso era que el inglés tenía la misma peculiaridad, a pesar de la diferencia de edades; creía verse en un espejo, veinte años más joven. Y el despertar de los discursos de su compañero de viaje despertaba los suyos. De modo que era la conversación perpetua. Gauna podía darse por satisfecho, con la oportunidad que le daban de rumiar sus pensamientos. Las miradas que le lanzaban los otros dos, invitándolo a participar en sus coloquios, no le hacían mella. Silbaba, se distraía mirando las nubes, los pastos, o simplemente el aire transparente.

Una mañana, la segunda o la tercera, se pusieron en camino, con el sol alto, porque no les agradaba mucho madrugar. O sí les agradaba, pero sólo cuando había una necesidad imperiosa de hacerlo. Habían cenado y desayunado pescado, fruto de las veleidades de Gauna con la línea en un simpático riacho que atravesaron, y a Carlos, por el frío de la madrugada seguramente, le cayó mal y vomitó. De inmediato se sintió perfecto, mejor que antes del percance: las mejillas rosadas, los ojos brillantes, la sonrisa blanca como la leche en la cara algo mofletuda y simpática. Puso su caballo a la par del de Clarke.

—El amor —le dijo— es una cosa maravillosa.

—Ya me lo habías dicho.

—Pero sucede que volví a pensarlo. Yo creo que siempre se puede pensar más, con más vivacidad, cuando...

—Perdoná que te interrumpa, pero se me ha ocurrido algo, y si no te lo digo ahora, seguro que me voy a olvidar. Vos sabés que yo me crié en el campo, en Kent; pero en un campo muy distinto de éste, casi lo contrario; es un campo para andar a pie, muy poblado. Ahora, también viví en Londres, y a lo que me estaba haciendo acordar este desierto que atravesamos es precisamente a Londres, la ciudad más grande del mundo. Qué curioso, ¿no? Todo parece oponerlos, pero los efectos son los mismos, incluso en los detalles. Uno toma en una dirección, por las calles, o por este descampado interminable, y la sensación de laberinto sin laberinto, de disponibilidad, de homogeneidades idénticas.

—Para mí, que no he viajado, Buenos Aires es la ciudad más grande del mundo.

—Pues bien, para mí hay una perfecta inversión: Buenos Aires es como Kent, la pampa es como Londres.

—Entonces usted está en la posición del protagonista del libro de Swift, que pasa del derecho al revés.

—¿Has leído a Swift?

—En una traducción española, adaptada para niños. Me temo que las partes de sexo fueron suprimidas.

—No hay tanto de eso, no vayas a creer.

—Los libros nunca deberían adaptarse. Uno se pone a pensar en los cambios que habrán hecho, y no disfruta de la lectura.

—Totalmente de acuerdo. Es un crimen. Pero una traducción ya es una adaptación. Por eso hay que aprender idiomas.

—Con todo, según mi opinión, lo que importa en Swift es la idea general, que pasa a través de todos los idiomas, porque es buenísima.

—Vaya si lo es.

—Cómo se le habrá ocurrido.

—Lo que habría que preguntarse es cómo no se le ocurrió antes a otro escritor.

—Es posible que hayan existido obstrucciones a la concepción. Mi institutriz me dijo que Swift pudo inspirarse en una teoría científica que propone la convivencia de mundos infinitamente pequeños y infinitamente grandes...

—Perdón, no querría ofenderte con correcciones fuera de lugar, pero tengo entendido que en castellano, cuando la palabra siguiente empieza con "i", la conjunción "y" se transforma en "e".

—Es cierto. ¿Yo qué dije?

—Dijiste: "y infinitamente".

Carlos vaciló. Una luz de locura le pasó fugazmente por los ojos, como siempre que se disponía a decir una mentira.

—Es que esa regla tiene sus excepciones. En lenguaje coloquial, cuando la palabra que empieza en "i" es un adverbio terminado en "mente", se usa la "y" de todos modos. Usar "e" en esos casos suena rebuscado, cómo podría decirle... pedante.

—No lo sabía. Tomaré nota.

—Es importante, como usted decía, aprender idiomas. Le envidio su facilidad.

—Tu institutriz te habrá enseñado algo de inglés, supongo. Los argentinos son tan anglófilos...

—Muy poco. Palabras, más que frases.

—¡Pero eso es ridículo!

—Seguro. Era una solterona, una virgen. Pero las palabras, aunque estén sueltas, tienen su significado, e incluso (¿ve cómo en este caso uso "e"?) permiten hacerse una idea de la psicología de los distintos pueblos.

—Qué admirable que un joven haya llegado a esa conclusión. A ver, un ejemplo.

—Está la palabra inglesa "game", que quiere decir "juego, partida". Pero también quiere decir "pieza de caza", ¿no?

—Sí. Como el francés "gibier".

—¡Pero en francés no se dice "voy a jugar un gibier de ajedrez"!

—No, claro. ¿Y qué característica nacional encontrás en ese doble uso?

—Un pasaje de la causa al efecto. Para ustedes la caza es una "partida", por efecto del fair play. Muy bien. Pero la palabra designa también al animal ya muerto, y no precisamente por acción de las reglas deportivas, sino por una bala certera.

—¿Querés decir que los ingleses somos hipócritas?

—La valuación moral no importa, señor Clarke, sino la forma. Y yo veo como forma, en este caso, el continuo que se crea entre realidad y resultado.

—Todo lo que has dicho es disparatado en sumo grado, pero me llama la atención que hayas terminado coincidiendo con algo que me decía Cafulcurá el otro día.

—A propósito, ¿qué pasó con ese viejo loco? ¿Desapareció?

—Eso es un embrollo, cosas de indios. "Entre ellos", como diría Burke.

—Señor Clarke...

—¿Sí?

—¿Qué le parece si paramos a tomar té?

—¿Por qué? ¿Te quedó un malestar?

—No. Lo que me quedó es el estómago vacío.

—Por mí, de acuerdo. Pero qué va a decir Gauna.

Como Gauna había oído todo, fue él quien los invitó a apearse en el reborde de unas lomas. Durante la conversación, habían recorrido una extensísima porción de territorio. El tiempo perdido siempre se recuperaba. El segundo tramo de la mañana fue más productivo todavía, en leguas, lo que les dio la excusa para dormir una larga siesta en un arroyo arbolado. Como las especies eran más bien exóticas para esa precisa latitud, Clarke supuso que los árboles provenían de una forestación de emigrantes del norte. Parecía muy raro que alguien emigrara llevando semillas de árboles, pero después de todo era más práctico que transportar muebles. Comieron charata. Se recostaron los tres a la sombra y se adormecieron, dejando los caballos sueltos (tenían doce en total), según la costumbre indígena, que encontraban muy conveniente; los animales, cosa curiosa, parecían haber entendido la costumbre que se había adoptado respecto de ellos. A Clarke lo despertaron las exclamaciones de Carlos Álzaga Prior. Al abrir los ojos lo vio sentado en la hierba, bañado en sudor, los ojos fuera de las órbitas. Había soñado algo desagradable. Gauna estaba ocupándose de las cinchas de algunos caballos. Al rato partieron, después de un café como para terminar de despertarse.

—Lamento lo del sueño —le dijo Clarke a Carlos cuando ya estaban en marcha y sus animales se habían emparejado como habían tomado el hábito de hacerlo para charlar.

—Las pesadillas son lo peor que hay.

—¿Te parece? Yo no diría tanto. Las pesadillas cuando se hacen reales, sí. Pero cuando a uno le queda la posibilidad de despertarse...

—Usted siempre tan inteligente. Lo que dice es cierto, yo sería el último en negarlo. Y al mismo tiempo, diría que hay otra verdad. Porque uno siempre está pensando que se encuentra en medio de un sueño, precisamente por la consistencia de la realidad, porque continúa y se mantiene, y no sabemos cómo ni por qué.

—Sí, pero a veces la realidad no es tan consistente. A veces se interrumpe.

—¡Siempre!

—¿En qué quedamos?

—No sé... No me pida demasiado.

—Sos un empirista típico.

—¿Qué es eso?

—No importa. ¿Puedo preguntarte qué soñaste?

—Mejor no se lo digo. —Se ruborizó. —Preferiría decirle lo que estoy soñando ahora, pero eso ya lo sabe. —Hizo un gesto abarcando la pampa.

—¿Te agrada la excursión?

—Es como si recién hubiera empezado a vivir. Está Yñuy, está usted...

—Gracias.

—No hay de qué. Pero ahí tiene un ejemplo: Yñuy desapareció, toda esa línea de realidad se interrumpió. Es como si hubiera debido pasar de un estado a otro, de un sueño a otro.

—La encontraremos.

—Seguro. Hay un puente: el amor.

—"Esa cosa maravillosa" —citó Clarke con tierna burla.

—¿Y le parece poca maravilla que exista algo para unir infaliblemente lo discontinuo de la vida?

—No todos aman.

—Sí, todos.

—Ah, Carlos, Carlos, quién tuviera tus quince años.

La conversación los llevó por muy sinuosos caminos. Mientras tanto, las leguas pasaban bajo las patas de los caballos, como una cinta que podría haberlo recorrido todo, no sólo la tierra sino todo lo demás, por ejemplo sus pensamientos, el cielo, el tiempo. Gauna silbaba su melodía, cincuenta metros adelante, sin prestarles atención. Vieron un jinete muy a lo lejos. Era casi un punto, tan distante que no advertían si se movía o no.

—¿Será el vagabundo? —dijo Clarke. Era su idea fija, últimamente. Lo llamó a Gauna y le señaló el punto con el dedo.

—Ya lo vi —dijo Gauna.

—Es un indio a caballo, ¿no?

—Qué vista tiene usted —dijo el baquiano.

—Es un verdadero lince —afirmó Carlos Álzaga Prior.

—¿Será el vagabundo que vimos antes?

Gauna se encogió de hombros y volvió a mirar hacia adelante. Cuando se hubo apartado a su distancia habitual, Clarke le comentó al chico en voz baja:

—Gauna parece francés.

—¿Por?

—Por esa costumbre de encoger los hombros. A los franceses les quedó el gesto de la época de la Revolución, por el miedo a la guillotina.

Carlos soltó la risa.

—Buenísimo. Se lo voy a decir a Federico, que hace igual.

—¿Quién es Federico?

—Mi mejor amigo. Lástima que no vino.

—Vas a tener mucho que contarle cuando vuelvas.

—¡Y qué le parece! ¡Cuando me vea aparecer casado, y encima con un hijo! No lo va a poder creer.

—De eso vamos a tener que hablar, muy seriamente.

—¿Por qué? —Se ponía a la defensiva.

—Hablaremos más adelante —se limitó a decirle Clarke.

—Cuando usted conozca a Yñuy sus dudas se disiparán, yo sé por qué se lo digo.

—No dudo de que debe de ser una chica fuera de serie. Pero no conviene precipitarse. —Antes de que el chico soltara las vehementes palabras que tenía en la punta de la lengua, lo interrumpió: —¡Ya sé lo que vas a decirme! Por eso preferiría postergar el tema: hasta que puedas decirme algo que sea una sorpresa para mí.

—Quizá nunca pueda. Usted es demasiado clarividente.

Podía ser una ironía, pero la dejó pasar. Para que no se ofendiera, Clarke lo invitó a hablarle de su familia.

¡A su juego lo llamaban! Hablar le encantaba, y presuponía siempre el interés ajeno. Como esto último, por supuesto, era un error, no podía dejar de ir al fondo del asunto y deleitarse especialmente hablando de sí mismo.

—Como soy adoptado —empezó—, podría decir que yo soy toda mi familia.

—Grave equivocación de tu parte —le dijo Clarke—. Una familia se tiene de todos modos. Pero es algo muy tuyo: nunca he conocido a nadie que tuviera tan presente la realidad de su nacimiento como vos. Yo mismo, como te he dicho, soy adoptado. Y creo que me he pasado la vida sin recordarlo. Vos me lo has traído a la mente, y aun así no puedo darle ninguna importancia.

—Yo en cambio, creo recordar el momento en que nací.

—Imposible. Nadie puede.

—Señor Clarke... Siempre caemos en lo mismo. Usted es tan racionalista, y no se da cuenta de que la razón misma podría desmentirlo. Por ejemplo, ¿qué impide que alguien recuerde su vida entera, desde el comienzo?

—No me negarás que si le preguntás a mil hombres, o a un millón...

—Eso no probaría nada, desde el punto de vista de la razón. Responda a mi pregunta.

—De acuerdo, es posible. ¿Y con eso qué?

—¿Admite que todo lo posible es posible?

Clarke no respondió: no quería entrar en los bizantinismos adolescentes que tanto le gustaban a su compañero.

—¿Sos medio pariente de Rosas, no?

—Muy lejano. Unos tíos abuelos míos son tíos políticos de él. Siempre hablando de mi familia adoptiva, claro.

—Sí, sí. ¿Nunca te olvidás de eso?

—Después de todo, creo que es lo más correcto.

—¿No sabés quiénes son tus verdaderos padres?

—Ni idea.

—¿No has intentado averiguarlo?

—No. ¿Por qué?

—¡Qué veleidoso sos! Si el asunto te importa tanto, ¿no sería lógico que te hubieras tomado el trabajo?

—¿Usted lo hizo?

—Yo adopté a mis padres adoptivos desde el comienzo, y totalmente. No recuerdo haberle hecho a nadie la salvedad de que soy un Clarke adoptivo.

—Cada cual hace lo que quiere.

Hicieron un trecho en silencio. Al fin fue Carlos el que siguió hablando:

—En realidad, sí he hecho algunas averiguaciones. La que sabe es mi mamá.

—Lógico.

—Pero siempre se ha mostrado reticente.

—Seguro que es por tu bien.

—Le hice prometer que cuando cumpliera dieciocho años me lo diría.

—¿No tienen más hijos?

—Tengo tres hermanos y tres hermanas.

—¿Te llevás bien con ellos?

—Más o menos.

—Supongo que no te echarán en cara tu condición de adoptado.

—¡Jamás! Antes se arrancarían la lengua. Son muy bien educados.

—Son muy buenos, querrás decir.

—Para mí, con la buena educación basta.

—Mis padres no tuvieron hijos —comentó Clarke, y soltó una risa al oír cómo sonaba la frase. Pero Carlos no lo había escuchado siquiera. Se disponía a seguir hablando de su caso:

—En realidad mi madre… —empezó, pero los interrumpió algo gracioso que estaba sucediendo frente a ellos, o mejor dicho frente a Gauna, que como siempre iba adelantado. Un pajarito se posaba en tierra delante del caballo del gaucho, y cuando las patas estaban a punto de pisarlo levantaba vuelo y se posaba unos metros adelante, para hacer lo mismo instantes después, como un metrónomo. Aunque Gauna no perdía la compostura, era evidente que los brincos obstinados del ave lo habían sacado de sus casillas. Por lo pronto, había dejado de silbar. Clarke taloneó a Repetido, para ver más de cerca al ejemplar.

—Es un atajacaminos —le dijo al baquiano—. Puede seguir horas haciendo lo mismo.

—Saque la escopeta —dijo Gauna.

Carlos se reía. Hizo una maniobra para ponerse él al frente, y el pajarito lo adoptó de inmediato. Los otros dos se retrasaron, oyendo las carcajadas del muchacho cada vez que el atajacaminos repetía su maniobra insensata.

—Dios los cría y ellos se juntan —dijo Gauna.

—En eso justamente estaba pensando —le respondió Clarke—. ¿Nunca había visto un atajacaminos?

—Si lo vi, no presté atención. He tenido cosas más importantes que hacer.

—No crea que la observación de la naturaleza es un mero ocio, señor Gauna. También puede ser una profesión, como en mi caso.

—¿Usted sí lo conocía?

—A éste y a todas las especies de la familia...

—¿Y entonces —lo interrumpió el otro— de qué le sirve mirarlo?

—...la familia de los "caprimúlgidos".

—Qué interesante —mascculló Gauna con sorna.

—Es más interesante de lo que usted supone. Hay estudiosos que han dedicado su vida a esta familia.

—Increíble. Qué modo de perder el tiempo.

—Son aves nocturnas...

El gaucho soltó la risa, tan rara en él. Estaba verdaderamente divertido. En efecto, era pleno día.

—El atajacaminos es el que sale más temprano, antes de que se ponga el sol.

—Ya veo.

Clarke se calló, enojado al fin. Tenía paciencia, pero no tanta. De pronto el pajarito se elevó soltando un grito lastimero. Carlos volvió a retrasarse, Gauna a adelantarse. Ya se ponía el sol. Ni se les ocurrió detenerse. Era la mejor ahora para marchar. Además del fresco, la luz se renovaba; al hacerse más oscura, se hacía más cristalina y las distancias tomaban perspectiva. Un grandioso color rosa, como todas las tardes, se extendía por el cielo. El silencio se hacía más profundo, más entrañable. Los dos conversadores asiduos se callaron. Habrán marchado unas dos horas todavía, bajo la transformación que detenía al tiempo, hasta que fue de noche y brillaron las estrellas. Estaba muy sereno. Acamparon en un lugar cualquiera, hicieron un fogón con pajas fósiles y láminas de quebracho que recogían en el camino, y Clarke encendió el fuego con su británico yesquero a cuerda. Como todas las noches, estaban cansadísimos, se movían como autómatas lentos. Les resultaba increíble que los pastos no circularan hacia atrás, dos metros y medio abajo de sus ojos. Los caballos hicieron un círculo amistoso alrededor de ellos. Les dieron de beber por turnos de un barrilito, y luego el pienso. Hicieron té, asaron unas perdicitas, hablando apenas con monosílabos, y después extendieron los aperos para acostarse. Todo eso había sido bastante rápido, porque sólo entonces la noche perdía sus últimos resplandores del lado del poniente. Comidos, relajados, y con el buen té haciendo efecto sobre los tejidos de sus cuerpos, sus ánimos volvieron a levantarse. Los caballos alentaban alrededor. Gauna encendió una tagarnina, cosa que en él indicaba buen humor.

—Saldría a caminar un rato —dijo Clarke— si no fuera inconcebible hacerlo aquí.

—Salga nomás —le respondió Carlos—. Haga como si estuviera en Londres.

Una risita, y se quedaron tendidos en los aperos, boca arriba.

—Qué cantidad increíble de estrellas —dijo el chico.

—Qué espectáculo, ¿eh?

—Cada una en su lugar, todas las noches. Lo increíble es que no se mezclen.

—Uno se siente tan empequeñecido mirándolas, tan poca cosa.

—Siempre dicen lo mismo.

—Es que lo obvio es lo único que puede decirse ante la naturaleza.

—¿Cómo la naturaleza?

—Sí. Es decir, el mundo.

—Yo creía que la naturaleza era el pasto.

—No. Es todo.

—¿Nosotros también?

—Nosotros en primer lugar.

—Yo no me cambiaría por nada ni por nadie.

—Has dicho la verdad primera y última de la naturaleza. Las estrellas tampoco se reemplazan. Ni siquiera una hojita de pasto.

—Pero también creo que cualquier cosa en el

mundo tendría mucho gusto en tomar mi lugar. Y de hecho, creo que lo hacen a cada momento, sin que ni yo mismo me dé cuenta.

—Has vuelto a dar en el clavo. Es como si la naturaleza hablara por tu boca, y quizá lo haga.

—Qué raro que no diga "la madre naturaleza".

—¿En castellano también se usa la expresión? No la decía pero la pensaba. Creía que podía resultar chocante, fuera del inglés.

—No tenga esos escrúpulos. Es más ameno cuando se deja ir.

—¿Qué es eso? —dijo Clarke incorporándose de pronto y mirando un enorme círculo blanco que salía del horizonte.

—La luna —dijo Gauna lacónico.

La miraron salir en silencio. Una vez que se hubo desprendido de la línea del horizonte, pareció tomar un diámetro más normal.

—Señor Clarke —dijo Carlos—, dígame una cosa, con toda franqueza: ¿usted es ateo?

—Sí.

—Yo también.

Gauna les echó una mirada, como si se hubieran vuelto definitivamente locos. El inglés puso cara compungida y no dijo nada. Sentía un extraño júbilo por la afirmación del muchacho, aunque estaba persuadido de que la coincidencia no valía como tal: él era ateo después de haberlo pensado, Carlos lo era antes. Pero eso, a su vez, era una especie de coincidencia también, incluso más valiosa que una en el mismo plano.

En ese momento, en el profundo silencio de la noche, oyeron un ladrido seco, muy próximo.

—¿Qué fue eso? ¿Usted tosió, Gauna?

—Es un zorro —dijo el gaucho.

Clarke manoteó la escopeta.

—A ver si lo cazo.

Salía para un lado, pero Gauna le indicó el opuesto:

—Está por allá.

—A ver.

La luna blanqueaba el llano. Todo se veía de un gris ceniciento, y el inglés alzó la escopeta en el gesto clásico. Amartilló: el "clac" sonó muy fuerte y algo se movió a unos veinte o treinta metros. Disparó. Carlos fue con él a ver.

—Yo sabía que no le iba a errar —dijo el chico cuando llegaron adonde yacía el zorro, con su lujosa cola cubriéndolo como un edredón.

Tres o cuatro días después, seguían exactamente en lo mismo. Las distancias permanecían inmodificadas, el cielo cambiaba puntualmente de colores, los caballos de su tropilla hacían turnos para llevarlos, y el clima seguía estable. Gauna seguía callado, Álzaga Prior inextinguible. Su método conversacional era inextinguible en sí, compuesto como estaba por pequeños toques sin sentido interpuestos a cada paso y por cualquier motivo. Había empezado a tutear a Clarke, por pura exuberancia y porque, según decía, encontraba que ellos dos eran dos almas gemelas. Clarke por momentos no sabía si las salidas del muchacho eran puro atolondramiento o constituían una deliberada tomadura de pelo, como cuando se mostró inquisitivo y suspicaz respecto de su celibato:

—¡Ya tenés treinta y cinco años, Clarke! No sé qué esperás para casarte.

—En Inglaterra nadie se casa antes de los cuarenta.

—¡Pero no digas barbaridades! ¡Cómo se van a casar viejos! No, no. En tu caso hay algo muy especial.

—¿Qué?

—No sé. Me rompo la cabeza pensando y no acierto.

No podía evitar reírse.

—He viajado mucho...

—Más razón para casarse. Al regresar de cada viaje verías crecidos a tus hijos. ¿Sabés qué satisfacción? ¡Treinta y cinco años! Ya podrías ser abuelo.

—No exageres.

—¡Pero lo digo en serio! Podrías tener un hijo de mi edad.

—Uf.

—¿Que no? Si te hubieras casado a los...

—De acuerdo, de acuerdo. ¿Podríamos cambiar de tema?

—¿No ves que tenés cola de paja? Por lo menos, decime si pensás casarte, así sea en tu más extrema vejez.

—Sí, voy a casarme. ¿Estás contento?

—¿Pensás llegar a viejo?

—¿Y cómo voy a casarme si no?

—No, te lo pregunto en serio. Yo estoy seguro de llegar a los cien años. ¿Me creerías si te digo que mi bisabuelo vive? El viejo Álzaga González, alias "triple zeta". Tiene noventa y seis años y es un roble. Y la esposa, hecha una violeta: tiene noventa y cuatro. Tuvieron once hijos, y murió uno solo, ahogado, no vayas a creer que le falló la salud, qué esperanza. Por la rama materna...

—Esperá un poco. ¿No eras adoptado, vos?

Lo recordó en ese momento. Soltó la carcajada:

—Me olvidé. ¿Viste que no soy tan dogmático? En realidad no me olvidé: lo dije para ver si vos te acordabas.

—¡Pero no seas oportunista! Confesá que te habías olvidado.

—No, en serio, era para probarte.

—¡Confesá!

—¡Te lo juro!

—¡Confesá o te dejo estaqueado aquí mismo!

—No te aproveches, por una vez que acertaste una. ¿Y tus abuelos viven?

—No tengo abuelos: soy adoptado.

Las carcajadas del jovencito resonaban en la llanura durante horas ininterrumpidamente. Clarke sentía cierta vergüenza de estas conversaciones absurdas, por Gauna. Por lo demás, lo pasaba de primera. No siempre la vida da ocasión de desplegar toda la puerilidad que uno tiene adentro.

—¿Qué tipo de mujer te gusta? —le preguntó

Carlos después, volviendo al mismo tema, que tanto lo divertía.

—No tengo una preferencia definida.

—No querés decírmelo, que es otra cosa.

—Está bien, no quiero decírtelo.

—Mientras no sean de las que usan bigotes y tatuajes...

—¿Esas cosas te enseñan en el colegio de curas?

—¿Te gustan cultas?

—¡¿...?!

—No sé... Sos un tipo tan inteligente, tan leído.

—Me gustan calladas.

—Ay, Clarke, Clarke, sos un verdadero enigma. Cuanto más te conozco, más me sorprendés. ¿Cuántas veces te has enamorado en tu vida?

—Una sola.

En lo inmediato de la respuesta hubo una nota de seriedad, que resaltaba en medio de la chacota general. Carlos no dejó de percibirlo, y se iluminó de interés auténtico y generoso. Su curiosidad, una vez acicateada, fue avasallante. Clarke lamentó su involuntaria confidencia. Hay momentos, pensaba, en los que no conviene tan siquiera abrir la boca. Pero era lo bastante honesto consigo mismo como para reconocer que él se lo había buscado. En todos estos años no se había abierto a nadie respecto de ese punto doloroso de su memoria. Quizás había llegado la hora de hacerlo. El chico tenía la misma edad que su silencio. Había una cierta justicia poética en todo.

—Algún día de éstos —le dijo— te lo voy a contar.

—No, ahora.

—Te lo prometo. No seas impaciente. Estás aburrido y querés entretenimiento a toda costa. Pero en este caso, no se trata de hablar por hablar, por lo menos para mí. Los adultos solemos tener recuerdos tristes, y de mucho peso personal. Por algún motivo, los atesoramos. Y puede resultar un dolor extra confiar en oídos distraídos o retozones.

—No me ofendas, Clarke. Algo sé de la vida.

—Muy poco.

—¿Y qué importa?

Le sonrió:

—Eso. ¿Qué importa? Te prometo que te lo voy a contar, y vas a ser el primero que lo oiga. Dame un tiempo para decidirme.

—No. Ahora.

No quería seguir discutiendo, así que se calló. Pero después del almuerzo y la siesta, cuando se encaminaban bajo la bella tarde por las inmensidades vacías, en la tristeza de la tarde llena de delicadezas, las palabras fluyeron a sus labios con naturalidad:

—Fue hace muchos años...

—¿El qué?

—¿Cómo "el qué"? Lo que me pasó. ¿No me habías pedido que te contara?

—¡Cierto! Perdoná, viejo, estaba pensando en otra cosa.

—Seguí entonces, no quiero interrumpirte.

—No, por favor, contame.

—Ahora no te cuento nada.

—¡Pero, Clarke, no me vuelvas loco! Perdoname, no seas rencoroso. Estuve distraído un instante, ahora soy todo oídos.

Clarke suspiró, y volvió a empezar:

—Cuando yo era joven... Cuando tenía tu edad, mi sueño principal era venir a conocer esta parte de América, de la que mi padre me había hablado siempre con nostalgia y con un dejo fabuloso que me había impresionado de un modo indeleble. Mi padre había sido marino, ocasionalmente comerciante y hasta soldado. Viajó por la Patagonia, por Chile y el Perú, hacia los años de las expediciones de San Martín. Sus peregrinaciones terminaron abruptamente y sin explicaciones; un día volvió a Inglaterra y a su esposa, a la que había estado sin ver durante diez años, me adoptaron a mí, y nunca más se movió de Kent. Sus años de andanzas americanas, realzadas por el punto misterioso de su decisión de volver, llenaron mis ensoñaciones de adolescente. De modo que cuando tuve dieciocho años, y la oportunidad de partir, se hizo realidad mi sueño de conocer estas tierras. Fui a Valparaíso, donde trabajé durante un año en una casa de exportaciones. Hice numerosos viajes al interior, si es que puede hablarse de interior en un país como Chile, donde uno siempre se traslada de costado como en un friso egipcio. Conocí el desierto del norte, crucé un par de veces la cordillera, y hasta probé, en barco, los fríos del sur. En esta última dirección me marché al fin con una pequeña compañía que tenía fines de reconocimiento para una posible colonización. El viaje fue por tierra, y llegamos a la región de los fiordos en una esplendorosa primavera. En un caserío de la costa encontré a un compatriota, un aventurero de edad que esperaba los deshielos para internarse en las montañas y descubrir quién sabe qué. Era un geólogo viudo, que viajaba con su hija, la maravillosa Rossanna Haussman, de la que me enamoré perdidamente. Como fui correspondido, me despedí de mis compañeros y seguí viaje con el Profesor Haussman y su hija, que a su vez llevaban por toda compañía la de cuatro indios y un negro chileno (cosa rarísima, los negros chilenos) de nombre Callango. Nos lanzamos hacia el Este, según los planes del profesor, no bien los pasos estuvieron transitables, y empezó entonces para mí una aventura hechizante, el verdadero momento y lugar del amor y la naturaleza, que se da de improviso en la vida, y lamentablemente no se repite. El padre de Rossanna estaba interesado solamente en las montañas, en su composición, en su peso, en sus relaciones múltiples con la gravedad de la tierra. Años después comprendí que era un científico adelantado a su época. En aquel entonces, lo que él decía me entraba por una oreja y me salía por la otra, mientras que las palabras de amor de Rossanna se quedaban para siempre en mi corazón. En cada paisaje, en cada manifestación del poderío de la naturaleza, encontrábamos una confirmación de nuestro amor. Y puedo asegurarte que la naturaleza, por esos lados, es de por sí una confirmación. No se sabe de qué, pero lo es. Encontramos montañas de hielo negro, que se trasladaban ante nuestros ojos; bosques de gigantescos pinos azules, en los que pastaban ciervos altos como caballos; valles cubiertos de flores hasta el último centímetro de su extensión, y sobre ellos ciclópeas cornisas de nieve cuyas volutas pulía el viento; lagos quietos como espejos, vientos que gritaban horrísonas melodías, peñascos de mármol del tamaño de palacios. Todo nos encantaba, en cada detalle grande o chico nos encontrábamos *at home*. Y dondequiera que fuéramos nos seguía la mirada de Callango, ese negro demente, que me daría el disgusto más grande de mi vida. El hombre estaba fuera de sus cabales, pero eso no era evidente a primera vista, ni mucho menos. Era untuoso, coloquial, supérstite. Se había enamorado, por una fatalidad increíble, de Rossanna, pero como se enamoran los negros de las blancas, es decir, sin mayores esperanzas, salvo las de cierta adoración perversa; y la adoración nunca puede ser del todo espiritual, porque consiste en una intensificación. Mentiría si te dijera que lo pensé de este modo entonces (ni siquiera había leído a Hume todavía), pero me di cuenta oscuramente del peligro y fui a hablarle al Profesor. Él disculpó al negro: me dijo que lo conocía desde hacía tiempo, y que se había dado cuenta de la inclinación algo morbosa que sentía hacia su hija, pero la encontraba inofensiva. Según su parecer, Callango era un histérico primitivo, con rasgos feminoides. Suponía incluso que pronto se pondría a adorarme a mí, y entonces podríamos reírnos de todo el asunto. Nunca me perdonaré la ligereza con que me di por satisfecho con su explicación. Contribuyó a distraerme el encuentro que hicimos de una tribu cordillerana. Eran unos indios rarísimos, que le dieron mucho material a las anotaciones del profesor. Poco más allá, ya en los faldeos orientales, terminamos en un espléndido bosque de mirtos, donde acampamos por un tiempo, pues en la vecindad había un soberbio glaciar que llenaba todos los requisitos para ser estudiado como modelo de movimiento tectónico, y el Profesor Haussman se propuso hacer un examen detallado de su constitución y desplazamiento. Además, los indios vecinos le habían contado cantidad de mitos sobre esa masa de hielo, leyendas que según él encerraban no pocas verdades profundas que debía verificar. Nada pudo complacernos más, a Rossanna y a mí, pues el bosquecillo era el rincón más bello que hubiéramos encontrado hasta el momento, el que más inspiraba nuestra ternura; entre esos finos árboles dorados, cuya corteza tenía la textura de la piel humana, pero helada, como ningún árbol la ha tenido jamás (los mirtos europeos son tibios), volvíamos a descubrir, magnificado, nuestro amor. Nos pasábamos los días allá, mientras el Profesor con los indios se lo pasaba en el glaciar, tomando medidas, examinando muestras, haciendo suposiciones. El negro Callango oscilaba entre los dos sitios, con rara ubicuidad. Más de una vez, en medio de nuestros arrebatos, tuvimos la sospecha de que sus ojos nos vigilaban. Claro que ese bosque tan particular, que en realidad era un solo árbol porque todos tienen una única raíz (¿cómo esconderse, unos y otro, usando un solo árbol?), y el gran diamante de hielo adyacente promovían de por sí esa idea. Además, yo tenía veinte años, y estaba enamorado; el ardor me impedía pensar. La contemplación de Rossanna, que en esas semanas de viaje parecía haberse hecho más bella, me colmaba. Era como estar en contacto con la perfección. Hasta que un día... un día fatal entre los días, un mediodía oscuro y caliente, con el cielo cargado de pesadas nubes y el aire de una humedad eléctrica, sucedió algo terrible. Una raza de indios desconocidos, aullantes, semidesnudos, nos atacó por sorpresa, ¡a nosotros, que no les habíamos hecho nada! Estábamos almorzando, a la entrada de la improvisada choza donde nos alojábamos. Hubo una lluvia de lanzazos, inefectivos por suerte, y otra más peligrosa compuesta de peñascos arrojados y unas bobinas de pedernal que incendiaron la choza y espantaron a las mulas. Nuestros pobres indios habían quedado paralizados por el terror. El Profesor y yo recogimos las escopetas, perdimos un tiempo precioso en cargarlas, y respondimos casi al azar. Sólo entonces caímos en la cuenta de lo inadecuado de la posición en que habíamos acampado: en una depresión, con incómodas vías de escape. Es que había faltado todo indicio de que pudiéramos ser víctimas de un ataque. Le di a Rossanna mi revólver y le mandé retroceder por el rumbo donde habían desaparecido las mulas.

Pensaba asustar a los atacantes con disparos, y después seguirla. Cuál no sería mi alarma cuando oí los disparos del revólver, a mis espaldas. Los agresores mientras tanto se habían acercado peligrosamente. Nuestros cuatro indios habían muerto, y Callango no estaba visible. No bien pude hacerlo, salí de mi posición y corrí tras los pasos de Rossanna. Encontré indios, que me miraban con torpe sed de sangre, o al menos así me parecía; sólo el ruido de mi escopeta los mantenía a distancia, una distancia que cambiaba, no sólo de extensión sino también de posición. En ese laberinto, y teniendo en cuenta lo accidentado del terreno, no puede sorprender que haya perdido el sentido de la orientación, sobre todo considerando el estado de nerviosidad febril que me dominaba. No sé cómo no me mataron. Lo cierto es que al cabo encontré al Profesor, desencajado y medio loco, huyendo como yo. Estábamos vivos y sanos, pero nuestra preocupación compartida era la suerte que podría haber corrido la muchacha. Yo tenía un presentimiento que montaba casi a la certeza: la habían secuestrado los salvajes, y satisfechos con tal botín (¿qué otro podían esperar de nosotros?) se habían retirado. En efecto, se los había dejado de ver y oír. Interiormente me juré encontrarla, así me llevara años. Incluso me consolaba pensando que no sería tan difícil. El

Profesor, en cambio, desesperaba de la vida de su hija. Encontramos el camino de regreso al sitio del campamento. Los indios se habían retirado llevándose sus cadáveres y dejando los de nuestros asistentes. Habían robado algunas cosillas, como para no perder la costumbre, y por supuesto debían de haberse hecho de nuestras cabalgaduras. De Rossanna, ni rastros. Del negro, menos. Iniciamos una busca desordenada. Lo arrastré al viejo al bosque de mirtos. La luz había seguido disminuyendo, sin que la tormenta se desencadenara, y ya estábamos en penumbras. En realidad, habían pasado varias horas sin que nos diéramos cuenta, y ya teníamos la noche encima. El bosque amado me pareció amenazante, tétrico. Lo atravesamos sin ver un alma, mientras vagos truenos resonaban en las montañas. Al cabo, quedé inmóvil, deshecho, con la mente en blanco, sin saber qué hacer, adónde dirigirme. El Profesor, que no estaba en mejores condiciones que yo, me propuso ir al glaciar. Sus palabras me sonaron extrañas. Ni siquiera lo entendí. Pero salió caminando, y yo atrás...

En este punto Clarke hizo una pausa, y ya no volvió a hablar, porque tropezaron con una partida de indios que transcurría al parecer sin apuro en una dirección transversal a la de ellos. Eran unos quince, todos hombres, con pocos caballos de repuesto muy cargados. No los vieron de lejos porque andaban más bien rápido, aunque distendidos. Se anunciaron con unos gritos algo bárbaros, eso no podían evitarlo, pero amistosos en líneas generales. Se agruparon al acercarse.

—¿Quiénes serán? —dijo Clarke. Gauna se había detenido, dándole prioridad. No tendría más remedio que dar la cara él. Se adelantó, muy al paso. De los indios, ninguno se separó, pero había uno que parecía ser el centro de la compañía. A él se dirigió el inglés, utilizando el mapuche franco: —Buenas tardes.

—Muy buenas tenga usted —respondió el supuesto cabecilla. Se quedaron un momento callados. Ese inconveniente tenía la pampa: que uno rara vez podía pasar de largo ante sus semejantes, aunque no tuviera nada que decirles. Al fin el indio, en un verdadero alarde de cortesía, se comidió a preguntar: —¿Qué andan haciendo?

Clarke, por supuesto, optó por la verdad:

—Vamos de visita a los toldos de Coliqueo.

—Ah.

Otro silencio.

—¿Y ustedes?

—De caza.

—Enhorabuena. ¿Consiguieron algo?

—Poco y mucho.

En fin, ya se explicaría. Y si no, no tenía importancia. No hubo presentaciones. Tras una breve consulta con sus laderos, el indio invitó a los blancos a acampar con ellos, cosa que venían pensando hacer en cualquier momento. Clarke, a su vez, hizo la parodia de consultar con Gauna. Los desconocidos parecían bastante normales, hasta sociables. Desembarcaron. En unos minutos había un gran fogón en marcha, y se conversaba. Junto a Clarke se ubicaron el indio que había hablado, que dijo llamarse Miltín y ser un cacique anarco-huilliche, y su hermano. Tenían vasos de vidrio, que repartieron y llenaron prontamente de aguardiente de papa. Gauna y Carlos fueron a ver cómo desollaban unas vaquillonas cerriles, después de unos brindis preliminares.

—Y dígame —dijo Miltín— de dónde vienen, si no es indiscreción.

—De Salinas Grandes.

—¿Ah sí? ¿Estuvieron con el viejo chiflado?

—¿Con Cafulcurá? Por supuesto.

—¿Qué se sabe del hijo?

—¿De Namuncurá? Estaba ausente.

—Eso me lo imaginaba. ¡Qué inconsciente!

—En realidad, no nos dijeron gran cosa de él, aunque estuvimos parando en su toldo.

Hubo un rellenado de vasos, y Miltín cambió de tema:

—¿Y qué lo ha traído a estas nadas, señor...?

—Clarke.

—¿Británico?

—Así es. Soy naturalista. Estoy haciendo una investigación de campo.

—¿Sobre?

—Animales.

—Qué interesante. Brindemos por su éxito.

Así siguieron un buen rato. La carne llegó al fuego, y el olor a asado acompañó el colorearse del cielo. Esa hora, que para ellos solía ser tan lenta y callada, voló en medio de la bulla y las escansiones, cuyo ritmo tendía a lo frenético. Clarke, que algo sabía de indios, tuvo la certeza de que la mencionada cacería no era más que una mentira blanca: éstos eran traficantes de aguardiente, que volvían cargados y quién sabe si llegaban con una gota a destino.

Los costillares estaban medios crudos todavía cuando los sirvieron, sin pan ni nada. Eso sí, estaban bien sazonados, tanto que la sal formaba una costra carbonizada que había que quebrar con los dientes. Clarke llamó a Carlos, que charlaba volublemente con unos indios, las mejillas encendidas por el alcohol, y lo mandó a buscar su cantimplora: tendría que aplacar la sed con agua, porque si seguía haciéndolo con aguardiente no podría responder de sí mismo.

Ya de noche, y ahítos de carne, Miltín, que empezaba a mostrar las características obstinaciones de un ebrio, quiso lucir ante los blancos las habilidades curiosas de uno de sus súbditos, al que presentó como un futuro machi; era un salvaje bajo, de pinta corriente, algo más oscuro que sus congéneres, regordete y engrasado en exceso.

—Este hombre —dijo una vez que Gauna y Carlos, a su pedido, se hubieron sentado junto al inglés— tiene la increíble capacidad de entrar en trance a voluntad, y en un instante, sin preparación. —Hizo una pausa para que se tragaran su incredulidad por cortesía, por el momento, aunque ellos ni siquiera entendían de qué se trataba. —A ver, mostrales.

El sujeto brillaba con la luz del fuego, inmóvil. Un indio borracho gritó desde atrás:

—¡Preparado...! ¡Listo...!

Miltín lo mandó callar con una palabrota. Y al gordo:

—Procedé.

Al instante, lo vieron entrar en trance. No se le había movido un pelo, pero era evidente que su mente había volado a mil leguas en un parpadeo (no es que hubiera parpadeado tampoco). Así se quedó.

—¿Vieron?

—Increíble —dijo Clarke. Le echó una mirada de reojo a Gauna, temiendo alguna de sus salidas, pero el gaucho, malhumorado y sombrío como siempre, parecía además borracho, y no estaba prestando atención. En cuanto al chico, miraba embobado.

—Fíjese ahora —dijo Miltín—: ¡despertate!

El indio volvió del trance.

—¡Otra vez!

Se repetía el truco.

—¡Despertate!

Y así cuatro veces más. Clarke le preguntó si tenía visiones.

—Quién sabe —dijo el caciquejo.

—Es muy probable que las tenga.

—Seguro.

El indio volvió con sus amigotes, y ellos siguieron charlando. De los fenómenos paranormales pasaron insensiblemente al tema del amor, y se pronunciaron los nombres de algunos hijos de Cafulcurá. Clarke pensó que era la ocasión propicia para saber algo más de Namuncurá. Miltín no era de los que hacen secretos de lo que saben, todo lo contrario:

—¿Así que no le dijeron adónde había ido? Apuesto a que no le preguntó a la persona indicada.

—En realidad, no le pregunté a nadie —dijo Clarke.

—¡Siempre la misma delicadeza, el estilo europeo! ¿De qué sirve, me pregunto, si igual son curiosos? Yo le pregunto de todo a todo el mundo, ¡hasta cuánta plata tienen! Ese tiro al aire de Namuncurá, según he oído, anda detrás de una mujer, y su padre debió de ponerse verde de furia cuando supo quién era. ¿Sabe quién es?

—No.

—Una caudilleja de vorogas, viuda del famoso Rondeau.

—¡No me diga! ¡La Viuda de Rondeau!

—¿La conoce?

—De mentas nomás.

—Lo felicito por no haberla visto. Es una harpía, de lo más peligroso que anda suelto en la pampa hoy por hoy.

—¿Y Namuncurá está enamorado de ella?

—Quién sabe, señor, lo que hay en el corazón de un hombre. Lo cierto es que hace años que la pretende, haciendo caso omiso del hecho de que ella despreció al mismo Cafulcurá cuando quedó viuda.

—Sí, de eso estaba enterado.

—Pero eso no es más que la superficie del asunto, la parte "comidilla". El fondo es de tipo más bien histórico. No sé si usted sabrá que Cafulcurá, hijo del famoso Huentecurá, fue mellizo. El hermano murió chico, pero según la historia eran absolutamente idénticos, tanto que no se los distinguía. Entonces, al morir uno, pudo ser el otro, ¿no? En fin, eso no tiene importancia. Pero los huilliches han hecho toda una montaña de ese cuento, guiados por la entusiasta promoción por parte de Cafulcurá, que ha sacado provecho político de todas y cada una de las anécdotas curiosas que le han sucedido en su vida. Tal como están las cosas, uno de los remotos pilares de su prestigio es el linaje de gemelos, o de multiplicación de la identidad, que se supone que él representa. No nos tome por idiotas, por favor, usted que es un hombre civilizado. Piense en nuestra circunstancia histórica. Los indios, frente a ustedes los blancos, representamos la supervivencia del género humano, contra el exterminio. Un mito, un elemento simbólico o poético, puede tener un gran peso real. Ahora bien, los mellizos por lo general no tienen mellizos: Cafulcurá, que ha tenido como ochenta hijos, no los tuvo nunca. Pero sus hijos sí deberían tenerlos, y no sólo por una determinación puramente biológica, sino también por la cuestión mágico-política. Y fíjese qué curioso: no los han tenido. En ese contexto se inscribe la contienda por la sucesión en la que están lanzados Namuncurá y Alvarito Reymacurá. La fama de mujeriegos que tienen no obedece más que a esa grotesca persecución de los mellizos. Namuncurá es el que ha corrido con ventaja siempre, porque ninguna mujer puede resistírsele...

—¿De veras? ¿Es muy atractivo?

Miltín le dirigió una mirada medio sarcástica, medio siniestra, y se limitó a responder:

—Como usted.

Clarke, que se sabía poco apuesto, no dijo nada. Preguntó:

—Pero la Viuda, por lo visto...

—Por lo visto. Los motivos de él pueden tener doble fondo. Por un lado, se rumorea que antaño, antes de su matrimonio con Rondeau, ella tuvo mellizos. Una predisposición en ese sentido cuenta mucho. Pero es posible que el rumor haya nacido a raíz de la persecución de la que la hizo objeto Namuncurá. Por otro lado, él puede estar buscando lo que ningún cacique ha tenido antes: una esposa guerrera, una fuerza política propia, que podría contrapesar la falta de mellizos, que al fin de cuentas no es más que un juego con fantasmas.

—Todo parece bastante descabellado —comentó Clarke pensativo.

—Aun así, el fondo es muy racional. Hay que juzgar los resultados, no las intenciones.

—¿Pero es seguro que Namuncurá está con la Viuda? En Salinas Grandes circulaban otras informaciones sobre el paradero y las actividades de esa mujer.

—¿Sí? ¿Qué decían?

Miltín no reprimía su curiosidad, como él mismo lo había dicho. Clarke juzgó más prudente no darle las noticias de último momento: ya se enteraría por otra fuente, y a él le habían recomendado el silencio.

—No sé bien, pero creí entender que incluso temían un ataque de ella.

—¡Bah! Siempre dicen lo mismo. Como si el gran imperio mapuche pudiera temer algo de una pobre mujer con su banda de locos sueltos. Lo que es cierto es que esta vez Namuncurá se juega a fondo: porque se corre la voz de que la Viuda prepara su retiro definitivo a la Cordillera, de donde vino alguna vez. Al parecer, considera terminado su ciclo en la llanura.

Un resoplido de Gauna distrajo a Clarke. El baquiano por lo visto había estado prestando atención, y las últimas palabras de Miltín lo habían sobresaltado. No volvieron a hablar del tema, porque entre los salvajes que rodeaban el fogón había estallado una reyerta. El griterío era infernal. Mientras conversaban, una parte de la mente de Clarke había seguido el progreso de la ebriedad de los indios. Los había oído pasar por el estadio del "cómo te quiero, hermano", y ya estaban en las agresiones que sobrevenían siempre. Miltín, por su parte, no había dejado de beber mientras hablaba, y cuando quiso participar del alboroto en calidad de mandatario, lo hizo plenamente sintonizado con el espíritu alcohólico de sus súbditos. Su interposición no hizo más que terminar de caldear los ánimos. Todos chillaban, con voces roncas y arrastradas. La luz del fuego prestaba resplandores extra a los cuerpos que ya se trenzaban en abrazos malévolos. Lo más gracioso (o lo único gracioso, porque lo demás resultaba melancólico en su degradación) era que entre ellos se acusaban principalmente de borrachos: "¡Indio mamau! ¡Indio mamau!", repetían como maniáticos. Y Miltín, ebrio al extremo: "¡Indios mamaus! ¡Indios mamaus!". Se habían encarnizado con uno sobre todo, tan borracho como el resto, que al parecer había proferido un juicio agraviante sobre el seleccionado de la tribu; porque la discusión original había sido sobre hockey. El desenlace vino rápido e inesperado, y a los tres blancos les resultó escalofriante como un mal sueño. Un cuchillo agregó sus brillos a los de tanto músculo engrasado, y el filo abrió un ancho tajo en la garganta del disidente. Al parecer, la ejecución se había realizado con la autorización del cacique, que vociferaba tambaleándose. Clarke había quedado paralizado por la sorpresa. No así los indios, que en una exasperación de su violencia inútil repitieron el tajo (incluida la forma) en el vientre del muerto, que lo tenía redondo e invitante, y metieron las manos y empezaron a tirar de los intestinos, entre gritos que pasaban de la furia a la diversión. El inglés saltó como accionado por una palanca. Lo dominaba una urgencia irresistible de reivindicar lo humano. Quiso gritar algo fulminante, pero todo lo que le salió, por contagio, fue "¡Indios mamaus! ¡Indios mamaus!". Carlos y Gauna trataron de retenerlo, sin éxito; él también había bebido sus vasos, y el alcohol lo hacía temerario. Se abrió paso hasta el cadáver, aullando toda clase de improperios contra los asesinos y profanadores, les arrancó como pudo los resbalosos chinchulines y se los metió torpemente al muerto, por la herida; como veía doble, algunas puntas las metió por el tajo de la garganta. Por suerte los indios creyeron que era una broma más, de otro modo es posible que lo hubieran acuchillado ahí nomás. Miltín levantó el vaso sobre el alboroto y pidió un brindis, pero el inglés, encendido como un loco, se lo hizo volar de un manotón.

—¿Pero qué se ha creído...? —barbotó el beodo.

—¡Bestias, animales!

—¡No le permito!

Se dijeron de todo. Menos mal que no se oían, porque los indios gritaban a más y mejor. Clarke se tocaba la cintura buscando el revólver que hacía quince años que no tenía allí, Miltín en un rebote cayó sentado y ahí se quedó, chillando como un energúmeno.

Por fortuna, Gauna, fuera del círculo de los enojados, había conservado un mínimo de sangre fría. Lo mandó al chico a traer a Clarke, y él fue a juntar los caballos. Con las mayores dificultades, ya que su propio estado tampoco era óptimo, Carlos logró arrastrar al inglés hasta cierta distancia del fuego, donde se les reunió Gauna y los hizo montar.

—¡Animales, animales! —gritaba Clarke, entre otras cosas.

Los indios ni siquiera se molestaron en impedirles la partida. Quizá no estaban en condiciones de hacerlo. Lo que sí hicieron fue soltar toda clase de pullas escabrosas. Uno sobre todo, que tenía un vozarrón formidable, los persiguió largo rato con sus gritos. Clarke iba lloriqueando de la indignación y los nervios. La luna fue la que lo tranquilizó. Marcharon unas dos horas, al azar por supuesto, pero de todas formas hicieron lo importante, que era alejarse. Se detuvieron cuando Carlos se cayó limpiamente del caballo, con un golpe sordo. A Clarke el fresco le había disipado bastante los efluvios, y se preocupó. Pero el muchacho roncaba en el suelo. Allí mismo tendieron los aperos, y entregándose atados de pies y manos a la benevolencia de la noche, durmieron la mona.

Al día siguiente, como era de esperar, se les trastrocaron los horarios. Durmieron toda la mañana: como estaba nublado, el sol no los despertó. Después anduvieron un poco, con dolor de cabeza y el estómago revuelto. Los pocos comentarios que hicieron se referían a la repugnante degollina, y a lo bárbaros que eran los indios. Gauna andaba más adusto que de costumbre; una idea, evidentemente, lo trabajaba. Tuvieron la suerte de dar con un bonito arroyo donde se dieron un baño, sometidos como estaban al calor de una tormenta inminente, y después de un té somero durmieron la siesta. Los despertó la lluvia. Esperaron largo rato a que cesara, refugiados bajo los árboles, y cuando se transformó en llovizna siguieron viaje, en el crepúsculo lóbrego. Volvió a llover de a ratos, pero como no tenían hambre ni sueño marcharon hasta que, cerca de la medianoche, el cielo se limpió y vieron la luna. Entonces, sin necesidad de que nadie se cayera del caballo, hicieron un fogón, pasaron la velada callados, en notable contraste con la anterior, y se durmieron.

El día siguiente fue de sol radiante y lindas brisas. Los ánimos volvieron a subir, el mal sueño quedó superado. Con lo limpio que estaba el aire, la línea del horizonte, acaso lo único que había que ver, se veía con una nitidez especialísima. Se veía casi del otro lado de la línea, como si ésta se hubiera hecho cristalina, la línea prismática que dividía lo visible de lo invisible, la que abría la perspectiva más allá de lo obvio. Y allí, justamente, vieron al vagabundo sobre cuya presencia móvil había reflexionado el inglés con tanta pertinacia.

—Ahí está de nuevo —le dijo a Carlos.

—Lo veo, lo veo.

—¿Va o viene?

—¡Eso sí que no lo sé!

—A ver... si se desplaza de izquierda a derecha, es que avanza en la misma dirección que nosotros; si es al revés, seguramente nos va a cruzar sin que nos demos cuenta, y de pronto lo vamos a tener al otro lado, a cualquier otro lado, porque eso depende de dónde estemos nosotros... ¡Qué lío! Deberíamos hacer un horario, marcar las posiciones relativas en negro sobre blanco. Me hace temer que estemos perdidos. Creo que Gauna va a tener que oírme muy seriamente. —Esto último lo dijo bajando la voz, pero los hombros del gaucho, que iba cincuenta metros adelante, se encogieron visiblemente.

El vagabundo se había desvanecido mientras tanto, como una mota de polvo cuando sale del rayo de sol.

—¿Quién será? —dijo Clarke.

—Un indio cualquiera.

—Seguro. Pero ¿adónde irá? ¿Qué pensará? ¿No es intrigante hacerse esa clase de preguntas?

—Todas las preguntas son intrigantes, Clarke. Si no, no serían preguntas.

—¿Sabés en qué me hizo pensar, hace un momento? En el Hombre Natural. Hubo una época en que no leía sobre ningún otro tema. Durante el siglo pasado, fue una moda intelectual. Y en realidad sigue siéndolo.

—¿El hombre natural?

—Sí. Con un pequeño esfuerzo filosófico, investigás las características de un hombre desprovisto de todos los prejuicios de la razón, la cultura, las costumbres, etcétera. Se trata de algo así como la constitución de un autómata, no poniendo piezas sino sacándoselas. Al final queda la esencia misma, el corazón al desnudo...

—¡Pero eso es muy poético!

—Y científico también. La frecuentación de pueblos remotos y exóticos, como los indios que vemos por aquí, lo llena a uno de ideas sobre el Hombre Natural. Por lo menos a mí, que no tengo imaginación.

—Pero uno siempre está creando gente, con la fantasía.

—Rousseau, que fue uno de los inventores del Hombre Natural, dice que la creación de un hombre por un hombre es la más clara señal de que su educación ha fracasado.

—Entonces él fue un gran maleducado.

—Por lo pronto, murió loco.

—¿De veras? Suele pasarle a los filósofos.

—Qué se le va a hacer.

—¿No es medio repugnante crear monstruos?

—Bien pensado, sí. Pero ahí nos acercamos otra vez al Hombre Natural, por otro camino. El hombre es una especie de monstruo, de entrada, una conjunción improbable de cuerpo y mente.

—Los indios con los que estuvimos anteanoche, ¿qué son, según tu parecer? ¿Naturales o artificiales?

—Las dos cosas.

—¿Pero para qué lado se inclinan más?

—¿Vos qué dirías?

—Naturales, a pesar de todo.

Clarke pensó de pronto en su responsabilidad como educador, así fuera accidental y momentáneo, de un joven. Pensó en el fracaso inescapable. Eso lo llevaba por caminos que eran los de su propio pasado, y la autobiografía (él lo sabía mejor que nadie) estaba en una relación enigmática con el Hombre Natural. Ensimismado, y junto a él Carlos Álzaga Prior también ensimismado en sus cosas, pasó las horas y las leguas hasta la hora de almorzar. Poco después de la siesta, ya a la caída de la tarde, se cruzaron con una bandada de ñandúes, y poco después con los cazadores que los perseguían, que resultaron ser hombres de Coliqueo. Cuando se enteraron de que los blancos venían de visita, se asombraron aparatosamente de la coincidencia (inexistente) y los escoltaron a los toldos dando por olvidados a los ñandúes, que a juzgar por la velocidad que llevaban ya debían de haber dado la vuelta al mundo.

—El huevo de pato es lo más eficaz de todo —sentenció Coliqueo con acento terminante.

Clarke se sintió enteramente sobrepasado por la situación, descolocado, enmudecido. El toldo estaba lleno de mujeres, niños, perros y un fuego donde se calentaba todo el tiempo agua para el té; el fuego los llenaba de humo, pese a que dos de las paredes de cuero habían sido enrolladas hacia arriba para que corriera el aire; el cacique y él tenían los ojos de color carmín, como si hubieran llorado con efusión la muerte de un ser querido. Y así era en cierto modo para Clarke, que había estado velando toda la tarde el cadáver de la Verdad. Coliqueo era el indio deshonesto por antonomasia, un prototipo casi humorístico, pero deprimente a mediano plazo. Para el huésped, el plazo se había cumplido de sobra.

Cómo habían llegado al pato era algo increíble de tortuoso, aunque a posteriori se lo veía directo y hasta precipitado. Todas las mentiras y vaguedades del indio confluían en él como respondiendo a un plan de largo alcance. Claro que no había plan: Coliqueo no tenía cerebro para tanto. Pero reconstruidas las veinticuatro horas que los blancos llevaban en la toldería, lo previsible era la nota dominante. Al oír lo del huevo de pato, Clarke se tomó el trabajo de hacer la reconstrucción, mentalmente; la hizo veloz pero detallada, porque en los detalles estaba la clave del fatalismo. No importaba que se produjera un vacío en la conversación; ya se habían producido otros antes, por motivos más inexplicables, y además la cortesía, a la que él no cesaba de rendirle tributo aun entre los bárbaros, le debía esa compensación. Su interlocutor podía aceptar un silencio. En términos de justicia, no podía aceptar otra cosa.

Coliqueo era alto, flaco, desgarbado, negro como un africano, con cara de delincuente chino y larguísimas crenchas aclaradas por la manzanilla. Usaba un mugriento uniforme del ejército entreabierto sobre su enclenque estructura engrasada; porque eran tan groseros que cuando se vestían igual se engrasaban la piel. Bebía, como todos ellos; tenía ese no sé qué animal, de crueldad astuta, que les daba a los indios la asiduidad del alcohol. Aunque se suponía que provenía de la más rancia aristocracia mapuche, no tenía modales.

Clarke se sorprendió a sí mismo en el desagrado de ver que el indio limitaba a un fugaz cruzamiento de ojos la postura de conversar. Después de todo, se dijo, a él qué le importaba. Los duques de Kent, a los que había frecuentado en su patria, no bizqueaban en las ocasiones formales, y nadie se lo reprochaba.

Su toldería, muy populosa, contrastaba por el caos y la promiscuidad con las cortesanas escansiones de Salinas Grandes. En realidad era un asentamiento provisorio, o más bien estacional, pues los inviernos los pasaban acogidos a la hospitalidad de sus aliados blancos. Eran una facción totalmente ladinizada, pero no menos india por eso; todo lo contrario, algunas peculiaridades se acentuaban sideralmente. Habían elegido para veranear un emplazamiento de lomas, por entre las cuales pasaba un río disminuido y sin árboles.

La noche anterior, cuando llegaron los tres blancos, la tribu estaba de fiesta. Celebraban con una comilona general el casamiento del hijo mayor de Coliqueo, un mocetón que sobre un cuerpo espléndido tenía la misma cabeza del padre. Coliqueo estaba orgulloso de que sus quince hijos varones se le parecieran. Los hizo formar fila a la lumbre de las fogatas para que Clarke los viera: en efecto, tenían rasgos suyos, unos más, otros menos. Algunos casi nada; pero aquí participaba la imaginación y la buena voluntad. Y la certidumbre del progenitor.

Caer en medio de una fiesta de indios tenía sus inconvenientes, pero asimismo sus ventajas; entre éstas la de pasar casi inadvertidos en medio del jolgorio y poder observar sin correspondencias inconvenientes. Y los salvajes se entregaban a la observación de un modo casi excesivo, engrasados hasta los pies, vueltos espejos. Hasta una danza hicieron, una danza de hombres que consistía en reuniones y separaciones, círculos e hileras. Lo hacían como bailarines "en contra": rígidos, con simuladas torpezas, haciéndose los borrachos, los lentos, los olvidadizos. Para representar la ebriedad se inspiraban bebiendo como esponjas; lo demás venía solo. Las mujeres por su parte, apartadas todas juntas, estaban desatadas, eran puro grito. Terminada la danza de los hombres, ellas cantaron. Un coro de víctimas de atroces tormentos no habría hecho un ruido peor. Después de esas atracciones, todo fue beber y gritar. Habían comido cantidades inimaginables de asado. Habían carneado vacas gordas, con seguridad cebadas para la ocasión. Los tres blancos, que se habían mantenido juntos, se abstuvieron todo lo que les permitió la cortesía, haciendo durar sus costillas, besando apenas los chops de aguardiente que circulaban. Aun así, Carlos se puso verde y tuvo que ir a vomitar; después de eso anduvo recorriendo las fogatas y los grupos, buscando sin muchas esperanzas a su Yñuy. Gauna, en esta ocasión muy prudente con la bebida, se mostró sociable con unos familiares del cacique; a la cháchara de este último se vio sometido Clarke, casi hasta clarear el alba. Jamás habría podido recordar la cantidad de cuentos sin sentido que le hizo. Hablaba con incoherencia, pero no por la bebida (ésta era la responsable sólo de la estupidez general del discurso), sino porque así le parecía que resultaba más serio, más imponente. En realidad, tenía una mente bastante articulada, pero por algún motivo impenetrable a la comprensión de Clarke, creía que eso era de gente secundaria, o de uso apenas doméstico. Hacía monstruos con las frases, unía el sujeto de una con el predicado de otra, para resultar más vago. El dialecto voroga se prestaba a esas maniobras, se lo habría dicho pensado específicamente para ellas. Los fuegos se apagaron (eran fétidos, de bostas secas) y la vaga luz del amanecer iluminó a una indiada ojerosa y mustia. Con eso se fueron a acostar. Clarke rechazó, en nombre propio y de los suyos, la oferta del cacique de alojarse en su toldo. Dijo que estaban habituados a hacerlo al aire libre, que les resultaba más sano. Como Gauna sufría de asma, y precisamente había tenido un ataque durante el festín, la mentirilla sonó convincente. El resultado, en cambio, fue que Clarke no pudo pegar un ojo por la luz. Con indignado estupor reproducía mentalmente las interminables sandeces de Coliqueo. No le había preguntado siquiera cómo se llamaba, ni de dónde venía. Había hablado todo el tiempo él, ¿y de qué? ¿De qué, Dios santo? Lo peor era que con los temas hacía los mismos monstruos que con las frases. Era el método de un mentiroso nato: así no se comprometía ni siquiera con la mentira. En cuanto a lo otro, a lo que lo había traído aquí, la tribu no parecía en absoluto predispuesta a la guerra, y su cacique menos, pero más le convenía no juzgar por las apariencias de la noche. Carlos dormía en su apero con la boca abierta. Gauna había hecho rancho aparte con unos blancos que había encontrado entre los vorogas, uno de los cuales era conocido suyo de otras épocas; Clarke no había tenido ocasión de cambiar más que unas pocas palabras con ellos, y se prometió sondearlos al día siguiente, si no lo había hecho antes Gauna en confianza.

Los vorogas se levantaron tardísimo, y Coliqueo no estuvo visible antes de la una. Les dieron unas tortas empalagosas para desayunar, y un punzante mate cocido. Clarke y Carlos estuvieron un buen rato mirando indios e indias que no hacían nada. No había con quién cambiar una palabra. Los blancos con los que había pernoctado Gauna eran muy poca cosa. Le presentó a su ex amigo, un gaucho aindiado de nombre Arístides Ordóñez.

—¿Qué sabe de Cafulcurá? —le preguntó Clarke a boca de jarro.

—¿Quién?

Clarke se volvió hacia Gauna:

—¿No sabrá quién es Cafulcurá?

—¿No sabés quién es Cafulcurá?

—No —dijo Ordóñez.

—¿Nunca oyó hablar de él?

—Yo no me meto en cosas de los indios, patrón.

—¿Y qué hace entonces?

—Yo escribo.

El interés de Clarke, adormecido hasta entonces, se despertó:

—¿Es escribiente del cacique?

—Así es, con su venia.

—¿Y a quién le escribe ese demente?

—Me dicta unos memoriales eternos, todos dirigidos a Rosas.

—¿Pero vos sabías escribir? —le preguntó Gauna con su habitual gesto ofensivo de suspicacia.

—Sí. Me enseñó un cura.

—¿Cuál?

—Aquel que iba a parar a las casas... El de los chanchos.

—Ah, ése —dijo Gauna.

—¿Qué pasaba con los chanchos? —preguntó Clarke. Gauna no se molestó en responder. Miró a lo lejos. Ordóñez lo hizo por él:

—Había comprado cuatro chanchos que se murieron ojeados.

—Ese cura —condescendió a comentar Gauna— era el hombre más corto de luces que haya existido.

—A propósito —le dijo Clarke a Ordóñez—: ¿qué le pasa a Coliqueo? ¿Está fumando demasiado?

—Regular.

—¿Bebe?

—Y, sí. De todo un poco.

—Tiene cosas difíciles de interpretar.

—Es medio raro, en efecto. Pero no es mala persona.

Clarke se guardó sus comentarios. Arístides Ordóñez no le parecía buena persona a él. Quién sabe de qué estaba escapando entre los bárbaros. Si Gauna lograba arrancarle alguna información interesante, no se la transmitiría; esos dos parecían sacados de un mismo molde, pero por los menos a Gauna estaba acostumbrado.

Al mediodía lo mandó a llamar Coliqueo a su

toldo, y así fue como empezó la insoportable audiencia. Asistió solo; a Carlos lo mandó a darse un chapuzón al río.

—Tengo entendido —empezó diciéndole el cacique volviendo a enfocar normalmente tras un somero bizqueo— que su señoría proviene de Salinas Grandes.

—Es cierto. Anoche no tuve ocasión de decírselo, porque a decir la verdad no encontré la ocasión de meter un bocadillo.

—¡Vamos! ¡Si se comió media vaca usted solo!

Clarke se resignó: lo de "bocadillo" no era traducible, contra lo que había creído. El indio retomó la palabra:

—¡Así que mi querido primo lejano Cafulcurá, cuanto más lejano mejor, se hizo humo!

—¿Lo sabía?

—Me enteré el otro día, por casualidad.

—¿Y qué impresión le causó?

—Me desternillé de risa.

—¿No cree que pueda estar en peligro?

—¿Qué clase de peligro? —Hasta aquí Coliqueo había estado casi razonable, pero ya era demasiado para él. Sin darle tiempo de responder al inglés levantó los brazos: —¡Yo no tengo nada que ver! ¡Estaba seguro de que iban a querer implicarme! ¡Ya me tienen cansado estos fantoches!

—Por si lo tranquiliza, puedo decirle que en Salinas Grandes nadie sospechó que usted tuviera nada que ver.

—¡Bueno fuera! ¡Complicarme a mí con sus ilusiones!

—Pero esto no es una ilusión. El hombre desapareció.

—¿Y a mí qué me importa?

—¿Los vorogas no son enemigos de los huilliches?

—Tenemos firmado un tratado de paz perpetua. Es letra muerta, pero a mí me basta. Yo me ocupo de mi pueblo: de la producción, del desarrollo, de las relaciones exteriores. Pretendo ser un estadista modelo, dentro de mi modesta esfera. Ellos, en cambio, viven del robo, del ocio, de la extorsión. Son disparatados y codiciosos. Ese loco de Cafulcurá ha creado una atmósfera de sospechas fantásticas en la que ha crecido la nueva generación, y no me sorprendería que algún día termine muriendo de verdad por causa de alguna profecía o embrujo, que es lo que se merecería.

—No le falta razón, señor Coliqueo, en lo que alcanza mi juicio por lo menos. Algo de todo eso noté en las pocas horas que pasé en la corte. Pero su cuadro peca por sombrío: el pueblo huilliche parece feliz, con supersticiones y todo.

—Allá ellos.

—De la higiene, hacen un culto.

—Para mí, la política es lo primero. La higiene es secundaria.

—Bueno, todo depende de la definición de política que usted privilegie. Por ejemplo, sus palabras anteriores yo las interpreté como un menosprecio a la preponderancia de la política mágica entre ellos.

—¡Eso no es política, es pavada!

—¿Y si resulta eficaz?

—¡No me haga reír! ¿Le parece una prueba de eficacia, que el cacique se volatilice en las narices de sus súbditos? Se han condenado a vivir en un sistema que realimenta constantemente su sinrazón. Este episodio, por ejemplo, apuesto a que ha dado lugar a una serie de exorcismos risibles por parte de sus machis. Van a escalar un grado más de insensatez. Es una forma de eficacia, no lo niego, pero absurda. A ver, dígame, ¿de quién sospechan?

—No pensaron en fantasmas, se lo aseguro. No sé con qué grado de certeza o verosimilitud, hicieron la suposición de que fue una mujer...

—¡La Viuda de Rondeau! ¡Pero será imposible! ¡Esos no desensillan más del delirio!

—¿Tan remota es la posibilidad?

—No *hay* posibilidad. Acusar a la Viuda es hablar por hablar. Es como aceptar que un cuento pueda pasar a la realidad así nomás, porque sí, porque se les ocurre. Ahí tiene un buen ejemplo de su "eficacia". Y tan degenerados están que llegan a tomarse en serio sus fantasías.

—Pero ¿por qué está tan seguro en este caso?

—Porque la Viuda pasó por aquí hará una semana, y está en otro asunto; si ha mantenido, puedo garantizarlo, el cuerpo a cien leguas de Cafulcurá, la mente la ha tenido últimamente a mil. Creo que iba a buscar a su hija para festejarle los quince. Y no es que yo quiera excusarla, a esa víbora, ni mucho menos servirle de coartada. Por el contrario, vería con buenos ojos que la acusen, la persigan y la exterminen. Nos libraríamos de un problema. Si yo llegara a ponerle las manos encima...

Clarke pensó que se contradecía, ya que acababa de afirmar que la Viuda lo había visitado pocos días atrás. Pero no hizo comentarios. Por otro lado, Coliqueo ya se había descolgado con una de sus preguntas de consecuencias:

—¿Quiere saber qué pasó con Cafulcurá?

—Por supuesto.

—Lo mató alguno de sus hijos, Namuncurá o Alvarito Reymacurá.

—Bueno... Namuncurá no estaba en Salinas Grandes.

—¿Y dónde iba a estar si no? Estaría escondido.

Todo el tiempo están diciendo lo mismo: que corren atrás de mujeres, que se van como cigüeñas migratorias tras ensueños irisados, los "príncipes de la paz"... Todo falso. La farsa de los mellizos. El huevo de pato. La liebre. El cálculo azul. ¡Pero déjese de embromar! El pobre viejo debe de estar purgando sus necedades enterrado en las afueras de la toldería. Y los hijos van a sacarse los ojos, dando un edificante espectáculo.

—¿Y usted qué partido va a tomar?

—Yo, ninguno. Que se arreglen entre ellos.

—Perdón, Su Majestad, usted me dijo que le interesaban las relaciones exteriores. Eso es lógico. Y más teniendo en cuenta que la confederación mapuche se sostiene en un equilibrio orgánico, de Tierra del Fuego a Córdoba. No entiendo cómo puede desentenderse de la pieza clave de ese equilibrio, que es Cafulcurá.

—Es que yo hago radicar mi eficacia en otros puntos. Interesarse, en algo, es empezar a perder el rumbo de la totalidad. Usted por ejemplo, ¿de qué se ocupa?

"Por fin me pregunta", pensó Clarke.

—Soy un naturalista inglés.

—¿Un contemplativo?

—En cierto modo. Practico una contemplación, podría decirse, activa.

—¿Qué rubro trabaja?

—Los animales, principalmente; aunque no se puede eliminar el resto, porque la Naturaleza, como usted sugirió recién, forma un todo.

—¿Yo dije eso? Escuche, ¿qué piensa del pato?

—¿Qué pato?

Coliqueo se quedó un rato pensando. Al fin dijo:

—Cafulcurá está lleno de historias de animalitos. Le habrá contado una carrada.

—Algo de eso hubo. Pero no tanto. Más me contó uno de sus machis...

—¿Cuál?

—Un tal Mallén.

—¿Todavía existe ese brujo barato? Me lo imagino, como si lo estuviera viendo, siempre con el mismo repertorio gastado de paparruchadas. Cómo no va a resultar melancólica la vida al fin, para esa gente. Se encierran en una combinatoria cuyas piezas no pueden cambiar, porque no son reales. Usted es un científico: ve un animal, por ejemplo, y después ve otro... Toma nota una vez, otra, puede pensar, confía en la grandeza y la variedad del mundo. Ellos... ¡qué diferencia!

—Son culturas diferentes.

—No señor. Es el concepto de cultura el que funciona como una excusa para hablar de la diferencia, para persistir en la superstición y el embrutecimiento. Son como niños, infatuados con sus juguetes.

En este punto Clarke, víctima de la suprema falacia de su interlocutor, había llegado a encontrarlo sagaz y prudente. Se dejó llevar por ese optimismo:

—Mi posición de observador, señor Coliqueo, se beneficia de toda perspectiva en que se disponga el conocimiento de la gente. La de los huilliches es una entre tantas. La suya es otra, mucho más racional...

—Escúcheme, nosotros podríamos entendernos. ¿No tendrá tiempo de hacerme un trabajito? Podría pagarle bien, y estoy seguro de que sus estudios sacarían provecho.

—Bueno... tengo una investigación en curso.

—¿Está buscando a Cafulcurá, acaso? —le preguntó el cacique, burlón.

—¿De qué se trata?

—De la paz perpetua, nada menos. Le haría un señalado servicio a estas tierras, con muy poco esfuerzo, y de paso saldría del círculo de tonterías en que, diga lo que diga, deben de haberlo metido sus amigos huilliches. Lo mío es la realidad, lo tangible, lo que puede pasar al pensamiento sin rubores. Habrá oído hablar del tema de la paz perpetua, supongo. La confederación mapuche, que no ha hecho más que guerrear durante siglos, ha terminado concentrando lo más eficaz de su lógica en ese punto radiante que es la paz perpetua: el fin del tiempo, la aurora de la vida. ¿Usted puede creer en eso?

Clarke no sabía si decir que sí o que no.

—Me alegra que dude —dijo Coliqueo— porque en realidad la respuesta está en otro lado. ¿Usted se creyó esas leyendas de animales que le contó Mallén?

—Por supuesto que no. —¡Qué estúpido había sido! pensaba después. Había entrado como un caballo.

—Muy bien hecho. Una de esas leyendas es la del huevo de pato con dos yemas, del que saldrán dos patitos idénticos, y nadarán al amanecer en un lago secreto del sur, y ése será el día de la paz perpetua.

Un silencio. Clarke ni se sospechaba lo que iba a venir.

—Pues bien, quiero que me consiga ese huevo de pato. Con sus conocimientos, disponiendo de tiempo, que yo no tengo por la cantidad de problemas que me asedian, con su inteligencia libre de prejuicios, usted lo encontrará en un dos por tres. Y entonces el verdadero emperador seré yo.

El estupor de Clarke era directamente un sismo mental. Se dio cuenta de que todo lo que había escuchado, con tan ingenua consideración, era el delirio consistente de un loco de atar. ¡Qué manera de perder el tiempo! Coliqueo pontificó entonces su frasecita final:

—El huevo de pato es lo más eficaz de todo.

—Necesito tomar aire. Si me perdona...

Se puso de pie.

—Vaya nomás. Después nos vemos. Piénselo.

Clarke salió aspirando bocanadas inmensas de aire. A nadie le gusta hacer el ridículo, sobre todo ante ese tribunal exigente que es el fuero interno de un inglés graduado en la universidad. Junto al aire, aspiraba el mundo de las imágenes, como una diversión. La toldería vorога no le parecía tan miserable como un rato antes. El azul del cielo de la tarde, el griterío de los niños, el movimiento constante de los caballos sueltos, las miradas de las mujeres, todo lo devolvía a una normalidad que había sentido temblar bajo sus pies por un momento. Tomó el camino del barranco donde habían instalado su tropilla y dejado los aperos. Arístides Ordóñez estaba sentado entre ellos. Le preguntó por Gauna.

—No sé —dijo el gaucho—, me dejó cuidando las cosas, pero se fue hace un buen rato y no ha vuelto, y yo tengo que hacer.

—Vaya nomás. Muy agradecido.

Se quedó solo. Pasaron unos minutos y se lamentó de haber venido a reemplazar a Ordóñez. Ahora estaba clavado aquí hasta la noche, porque Gauna y Carlos no interrumpirían sus andanzas, cualesquiera que fuesen, para acercarse a ver si los necesitaba, ¡qué esperanza! Y si él daba tres pasos les robarían hasta los estribos. Decidió al menos disfrutar de la soledad. Encendió la pipa, y comenzó a fumar mirando el río, que corría un poco más abajo. Era un riacho desnudo, con poco caudal, y de agua no del todo impoluta. Sobre las lomadas estaban los toldos, de factura desprolija. La gente había salido a tomar el fresco, como él. Los vorogas eran de aspecto exactamente como los huilliches, salvo que hablaban otro idioma; más allá de la distancia de audición, por supuesto, la diferencia desaparecía. Y sin embargo seguía allí. Como en realidad no hay nada imperceptible, pensó Clarke, la diferencia era absoluta, cubría la apariencia íntegra. Esa diferencia podía resumirse diciendo que en Salinas Grandes se vivía fuera de la vida, y aquí adentro. Él había caído directamente en aquel reino de fábula, y lo había tomado como algo natural; ahora tenía que hacerse a la idea de que la fábula era una isla en medio del océano de la vida corriente. Los vorogas, plebeyos y ladinizados, eran un recordatorio de las normalidades de la sociedad. Sólo les faltaba trabajar para ser del todo comunes. Claro que ese sacrificio no lo harían, ni siquiera por motivos estéticos.

Algo le llamó la atención en el río. Algo relativamente blanco venía flotando entre dos aguas al ritmo cansino de la corriente polvorienta. La ondulaciones de ese objeto grande y blando cautivaban su mirada desocupada. Sólo cuando pasó frente a él vio qué era: una camisa de hombre desprendida y desplegada, agitando lentamente las mangas casi como lo haría si estuviera ocupada por el cuerpo de un ahogado. Se alejó y se perdió en el recodo, siempre por el centro del cauce, sin apuro ni explicación. Se preguntó si no sería un método pasivo de lavado por legua, sin fregado.

Su pensamiento se desplegó por un terreno más general, el de las aporías de la visión. *Lo* corriente que había discernido en la sociedad voroga coincidía con *la* corriente del río, y en ambos casos la idea coincidía con lo visto, y con el tiempo que creaba la mirada. Dos niñas tomadas del brazo pasaron frente a él, dirigiéndole una larga mirada provocativa, y luego cuchichearon y soltaron risas divertidas, con una resonancia histérica. Al rato volvieron a pasar, y le preguntaron la hora; sin esperar la respuesta volvieron a cuchichear entre ellas y reírse. Una de ellas volvió la cabeza... No debían de tener más de diez años, y ya se comportaban como rameras experimentadas.

Se le había acercado un perro, un cuzco flaco que lo estuvo oliendo un rato como a un objeto.

En eso apareció Gauna. Venía apurado, con su cara habitual de preocupación, pero al verlo a él sentado entre los aperos frenó la marcha y su gesto se hizo más sombrío. Tomó asiento a su lado, con la vista perdida en la lejanía. Clarke tenía ganas de preguntarle en qué circunstancias había conocido a Ordóñez, pero no tuvo tiempo; Gauna fue directamente al grano:

—Estamos perdiendo el tiempo, ¿no le parece?

Mil respuestas ingeniosas y matizadas de filosofía se agolparon en el cerebro de Clarke, pero algo le dijo que más le convenía no pronunciar ninguna. Esa clase de respuestas, lo había comprobado, no hacían más que desviar la conversación de lo que realmente importaba. Porque lo que había terminado por prevalecer en él, dados los acontecimientos ingeniosos y filosóficos que lo cubrían, era la necesidad de acción. Se sintió predispuesto a escuchar al gaucho, por intuir que de él podía provenir la acción al fin. En efecto, Gauna, sin mostrarse cohibido por la falta de respuesta, insistió en ese punto:

—Aquí pueden seguir dándole charla un año o

dos, y al cabo de ese lapso usted se encontrará en la misma impasse del comienzo. La liebre, como suele decirse, salta donde menos se la espera, siempre que se espere algo, un mínimo por lo menos, en la realidad. Y usted busca una liebre, ¿no?

—Sí, Gauna.

—Le sorprenderá saber que yo también.

—¿Sí? No me había dicho nada.

—No me lo preguntó. Estuvo tan ocupado dándole al pico con el mocoso que mis intenciones quedaron en la sombra.

—Eso puede remediarse fácil. Como ya he dicho tantas veces que se me ha vuelto una segunda naturaleza: soy todo oídos.

—¡Es que no se trata de seguir hablando! Le propongo que nos vayamos de aquí hoy mismo, ya.

—¿En qué dirección?

—Tras la Viuda. Mis averiguaciones me han permitido saber que está cerca, rumbo al sudeste, a tres o cuatro días de marcha como máximo. Pasó por aquí cerca no hace ni una semana, y no andaba apurada.

—Algo así me dijo Coliqueo. Acepto que sea cierto. ¿Pero qué tiene la Viuda que merezca ir tras ella? No creo que sea la secuestradora de Cafulcurá.

—Eso nadie lo cree ni lo creyó nunca.

—Pero Mallén...

—¡Usted es un crédulo! Ha venido aceptando todo lo que le han dicho, sin excepciones. ¡Y después dice que no cree en Dios!

Ahora el que tomaba el atajo de la filosofía era Gauna. Clarke se obstinó en no seguirlo por ese lado:

—¿Y entonces?

—La Viuda tiene la Liebre. O la recibirá en estos días. Así de simple.

(La mayúscula la puso Clarke mentalmente, y habría podido jurar que estaba ahí en realidad.)

—Explíquese, se lo ruego.

—¿No cree en mi palabra?

—Puedo creer en cualquier cosa, como usted dice. Pero prefiero saber en qué creo.

—No es algo que pueda explicarse en dos palabras. Es una larga historia.

La tarde de verano se había transformado en un extraño crepúsculo violeta. Enormes bandadas de loros pasaban lanzados como flechas hacia unos lejanos y altísimos muros color lavanda. Las franjas de azul oscuro empezaban a crecer sobre el horizonte. Las sombras de los dos hombres sentados se estiraban barranca abajo hasta la ribera.

—Yo pertenezco —empezó Gauna— a una de las familias que más derecho a la extensión tiene en la Argentina. Soy un Gauna Alvear. ¿Le sorprende? Vastos campos de inabarcable perímetro, vacas en profusión sólo comparable a las hierbas que ellas mismas comen, saladeros, créditos en la banca inglesa, y hasta una decisiva influencia política, están a mi disposición por efectos de la herencia, salvo que desdichadas complicaciones familiares han interpuesto un período de prueba a la realización de esos efectos. De ahí que usted me haya conocido bajo la forma desharrapada de un gaucho sometido a los azares de la baqueanía. Toda la rama de los Gauna Alvear a la que pertenezco, la más rica, se ha visto afectada por la ilegitimidad de los nacimientos. Ninguna de las tres hijas de mi abuelo se casó; todas engendraron hijos. Durante toda mi infancia y juventud creí ser el hijo único de una mujer devota y melancólica. Pero no era así: otro fruto, femenino en este caso, de una relación de mi madre tan ocasional como la que me había engendrado a mí, hollaba el mundo; a ella la había reconocido su progenitor, un aventurero que, además se la llevó consigo. Ya adulto, me enteré de la reaparición de esta media hermana, que incluso había estado en Buenos Aires, fugazmente, para volver al interior, donde se había constituido una posición de las más curiosas. Gran belleza, había seducido a desocupados magnates indígenas, y terminó casada, parece que contra su voluntad y como castigo de sus malandanzas, con el cacique Rondeau...

—¡La Viuda! —exclamó Clarke sin dar crédito a sus oídos.

—En efecto, la Viuda. Eso si no fallan mis deducciones. En realidad, nunca la vi, nunca supe nada concreto sobre ella. Algunas palabras que en la incoherencia de su agonía pronunció mi madre me permitieron reconstruir la historia. Mis tías murieron casi al mismo tiempo, afectadas, lo mismo que mamá, de un extraño mal sincrónico, muy sospechoso entre paréntesis. Fue entonces, y en coincidencia con la muerte del cacique Rondeau a manos de Cafulcurá (muerte que nadie me convencerá que no tuvo como causa principal una traición por parte de mi media hermana) que las actividades de los personeros de la Viuda se multiplicaron en Buenos Aires. El reclamo de la herencia, que se había mantenido indivisa en vida de mi abuelo, fue tumultuoso. Claro, nadie podía alegar legitimidad contra los otros. Fue la ocasión que esperaba ese reptil de De Angelis, no sé si no inspirado por efluvios dialécticos que venían de Salinas Grandes, para darle a Rosas la idea de gozar del usufructo, que podía hacerse eterno, de los bienes del general Aristóbulo de Gauna Alvear, mi abuelo. Usted debe saber que descendemos por línea directa, aunque un si es no es colateral, de los Habsburgo, y un resabio de realeza había quedado flotando entre los pergaminos dinásticos, bajo la forma de un grueso diamante, único en el mundo por su forma alargada y su talla peculiarísima. La costumbre hacía que se transmitiera por línea femenina, pero la tendencia lógica a la endogamia lo había mantenido más o menos en la familia, por lo menos hasta la generación anterior a la mía. Pues mi abuela, su última detentadora legal, había muerto antes de que la mayor de sus hijas cumpliera los quince años, la edad establecida para el traspaso. Se supone, o debería suponerse, que fue mi abuelo el que lo puso en manos de su hija mayor al llegar ésta a los quince años, pero aquí interviene un curioso enigma extra: nadie supo nunca cuál de las tres hermanas, mi madre o las otras dos, era la mayor. Al parecer se llevaban estrictos diez meses de diferencia una de otra, y como la madre las había criado recluidas en el gineceo de las viejas casas patriarcales, nadie supo decir cuál era cuál: ellas debían de saberlo, me parece, pero nunca lo dijeron; mi abuelo, ¿lo sabía? Tampoco hizo comentarios, y siendo el viejo borracho y loco que era, su palabra habría sido poco creíble. Lo cierto es que él murió, y ellas hicieron vida, lamento decirlo, de mundanas mientras les duró la juventud, de chupacirios después, y cuando murieron la joya no apareció. Todos habían supuesto que el padre se la había dado a una de ellas, aun eligiendo al azar. Pero no era así. Debo aclararle otro pequeño punto: habían tenido, de sus varios puteríos, sólo hijos varones; con la excepción, descubierta tardíamente, de mi media hermana, la ahora célebre Viuda. ¿Va entendiendo la trama?

—Entiendo perfectamente. Aunque, si esto fuera una novela, me tomaría el trabajo de releer atentamente el último párrafo. Ahora, habíamos quedado en que Rosas...

—Rosas, o mejor dicho el reptil del italiano que lo asesora, hizo valer lo incompleto del inventario, el hueco dejado por el diamante, para congelar la testamentería. Es un truco común entre nosotros. En realidad, lo que ponían en juego en este caso era una demora para disponer la aparición del diamante en manos de una heredera sacada de la manga, y negociar con ella el reparto de media provincia de Buenos Aires. Hasta aquí los hechos. El resto puede deducirse con relativa facilidad.

—Le aseguro que para mí no es tan fácil. Deme una ayudita.

—La joya ha estado todos estos años, me parece evidente, en custodia de los indios, a los que les vino de perillas para obtener por extorsión unos cuantos tratados beneficiosos por parte del monstruo de Palermo. Cuando se presentó usted, había madurado la oportunidad para la gran maniobra; y usted mismo podía ser un vehículo tan bueno como cualquier otro para ponerla en marcha; ¿por qué otro motivo le habría facilitado si no su mejor caballo? Repetido fue el santo y seña que usted montó inocentemente hasta Salinas Grandes. Una vez allí, y en medio de una grandiosa simulación, las cosas se complicaron. No sé qué puede haber sucedido en realidad, mi perspicacia no da para tanto, pero lo sospecho. Es probable que haya habido discrepancias en la corte respecto de la entrega del diamante, sobre todo por parte de la facción que sigue a Juana Pitiley. En efecto, quedarse sin la piedra representa abatir el muro de la codicia de Rosas, y quizá precipitar al exterminio (aun cuando del reparto puedan sacar, ya debe de estar estipulado, una tajada cuantiosa). Nosotros presenciamos, o casi, el supuesto vuelo de una "liebre", ¿se acuerda? Pues bien, la forma del diamante evoca precisamente la de una liebre. En cuanto a lo de "legibreriana", que confieso que fue una novedad para mí, tiene una explicación en la leyenda de su tallado tan peculiar, que habría sido hecho por unos judíos de Amsterdam por encargo de Carlos V, para ajustarse al arco superciliar derecho de Erasmo, que habría debido usarlo como monóculo para paliar su astigmatismo, y poder "leer", "leer" lo "legible", no sé si me sigue, como regalo del emperador que no se concretó por la muerte del sabio.

—Muy original. ¿De modo que en Salinas Grandes en esa ocasión habrían robado la piedra?

—O simulado robarla.

—¿Y la desaparición de Cafulcurá?

—Eso no he logrado explicármelo por el momento, pero no me negará que está relacionado.

—Su historia tiene huecos importantes, señor Gauna.

—Lo que importa no son los huecos, sino lo contrario. Todo es un hueco, si vamos al caso, pero los indicios de rellenado abundan. Usted habrá oído que la Viuda está preparando su retirada, dicen que a la Cordillera, pero yo presiento que es para el otro lado: cuando cobre su parte mal habida, no va a parar hasta París. Además, hoy escuché que se dispone a festejar los quince años de una supuesta hija suya...

—Sí, eso me dijo Coliqueo.

—Lo que no le habrá dicho es que cuando pasó por aquí hizo lo imposible por comprar una jovencita de quince años, una cualquiera... Eso sólo puede querer decir una cosa: que los acontecimientos se han precipitado y ella no estaba preparada para la puesta en escena. Lo que ignoro es dónde... Pero no se llevó una sola muchacha de aquí, Coliqueo se empecinó en no venderle ninguna, no por principios, desde ya, sino para obligarla a detenerse en otro lado a conseguir una, y así ganar tiempo. Porque ese demente también debe de haber olido algo especial, y debe de estar haciendo averiguaciones. Por eso creo que debemos pescarle el rastro ahora que la tenemos cerca...

—Me parece, señor Gauna, que está usando un poco ligeramente el plural. ¿Qué tengo que ver yo con su pleito familiar?

—¡Mi "pleito familiar" es lo único que hay! Todo lo demás es historiola adventicia. ¿Quiere la liebre? ¿Quiere a Cafulcurá?

—No estoy... convencido.

—Entonces, escuche. Hay más. Mi media hermana, la Viuda, en realidad es...

En ese momento un fenomenal estrépito interrumpió el coloquio. Mientras hablaban había oscurecido y se habían encendido las fogatas, en tal cantidad y tan próximas unas a otras en razón de la disposición amontonada y confusa de los toldos que el asentamiento entero brillaba como una ciudad. De hecho, esa profusión de fuego adelantaba ilusoriamente la noche, que todavía no había cerrado del todo. Una claridad viscosa bajaba del cielo, e introducía un sordo gris en el intervalo que debería haber sido negro entre una fogata y otra. Las lejanías mismas permanecían suspendidas un momento más, en una visibilidad enigmática.

El griterío vino de todas partes a la vez. Clarke, que se sobresaltaba siempre por cualquier cosa, dio un salto y giró la cabeza como una pelota. Gauna comprendió antes que él lo que estaba sucediendo:

—¡Un ataque! —exclamó.

En efecto, era un ataque, y sorpresivo, lo que estaba en marcha. Vieron un jinete desmelenado que pasó muy cerca de ellos, por el filo de una loma. Era la figura típica, estereotipada: la chuza en una mano, las bolas en molinete en la otra, el cuerpo desnudo cubierto de grasa, las mechas al viento, la cara deformada en un grito feroz, el caballo tendido en un galope largo, sin riendas, a la atropellada. ¡Y la cara de ese caballo! Era terror puro. Los paralizó verlo, pero había sido fugaz como el relámpago. Por suerte no les había prestado atención, pero podía suceder lo contrario con el próximo (y siempre dejando de lado el hecho, poco notorio como siempre que falta luz, de que ellos no tenían nada que ver). Bajaron precipitadamente hacia el río. Clarke volvió la vista en la carrera y vio pasar otros atacantes, sucediéndose con la prontitud de hipotéticos parpadeos, por la misma loma, que debía de ser uno de los corredores de entrada a la toldería escogidos por el estratega hostil. Al cambiar la perspectiva desde la cual veían los toldos, pudieron hacerse una idea del desparramo que tenía lugar donde unos segundos atrás se celebraba pacíficamente la llegada de la noche. Todos se precipitaban sobre todos, centauros de punzante efecto sobre grupos aulladores de mujeres, hombres que se constituían en el centro de un mortífero círculo de bolas de piedra con un zumbido que se oía incluso entre las vociferaciones, jerarcas roncos de gritar órdenes en el vacío, cuerpos que eran izados por los pelos hasta la altura en que se les seccionaba el cuello, niños y perros que se escabullían entre las patas de los caballos; incluso gallinas tratando futilmente de alzar el vuelo en un apelotonamiento gaseoso. Y los fuegos reflejándose en miles de puntos móviles, en las correderas de cada músculo; podían haberlos sorprendido sin las armas en la mano, pero no sin la grasa en la piel: en ese punto estaban iguales. Las desbandadas refluían casi inmediatamente, pues sólo habían ido a montar los caballos. La falta de espacio se acentuaba, los toldos se derrumbaban bajo los pechazos de los caballos como construcciones de naipes sopladas.

Al otro lado del río se alzaba una loma despoblada, en la que en un primer momento pensaron refugiarse los dos blancos. Pero una horda dispersa la coronó en el momento mismo en que estaban mirando. Por la loma al otro lado habían dejado de pasar indios, pero parecía inútil volver: la tropilla había sido dispersada desde el primer momento. Estaban a pie. Los de la ribera opuesta se precipitaron por la pendiente, en un paroxismo de chillidos, y Clarke y Gauna se percataron alarmados de que los tenían a ellos de blanco. Clarke partió como exhalación por donde había venido, y manoteó entre las sombras revueltas de sus aperos la escopeta y la bolsita de balas. Cuando se volvió, vio la silueta de un salvaje a punto de horadar a Gauna, que corría rumbo a los toldos. Lo bajó de un certero balazo. Los otros se precipitaron por el hueco entre dos barrancas. Gauna lo esperaba.

—¿Está bien? —le preguntó el inglés.

—A punto —dijo el gaucho jadeando como un ánade.

—Pero fíjese qué desastre... —exclamó Clarke mirando el campo de Agramante en que se había convertido la toldería. Los cuerpos hechos fuentes, la sangre oscurecía la oscuridad. Algunos cadáveres habían caído sobre fogatas, y la chamusquina de carne asada añadía un toque de horror suplementario.

Hubo un reflujo, que lamentablemente vino hacia ellos. A sus espaldas se había trabado un combate. Clarke levantó la escopeta y tumbó a dos indios. Corrieron, y quedaron entre unos toldos. Un tropel de mujeres enloquecidas los arrastró hacia donde la batalla era más enérgica. Lo más peligroso eran las balas, que de acuerdo con la inveterada costumbre indígena, eran disparadas sin apuntar. Un par de veces las oyeron silbar demasiado cerca de sus cabezas, como abejitas nocturnas. De pronto, se habían separado. Los tiempos sucesivos parecían mezclarse: había mujeres inclinadas sobre los heridos, dándoles agua, y a pocos pasos un indio que montaba un caballo manchado y desenrollaba sus boleadoras... Clarke se preguntó cómo era posible que, habiendo estado en las afueras de la toldería, hubiera terminado en su centro, justamente en medio del combate. El polvo que habían levantado los trotes intempestivos, sumado al humo de los toldos incendiados, formaba una gruesa bruma impenetrable. Se caminaba sobre cadáveres. Clarke no encontraba tiempo más que para ocuparse de sí mismo; trataba de evitar todo encuentro peligroso, y corrió en una dirección y en otra hasta desorientarse totalmente, pese a lo cual, para su estupor, no salía de lo más hórrido del fragor. Pero sus esquives lo retuvieron relativamente al margen de los cuerpo a cuerpo, y no necesitó disparar un solo tiro, aunque en más de una oportunidad estuvo a punto de hacerlo. Las cabezas excesivamente expresivas de los caballos atravesaban a todo momento los muros de polvo y humo. Los gritos de guerra de los indios no cesaban de modular la confusión. De pronto un gentío que se desplazaba lo arrastró. Atravesaron las ruinas sucesivas de varios toldos, y en ese momento, cuando daba un salto sobre los cuerpos de varias indias heridas, tuvo la sorpresa de oír... risas. Algo muy conocido resonaba en ellas, y efectivamente, vio salir de la bruma frente a él a Carlos Álzaga Prior, acompañado por unos indios jóvenes de ambos sexos.

—¡Clarke, estaba preocupadísimo por vos!

—¡Tirá ese cigarrillo!

La indignación del inglés se desencadenaba como un huracán dentro de otro. Fue hacia el muchacho, lo tomó del brazo con la mano izquierda (con la derecha sostenía la escopeta) y se lo sacudió, al tiempo que lo arrastraba aparte. En realidad, ya se habían quedado solos. Carlos tenía entre los dedos un cigarrillo encendido.

—¡Pero qué irresponsable, qué frívolo...! —Clarke se ahogaba del enojo. Además, tenía que gritar a todo pulmón para hacerse oír.

Carlos se liberó con un movimiento brusco. No estaba muy lúcido. La sonrisa atontada no se le fue del rostro ni siquiera cuando le gritó:

—¡Dejame en paz! ¡Vos no me mandás!

—¡Vení para acá! —Ya descontrolado, Clarke levantó la escopeta tomo si fuera a dispararle.

Pasó algo increíble: un caballo, con o sin jinete, porque no lo vieron, pasó entre ellos. Él quedó aturdido, pero el muchacho siguió como si nada.

—Tomá una pitada —le dijo, y le tendió el pucho sosteniéndolo con la punta de los dedos pulgar y mayor.

—¡Gracias! —gritó Clarke con voz aguda por los nervios. Tomó el cigarrillo, lo dejó caer y lo aplastó con la punta de la bota, que restregó con fuerza, vengativo. Carlos optó por largar una risa de suficiencia, como diciendo: "Total, ya fumé bastante". Clarke tomó la firme decisión de darle una bofetada, pero sucedió algo que se lo impidió: el rugido, a milímetros de sus occipitales, del aire apartado por una bola. Se echó atrás providencialmente, porque la segunda bola hendió el sitio donde había estado su cabeza: "Lo habría abofeteado con mi materia gris, si no me aparto", pensó. Su adrenalina había estado hirviendo durante los últimos minutos. Tenía sed de sangre. Y no era sólo la conducta escandalosa del chico, sino algo más, algo desconocido que se despertaba dentro de él. Alzó la vista y la escopeta al mismo tiempo. Un indio que desde lo alto del caballo, desmelenado y gesticulante, parecía una mujer se disponía a ultimarlo. Disparó sin apuntar. La bala entró por el ombligo del salvaje y lo hizo volar; lo vieron dar una vuelta camero en el aire y cayó sentado, con la lengua afuera y muerto. Carlos ya corría, y él fue atrás.

Se detuvieron en un sitio relativamente oscuro desde el que dominaban una buena parte del combate. Optaron por sentarse en el suelo, dando de ese modo menos blanco a una bala perdida.

—¡Qué increíble!

—¡Qué barbaridad!

—Son indios de Salinas Grandes —dijo Carlos—, ¿los habías reconocido?

De modo que a esto se reducía la paz perpetua. Clarke volvía poco a poco a ser él, después del trance frenético que lo había dominado.

—No sé cómo pude dispararle a ese pobre infeliz...

—¡Pero fue en defensa propia!

—Eso. Menos mal que nos salvamos.

—No cantés victoria...

—A propósito... ¿Y Gauna?

—Lo vi pasar a caballo hace rato. Un caballo que le debe de haber sacado a un muerto.

Clarke suspiró, ligeramente avergonzado de sí mismo y del irresponsable que tenía al lado:

—Seguro que a estas horas estará reuniendo nuestra tropilla. Espero que encuentre a Repetido, o Rosas me infla. Gauna es un hombre sensato.

—¡Es un puntal!

—No te burles. Con vos ya voy a hablar seriamente.

—¡Pero mirá eso! ¿Se habrán vuelto locos?

Clarke miró, no a lo lejos porque el polvo en suspensión, sumado a la oscuridad de la noche y a lo contraídas que tenía las pupilas por el peligroso paseo entre los fuegos, limitaba la visión a unos doce metros. Pero así y todo pudo ver pasar frente a ellos, rumbo al centro de la toldería, a un cortejo formal de indios al paso, en tren de paz. Por supuesto, parecía una alucinación, aunque no lo era, como comprobaron poco después al notar que se acercaban indios e indias a mirarlos. Ellos también fueron a ver de qué se trataba. Una escena bastante prodigiosa tuvo lugar cuando lo embajadores llegaron al centro de la toldería: un cortejo tan formal y compuesto como el de ellos, encabezado por Coliqueo en persona, salió a recibirlos. El combate seguía por todas partes, pero allí se había producido un remanso. Incluso el polvo se asentó, y los incendios iluminaron con fantásticas medias luces el encuentro. El efecto era el mismo que Clarke había notado un rato antes, de superposición de tiempos inconexos, como si la guerra desordenara la sucesión adecuada. Carlos, que era un as para reconocer a la gente, le sopló que entre los recién llegados había machis preponderantes de Salinas Grandes.

Por lo visto, habría una negociación de paz en el acto. Se abrieron paso hasta la primera fila de curiosos, desde donde pudieron oír los discursos. Comenzó hablando un huilliche que se había puesto bizco al máximo. Por supuesto, sin apearse. Sin ningún sentimiento de urgencia, inició una compleja explicación del estado psíquico en que se encontraban treinta y una de las treinta y dos esposas del cacique Cafulcurá. Resumiendo el discurso, que duró tres cuartos de hora, se trataba de lo siguiente: estas esposas desesperadas habían financiado una expedición punitiva, a la que se opuso severamente el concejo regente, quien a su vez fletó, en la persona del que hablaba y sus acompañantes, una simultánea embajada de pedido de disculpas, para restaurar la paz amenazada imprudentemente, etcétera. Si la llegada a destino no había sido simultánea, se debía a que la segunda expedición había sido distraída por la aparición de un jinete solitario en la lejanía... A continuación vino un complicadísimo razonamiento geométrico-topográfico, incomprensible desde el vamos sin un diagrama, en el que Clarke encontró ciertas coincidencias con razones que él mismo se había formulado respecto del "vagabundo", que no dudaba era la misma persona. Coliqueo escuchó todo con cara impasible. Cuando el otro calló, hubo un pequeño silencio, en el que resonaban gritos y disparos lejanos, y después, en un discurso que parecía memorizado, el cacique pronunció aceptadas las disculpas. La aceptación de la aceptación daría pie a otro discurso, pero Clarke no estaba dispuesto a quedarse a oírlo. Le hizo un gesto a Carlos y retrocedieron entre el gentío absorto.

—¡Vámonos de aquí! —le dijo en un susurro escénico.

—¿Será prudente? —dijo Carlos.

Las cabalgatas intermitentes proseguían dentro y fuera de la toldería arrasada. Algunas vacas presa del espanto se habían metido en el asentamiento. Había caballos sueltos por doquier, algunos incluso yacentes, ¿pero dónde estarían los suyos? Clarke estaba dispuesto a montar uno cualquiera, con tal de marcharse. Amartilló la escopeta y abrió la marcha hacia el sitio donde habían acampado. Por suerte no se toparon con ninguna pendencia. A medio camino se les apareció Gauna, que traía de las bridas dos caballos tan desconocidos como el que montaba él:

—¡Suban! —dijo.

—¿Encontró a Repetido? —fue lo primero que le preguntó el inglés.

—No se preocupe. Fue el único que busqué.

Efectivamente, allí estaba, con una ligera fosforescencia y los ijares temblorosos, junto a otros diez potros, por lo menos equivalentes a los que habían perdido. Estaban cargados con sus cosas, cinchados a la apurada pero listos para partir. Gauna no había perdido tiempo, una vez que había visto la oportunidad de salirse con la suya y despejar tras el rastro de la Viuda. Clarke no tuvo ánimo para reprochárselo. Marcharse era lo mejor para todos. Haría una excepción y se iría sin despedirse. Sin desmontar arrearon la tropilla, y en segundos huían a campo abierto. Cuando volvieron la cabeza, la toldería era una brillante humareda atravesada de balas, lanzazos y discursos. No hicieron comentarios, aunque habrían podido decir: "Esta vez nos salvamos raspando"; pero se hacía incómodo hablar al tiempo que se galopaba. Pronto perdieron de vista el teatro de las hostilidades. Un silencio bienhechor los acogía. Atravesaron durante dos horas la oscuridad cargada de luz lunar. El tiempo, pensaba Clarke todavía, no importaba ni siquiera en el acto de huir, pues había presenciado un drama de simultaneidad que lo contaminaba todo. ¿No estarían huyendo antes de que empezara la matanza? En ese caso, de pronto estarían en medio de ella, matando y muriendo, no necesariamente lo segundo después que lo primero. No obstante, la cabalgata le limpió el cerebro de telarañas. Hicieron un cambio a las montas de refresco (él saltó al lomo habitual de Repetido) para seguir corriendo otro par de horas. La luna recorrió un largo arco en el cielo, hasta desaparecer entre brumas cada vez más espesas. Lo alto y lo bajo se borraron bajo la niebla. Se detuvieron, y sólo entonces advirtieron lo invisible que era todo. Seguir corriendo era suicida, porque los animales rodarían tarde o temprano en una vizcachera. Además, y sobre todo, corrían el peligro de desorientarse y volver. Esa idea los decidió. Hicieron unos pasos aún, más por inercia que por otra cosa, y notaron con sorpresa que estaban en las lindes de unas sierras. Unos murallones naturales los hicieron desviar un poco, y allí nomás se apearon. Estaban molidos, apenas si tuvieron las fuerzas para tender los aperos y envolverse en los ponchos. Con esa humedad, Clarke estaba seguro de que al día siguiente le dolerían todos los huesos. Pero no valía la pena encender fuego, porque no hacía frío. Tampoco habían cenado. ¿Y qué? Un sueño de plomo le cerró los párpados.

Cuando se despertaron el sol debía de estar alto aunque permanecía invisible en la niebla, apenas un resplandor blanco difuso en medio de un gris azulado cuya característica más notable era estar inmóvil. Un mundo inmóvil era un mundo sin luz, así fuera pleno día. A Clarke lo despertó Gauna sacudiéndole repetidamente el brazo; y él que se jactaba de volver del todo en sí al primer aviso, esta vez se encontró aturdido en la nada, sin saber quién era o qué estaba haciendo ahí. Lo que había pasado últimamente podía ser en parte responsable de tal estado, pero también lo que estaba sucediendo. Porque unas figuras de pie los rodeaban, no muy cerca: en los umbrales de la niebla. Tampoco eran muchos, aunque tal cosa la advirtió después. Miró a Gauna, que se encogió de hombros según hacia siempre. Se había sentado en el apero sin darse cuenta. Buscó las botas con la vista, y mientras se las ponía su mente empezó a funcionar. Primero hacia atrás, cubriendo los atroces sucesos de la noche, después hacia el presente. Supuso naturalmente que el presente obedecía al pasado inmediato, y que los desconocidos eran fugitivos como ellos del descalabro en lo de Coliqueo. Pero bastó que se acercara a ellos para convencerse de que no era así: durante la noche se había producido una especie de corte, y era gente nueva, procedente de circunstancias nuevas, la que le salía a su encuentro. Tenía algo de alivio objetivo. Eran cuatro hombrecitos pálidos, con caras de indios pero más pequeños, más blancos, sin pintar ni engrasar, vestidos de colores vivos, un poco demasiado vestidos para la época, incluso con gorritos. Les dirigió los buenos días, y ellos contestaron, sin mucha sonrisa pero sin excesiva cortedad. Les preguntó quiénes eran, y sólo cuando le respondieron cayó en la cuenta de que no hablaban la misma lengua. Se quedó desconcertado un momento. El que habló lo había hecho durante unos tres cuartos de minuto; como Clarke no entendió el arranque, quedó desenganchado durante el resto del parlamento. Se volvió hacia Gauna, buen lingüista, en busca de ayuda. Lo que vio fue una nueva sorpresa. El gaucho estaba blanco como el papel, con los ojos desorbitados y un ronquido sibilante saliendo de la boca abierta. Un ataque de asma, que posiblemente llevaba horas en proceso, aunque en tal caso le extrañaba que no hubiera encendido un fuego para quemar sus polvillos medicinales. Se ofreció a hacerlo por él, pero Gauna se negó vigorosamente y le hizo un gesto con la mano como diciendo "atienda, atienda". De modo que volvió a encararse con los indios.

—¿Hablan voroga? —les preguntó.

—Por supuesto, señor. *Somos* vorogas —respondió el que había hablado antes. Clarke entendía perfectamente. Se dio cuenta de que había entendido antes también. Habían dicho: "Buenos días, esperamos no haber interrumpido su descanso, pero se nos hizo difícil moderar la curiosidad, tan raras son las visitas por este rumbo." ¿Por qué había creído no entender? Lo lógico era echarle las culpas a su estado de vigilia inmadura, pero bien pensado resultó más cercano a la verdad lo ilógico.

Los diez idiomas de la familia mapuche, en los que Clarke se había iniciado una década y media atrás, se distinguían del resto de los idiomas del mundo, entre otras cosas, por ésta tan notable: eran lenguas corteses con los extranjeros, y no por deliberación de sus hablantes sino por su misma estructura, al menos la elocutiva. Cuando alguien aprende un idioma que no es el suyo, es inevitable que cometa toda clase de errores, incluso después de un largo estudio y una práctica asidua. En cuanto a los hablantes nativos, también cometen errores, pero que no son tales, sino las deformaciones naturales que un prolongado uso automático impone insensiblemente a un sistema delicado. Pues bien, esas dos clases de errores coincidían en las lenguas mapuches, por lo que aventurándose en cualquiera de ellas, nadie parecía novicio. Que los demás entendieran, era otra cosa.

Esa otra cosa también constituía una curiosidad interesante. Los errores, las veleidades, las estilizaciones del discurso, aparecían de forma inmediata como una manifestación del arte. El arte, según las culturas y las épocas, puede entenderse de distintas maneras, pero todas ellas tienen algo en común: el arte, la cosa arte, es lo que no exige ser entendido, por ser una pura acción cuyo sentido es objeto de elecciones modales. Las formalidades, las traducciones intrínsecas eran el corazón mismo de las lenguas mapuches. Por eso, ellos tenían un viejo proverbio sapiencial en el que se encerraba la clave de todas sus políticas: "Limítense a hablar". Ponerse bizcos, mirar el suelo eran sólo una parte de su entendimiento. Lo otro lo ponían las palabras.

A eso se limitaba entonces el malentendido que había hecho presa de Clarke: a un instante. Fugaz como todos los instantes, aun puestos interminablemente uno después de otro, pasó, y ya estaba conversando animadamente.

—¿Viven cerca? —les preguntó.

—Aquí abajo nomás.

—¿A las órdenes de quién están?

—Pillán es el nombre de nuestro monarca, en el momento actual. Nos gustaría presentárselo, si no tienen tanto apuro como para no hacer un breve alto. ¡Recibimos tan pocas visitas!

—¿Pillán? No lo había oído nombrar.

—No me asombra. Es recentísimo en el cargo.

—¿Sí? ¿Hubo una sucesión?

—Podría decirse así. En los hechos, lamento recordar que hemos sufrido una contienda por el poder, una guerra civil podría decir si no fuera un término demasiado grandilocuente para nuestra minúscula y sumergida sociedad.

—Mis condolencias. Una guerra civil siempre es una guerra civil, así suceda en el seno de una familia.

—¡Por extensión del término!

—Si usted quiere.

Una pausa.

—Bueno... ¿Nos harán el honor?

—Por mí, no hay inconveniente. —Juzgó de buen tono introducir un elemento democrático.

—Esperen a que mi amigo pueda hablar y le preguntaré a él.

Gauna seguía asfixiado. El indio que hablaba hizo una proposición que reunía la más exquisita cortesía al más reflexivo sadismo.

—Pregúntele ahora, así lo va pensando. Total, oír puede.

Santo remedio para Gauna. Enrolló su apero y lo echó encima de un caballo.

—Por su actitud —dijo Clarke bajando la voz— adivino que está de acuerdo. ¿Dónde tienen sus caballos?

—En ningún lado.

—¿Cómo?

—No usamos caballo.

—¡¿Qué?!

—Bueno, no amerita asombrarse tanto. Piense que no los necesitamos.

—No veo cómo se puede prescindir de tan utilísimo animal, viviendo en la llanura.

—Ahí está la cosa: no vivimos en la superficie.

—Señores: los acompañamos.

El indio:

—Dejen *sus* caballos aquí nomás. Josecito —señalando a uno de los acólitos— se quedará a cuidarlos, aunque no es necesario. Para que ustedes se queden tranquilos.

—En marcha —dijo Clarke. Gauna se aproximó, con los ojos algo turbios todavía.

El indio otra vez:

—No es mi intención darles consejos, pero querría recordarles que uno de ustedes está durmiendo.

—¿El señor Gauna? —dijo Clarke un tanto molesto por lo que creía una desconsiderada alusión a los trastornos respiratorios remanentes de su baquiano—. No se preocupe por él. No creo que sea sonámbulo.

—De acuerdo. Perdón —dijo el indio.

—¿Se siente bien, Gauna? —le preguntó Clarke para dar por terminado el incidente.

—Perfecto.

—Un momento —Intercaló el indio, señalando al gaucho—. ¿Gauna es él?

—¿Quién si no? —dijo Clarke ya exasperado.

—¿Y entonces él cómo se llama?

El inglés siguió la dirección de la mirada del salvaje, y no fue poca su sorpresa al ver a sus pies durmiendo pacíficamente a Carlos Álzaga Prior.

—¡Es cierto, Carlos! —exclamó—. Me había olvidado completamente de él. Pero fíjese qué cosa. Si no me lo decía, podía dejarlo olvidado aquí. No sé dónde tengo la cabeza, hoy. —Se inclinó a despertarlo, pero se detuvo a medio camino. —Miren cómo duerme. El sueño de la inocencia. ¿No da pena interrumpirlo?

—Da pena —confirmó Gauna.

Clarke lo despertó. El chico se puso las botas de mal humor.

—Los señores —le dijo Clarke— nos han invitado a desayunar en sus toldos, que casualmente están en la vecindad.

—No son toldos —corrigió el indio que hablaba—, pero sí esperamos que nuestra comida les apetezca.

—Ahora sí: en marcha.

Los salvajes los invitaron a seguirlos. Hicieron unos pasos en medio de la blancura, y Clarke se dio cuenta de que la niebla no era homogénea, sino que formaba bolsones. Subieron un poco entre las rocas; no mucho, pero con seguridad lo suficiente; daba la impresión de que en cualquier momento asomarían del techo de niebla, pero ésta parecía levitar con ellos. Sin transición, estaban caminando en un interior. Era obvio que habían entrado en una cueva. Como la niebla los acompañó todavía un trecho, el acostumbramiento de la vista se hizo sin brusquedad.

Satisfecho de la sorpresa que les había dado, el indio, después de codear al que llevaba al lado (el tercero iba atrás, al lado de Gauna, al que miraba con admiración, vaya a saber por qué), se dio media vuelta y dijo:

—Vivimos aquí adentro.

—¡Increíble! —exclamó Clarke.

—Ahora vamos a tomar cerveza y comer unas tortas. Espere a que lleguemos.

—Está bien, no tengo tanta hambre.

—¿Ven?

—Más o menos.

—Ahora vamos a llevar linternas.

En efecto, poco más adelante, donde la galería se hacía más angosta y oscura de verdad, descolgó de la pared unos farolitos y procedió a encenderlos. Cada uno de los tres indios llevó uno, y se ubicaron al lado de los tres visitantes, alumbrándoles el suelo, que no tenía accidentes; era de piedra blanca, muy desgastada por el roce de los pies descalzos. Pero la horizontal se volvió pendiente en descenso, y entonces tuvieron que vigilar más su andar. Dieron vueltas, bajaron por silvestres escalinatas, hasta saltos tuvieron que dar. Adelante y atrás, quedaban las tinieblas. Clarke había tomado la excursión con la mayor naturalidad, y el giro (o más bien el descenso) inesperado que tomaba, lejos de preocuparlo, le parecía encantador. Parte de este sentimiento se lo debía, no sin crueldad, a saber que Gauna debía de estar furioso. Eso le recordó el cuento que le había hecho el día anterior. Era un historia muy sólida, muy verosímil, debía reconocerlo, pero eso no provenía de otra cualidad que la de hacerse cargo de todos (de casi todos) los detalles que se habían dado en la realidad; justamente, tenía que haber otros cuentos que hicieran lo mismo, aun siendo por completo diferentes. Todo lo que sucedía, aislado y observado por el juicio interpretativo, o la mera imaginación, se volvía elemento pasible de una combinatoria. Era el ingenio personal el responsable de construir la estructura abarcadora, que los justificase como unidades. Por supuesto, él no se molestaría en hacerlo... Pero podía jurar, a priori, que había otros cuentos, además del de Gauna, una cantidad innumerable, disponibles. Más aún: de un cuento a otro, incluso de uno pronunciado realmente a uno virtual, oculto e inengendrado en una fantasía perezosa, no había un hiato, sino un continuo. La existencia de tal continuo, que en ese momento se le apareció como una verdad indiscutible, creaba una multiplicidad natural en la que la historia de Gauna mostraba que era apenas una más. Eso sí, no pensaba decírselo, porque corría el riesgo de dejar de contar con su compañía. Para Gauna su historia no era una más, era la única.

Por más que se internaban en las entrañas de la tierra, no dejaban de sentir corrientes de aire, y de vez en cuando atravesaban ámbitos de techo muy alto. De pronto, una luz se hizo presente adelante.

—Ya llegamos —dijo el indio guía; se dirigió al que admiraba a Gauna: —Llanquén, andá a avisar le a Pillán.

—Hasta luego —dijo Llanquén, y partió a la carrera.

—Bienvenidos a nuestra humilde morada, señores Gauna, Carlos, y señor...

—Clarke —dijo el inglés, que no se había presentado todavía.

—Equimoxis, a sus órdenes.

—Qué nombre tan curioso.

—Mi madre se lo hizo dictar por un cura, de un libro que fue hallado hace muchos años en un naufragio de carretas en la cordillera. Se llamaba *Memorias de ultratumba.*

—Lo conozco. De Chateaubriand.

Habían llegado al límite de la galería, y vieron abrirse un vastísimo recinto, tanto más vasto por no estar totalmente iluminado; un centenar de fogatas, que eran más o menos las que había encendidas, representaban en ese espacio lo que un fósforo en una catedral. No había humo, lo que indicaba con seguridad que algunas rendijas en lo alto aireaban la cueva. Una atmósfera límpida y oscura, con algo de noche de verano, una temperatura fresca, un silencio sin pájaros ni insectos les dieron la bienvenida con más elocuencia que Equimoxis.

—¡Una ciudad subterránea! —dijo Carlos Álzaga Prior con maravillado asombro—. Nunca pensé que la vida me depararía el privilegio de un descubrimiento tan novedoso.

—Mi joven amigo —le dijo Equimoxis con una sonrisa paternal—, no se trata de una ciudad, ya que, como verá, no hay una sola casa. Es un interior-exterior. Y en cuanto a descubrirnos, me temo que no sea el primero, ni mucho menos. La semana pasada, sin ir más lejos, estuvo a vernos un comisario rosista.

Habían tomado por un camino de piedra, es decir: recorrían una línea cualquiera en la piedra que habrían pisado de todos modos, rumbo a un racimo de fuegos algo más denso que los otros. De allí vino a recibirlos un grupito de indios, éstos sin vestir (debían hacerlo sólo para las salidas); de ellos se adelantó uno alto, blanco, con cara feroz. Era el cacique Pillán.

—Honrado de tenerlos entre nosotros. ¿Quién es el que sufre de asma?

—Yo —dijo Gauna con un gruñido, pues detestaba que se hablara de su enfermedad.

—Acérquese al fogón grande, que mis esposas lo están esperando. Le hice encender una bola de fuego especial, con semillas de marquesia, que lo aliviarán en un abrir y cerrar de ojos.

Cumplido con este piadoso deber, se encaró formalmente con Clarke, poniendo los ojos bizcos.

—No tengo palabras...

—¡Valiente! Pasábamos por aquí, y como en realidad no tenemos nada que hacer...

—Señor... Clarke, ¿no es así? Su apellido parece inglés.

—Soy inglés.

—¿Y qué lo ha traído tan extraordinariamente lejos de su patria?

—Estudios, nada más.

—¿Históricos?

—De historia natural.

—¿Botánico? ¿Zoólogo?

—Más bien lo segundo que lo primero.

—Entonces, le mostraré nuestros perritos. Pero después de desayunar, si me hacen el honor de acompañarme.

Se acercaron a los fogones. Estos indios no tenían gran cosa. Algunas mantas y ropa cuidadosamente doblada sobre las piedras, cacharros de gran arte, poco más, todo a la vista, sin baúles ni bolsas. Como sucedía con los pueblos naturales y felices, su única riqueza eran ellos mismos. Salvo que éstos, si por el momento tenían aspecto distendido y dichoso, llevaban las huellas de no haber estado siempre igual. Grandes costurones, cicatrizados en rosa y carmín por la falta de sol, les recorrían los cuerpos. Sobre todo al cacique, cuya epidermis era una verdadera colección de cuchillazos. Sólo hombres ocupaban el proscenio junto al fuego donde Pillán ubicó al inglés y al muchacho. A poca distancia había mujeres, lindas mujeres rollizas en las que contrastaban las jetas agresivamente americanas con la piel clara, de una transparencia apenas ocre. Salvo las que abanicaban la bola de fuego para beneficio de los bronquios de Gauna, que estaba perfectamente, las demás no hacían nada. La molicie reinaba en la cueva, intuyó Clarke. Eso se notaba en el modo en que se movían. Tampoco se movían mucho, y además, quién sabe qué estaba pasando en los zócalos más lejanos. Unos dos centenares de indios estaban sentados o recostados aquí y allá, rodeando fogones de llama muy brillante y escasa irradiación calórica (innecesaria por otra parte). Era como una tranquila velada nocturna, ya tarde, en los filos de dormirse, después de una jornada de cacerías o viajes, salvo que eran las diez de la mañana. De inmediato les trajeron la cerveza y las tortas; se limitaron a verlos comer. Después se pusieron a conversar.

—Les envidio —dijo Clarke capciosamente— la calma de que disfrutan en el... *underground*.

—No siempre es así —le respondió Pillán—. Somos una raza muy belicosa.

—¿Desde cuándo viven aquí?

—Desde hace innumerables generaciones.

Eso era demasiado vago como para ser cierto. Pero el inglés, que en el desierto había tomado el hábito de interesarse en las verdades, no en las mentiras, lo dejó pasar.

—¿No han probado de dirigir su agresividad contra enemigos externos?

—Es que en realidad no tenemos enemigos. Si los tuviéramos, sería demasiado engorroso. Para empezar, nos obligaría a salir. —Hizo una pausa y agregó, sentencioso: —Tratándose de las fatalidades del destino, uno tiende a seguir la pendiente del menor esfuerzo.

Clarke se interesó por sus medios de vida; eran simplísimos: un poco de minería, unos granos afóticos con los que hacían sus harinas, y un mínimo de caza y robo nocturnos. La bebida la trocaban por el buen carbón arrancado de sus galerías. ¿Y artes y oficios? Se resumían a dos cosas: pasarlo descansados y recibir satisfacciones por lo que les salía bien. Hacían bastante gimnasia, y disfrutaban del sexo, en una promiscuidad realmente completa. Cosa rarísima entre indios: no les atraían los juegos de azar. Practicaban la música, con unos órganos portátiles que Clarke había visto en Chile. Pero lo hacían con mucha parsimonia, pues el exceso filarmónico podía interrumpir lo que parecía el ejercicio más favorecido socialmente: el sueño. La cueva estaba sembrada de cuerpos dormidos; las conversaciones eran a media voz, los perros mudos. Un croar, en cambio, sonaba de vez en cuando, muy discreto: eran sus criaderos de ranas comestibles, explicó Pillán. El paso a cierta distancia, a nivel del suelo, de varios indios que se deslizaban sin mover un miembro, como si fueran sobre una cinta transportadora, le llamó la atención a Carlos. El cacique lo invitó a que fuera a ver: era una corriente de agua por las que circulaban pequeñas barcas. Había varios de estos hilos entrecruzándose en la cueva, les dijo, además de algunos ojillos de surgente. Creían, razonablemente, que el piso de piedra flotaba en un formidable depósito de aguas profundas. La temperatura era constante de enero a enero. No había escapes gaseosos, ni descompresiones estacionales. No recordaban accidente sísmico alguno; si lo hubieran recordado, habrían salido corriendo: no hacían ningún mito de la cueva, sino apenas una comodidad, una eficiencia.

Clarke, pensativo, miró hacia arriba. Las bóvedas sombrías le devolvieron una mirada ciega.

—¿Salen mucho? —preguntó.

—Lo menos posible. Algunos no salimos nunca.

Una cosa lo intrigaba. Había conocido muchas tribus americanas, con una fantástica diversidad de estilos de vida, pero la constante de todas ellas era la relación cotidiana y vital con los astros del cielo. No podía imaginarse una cultura primitiva que prescindiera de ellos. Se lo dijo a Pillán, que demoró su respuesta un momento, pensando con respetuosa seriedad.

—Verá usted, señor Clarke. En ese punto hay dos aspectos que considerar. El primero es la relación que mantenemos con la verdad, o más precisamente con el sentido. Que usted nos considere primitivos (no, no se preocupe, que no lo tomo a mal) sólo puede derivar del hecho de que no hacemos uso, como ustedes, de un dios, o un monoteísmo, que respalde nuestra significación en general. Los indios nos hallamos, "todavía", en el estadio de la disposición: al signo lo garantiza no su referencia a un sentido, sino su lugar relativo a una red. También es cierto, y aquí creo que está la clave de su perplejidad, que al ser los astros una pura percepción, lo puramente visible sin inminencias de tangibilidad, exigen una puesta en real, si es posible todas las noches. Es el caso paradójico de un imaginario que necesita ser real para dar cauce a todas las imágenes.

"Pues bien: mire nuestro cielo negro e inmutable, nuestra roca. Es exactamente lo mismo. Los puntos de oscuridad reemplazan a los puntos de luz. Los astros somos nosotros, la memoria viva de nuestras vidas sin días ni noches, al margen del tiempo. El sentido existe de todas maneras, sin Dios y sin cielo. Es posible que nos exija un gasto extra de energía, para seguir creyendo en nosotros mismos, pero no sentimos el gasto. Soñamos mucho, porque dormimos bastante.

Hizo una pausa antes de seguir:

—En cuanto al otro lado de la cuestión, que según yo lo entiendo es la felicidad, no puedo ofrecerle razones tan visibles. La naturaleza es la pasión feliz del hombre, y los astros se lo dicen. No hacen otra cosa: es su función. Pero nosotros, aquí bajo la tierra, somos los más apasionados entre los hombres, porque no le damos ningún valor a la conservación de la vida. Podría decirse que en la enfermedad está el remedio. En el fondo de la indiferencia hay un valor supremo, que es el abandono de todo, la virtualidad infinita del instante.

Gauna bostezó aparatosamente.

—Perdóneme que lo interrumpa —dijo Clarke—, ¿no han sabido del paso reciente de una señora, la Viuda de Rondeau?

—Sí. Esa fumista... Estuvo hace unos días pidiéndonos en préstamo una joven.

—¿Se la dieron?

—Ni locos. ¿Nos toma por comerciantes de carne humana? Le preguntamos por qué no se la pedía a su pariente Coliqueo, que ahora está viviendo aquí cerca...

—¿Y qué dijo?

—Que Coliqueo había sufrido un tremendo ataque por sorpresa, y no estaba en condiciones de hacer ningún tipo de transacción.

—Le mintió...

—Eso me lo supuse de entrada.

—... porque Coliqueo apenas anoche sufrió ese ataque.

—Espero que lo hayan matado.

—Lo dejamos con vida, en tren de renovar la paz perpetua.

—Que lástima. Todos estos movimientos, sospecho, tienen por motivo el cambio de propiedad de un diamante...

Aunque Gauna no movió un solo músculo, el despertar de su atención golpeó a Clarke con un mazazo. Pillán seguía:

—... un diamante que nos pertenece: la Liebre Legibreriana.

—¿La conoce?

El cacique esbozó una sonrisa.

—Sí y no. Por supuesto que la gema no existe. Aun así, nos pertenece.

—No entiendo. Sírvase explicarnos.

—Es muy fácil. Seguramente en tiempos remotos se halló en nuestras vetas carboníferas algún pequeño diamantito, o quizá ni siquiera eso fue necesario. Lo cierto es que uno de nuestros cuentos es sobre una liebre que correteaba por la llanura huyendo de un caballo loco que se la quería comer, y cayó por un agujero. Cayó y cayó y cayó en la oscuridad, y los ojos se le hinchaban y veía escenas que son una parte importante del cuento, pero con las cuales no voy a aburrirlo; al llegar al fondo, se había transformado en un diamante. La traducción naturalista del cuento debe estar relacionada con la transformación del carbón en diamante por efecto de la presión... Pero ahora que lo pienso, ahí tiene una buena aplicación de lo que le decía antes: el astro en el fondo del pozo, la transmutación de lo opaco en transparente, la carrera de las palabras detrás del sentido... No sé si he sido claro.

La estancia de los tres expedicionarios en la cueva se prolongó una cantidad indefinida de tiempo; pudo haber sido un día o una semana. Comieron, nadaron en las plácidas ollas de aguas frías, y al fin sintieron la necesidad de irse. En la despedida Carlos preguntó al cacique si no tenía noticias de una joven así y asá, embarazada, bonita de cara, de nombre Yñuy. No. Jamás la había oído nombrar, ni sabían de nadie de esas señas. De otro personaje conocido de ellos sí estaban enterados y casualmente los hombres que los conducirían al aire libre, bajo el mando del muy salidor Equimoxis, iban con el encargo de averiguar sobre él: se trataba del famoso vagabundo, por la descripción que hicieron.

—¿Quién es? —preguntó Clarke interesado.

—Ojalá lo supiéramos. Apareció hace unos días, y nos tiene preocupadísimos.

Eso sí era sorprendente. ¿Cómo se habían enterado, justamente ellos, de su presencia siempre lejana y fugaz? ¿Y en qué podía afectarlos? Las dos preguntas, dijo Pillán, se respondían al mismo tiempo. (Como suele suceder, sólo cuando los invitados están con la mano en el picaporte es que la conversación llega a lo de veras interesante.)

—El mundo subterráneo —dijo Pillán— no es exactamente autónomo (nada lo es), ni jamás hemos vivido sobre la ilusión de que lo fuera. Es un "paralelo" temporal, que se cotiza todos los días a su valor vista. De ahí que estemos tan atentos a los avatares de afuera, porque en cierto modo nosotros *somos* esos avatares. Y si es verdad que las novedades vuelan, no es menos verdad que caen a lo profundo con una velocidad suprema. "El invitado sorpresa" es una posibilidad siempre latente. Este extraño vagabundo viene a llenar un hueco excavado no por las circunstancias sino por el sistema mismo. No puedo decir que lo estuviéramos esperando, pero tampoco lo contrario. Parece representar un complejo de velocidades, distancias y direcciones, inherente a la superficie, de la que, como usted comprenderá, depende nuestra profundidad. No nos tome por unos intelectuales excesivos, ¡qué va!, por interesarnos en lo que parecería una ligerísima y remota variación en el sistema lógico de la llanura; es vital para nosotros.

—¿Hay alguna relación —preguntó Clarke— entre él y esa... gema?

—Esa gema no existe, como ya creo haberle dicho. Nuestros hermanos del paralelo corren deslumbrados detrás de una ficción.

—¿Qué cree entonces que está en juego, realmente, en todos estos movimientos?

—No me haga perderme en filosofías...

—Nos despedimos entonces. Adiós.

—Adiós.

—Gracias por su hospitalidad.

—No hay de qué. ¡Pero no hablamos nada de espeleología!

Clarke soltó la risa. Carlos preguntó:

—¿Qué es eso?

—Después te explico. Adiós, adiós.

Equimoxis abrió la marcha rumbo a la galería.

Iba con una decena de indios, todos vestidos de punta en blanco. En el umbral, se volvieron para echar una última mirada a la cueva, en la que proseguía la calma y la grandeza. Tomaron el camino que subía. Esta vez, por supuesto, lo recorrieron con más pena que al bajar; hacia la mitad, el grupo ya era una orquesta de cámara de jadeos. Hicieron un alto para reponerse. Clarke le preguntó a Equimoxis a quién pensaba recurrir por datos. Le mencionó a unos cultivadores de menta, sus informantes habituales. Solían encontrarlos en la puerta, lo que resultaba muy cómodo.

—Entonces —dijo Clarke—, no viajaremos juntos.

Siguieron, y al fin una intensa luz se hizo sobre sus cabezas. Era el día. Se demoraron un buen rato en el último trecho, dejando que las pupilas se contrajeran. La luz pareció decaer en ese lapso, y una vez que estuvieron afuera, vieron realmente que lo había hecho, porque era el atardecer. Cuando caminaron bajo el cielo, el sol ya se había puesto. Aun así, el brillo del aire los hacía vacilar. Los caballos estaban ahí nomás; el tal Josecito dijo haberlos mantenido a la sombra y bien bebidos. Por efecto del desacostumbramiento, les parecieron unas bestias demasiado grandes y torpes. Pero fue todo montar y volver a tomar posesión de la pampa, que en la suavidad azul y rosa del crepúsculo se extendía invitante a sus pies, o más bien a los de los caballos. Los indios parecían muy pequeñitos. Hubo las zalemas de costumbre, y se despidieron. Otra vez estaban marchando. En cosa de segundos ya habían tomado su posición habitual, Gauna adelantado un vigésimo de kilómetro, el inglés y su joven amigo lado a lado, charlando, y la tropilla atrás. El paso era vivo.

—¿Qué te parecieron? —le preguntó Clarke.

—Simpatiquísimos. Tan sencillos, tan dados... Es increíble que se maten seis veces al año. Por suerte caímos en una tregua.

—Quién sabe si es cierto.

—Esas cicatrices no se las hicieron bordando.

—¿Me engaña la vista o Gauna se aleja cada vez más?

—Está apurado.

—Cree tener sus motivos. Después te voy a contar el complicado disparate que lo trabaja. Me lo estuvo explicando en lo de Coliqueo.

—¿Tiene algo que ver con la Viuda?

—En efecto: dice que es su media hermana, que planea arrebatarle un diamante familiar...

—¡Ah, pero se volvió loco en serio!

—Hablemos de otra cosa. Es capaz de estar escuchándonos, con ese oído de tísico que tiene.

—A propósito, ¿adónde vamos?

—Tras la Viuda. ¿Adónde si no?

—Bueno, después de todo, puede ser una experiencia interesante. Si hicimos cuarenta...

—Y si la Viuda tiene nada más que cuarenta y uno...

Se reían como chicos. El cielo se ponía muy azul; la tierra, negra. Una perdiz sobresaltó moderadamente a Clarke, renovando las risas de Carlos. Las estrellas empezaron a brillar, con presencia de viejos amigos fieles. Entraron en un área donde un zorrino debía de haber estado combatiendo con un tatú, y galoparon para salir pronto de la pestilencia.

El llanto de un indio en medio de la oscuridad llenó todo, donde no había nada que llenar, un espacio simplemente extendido en todas direcciones. Se confundía con el trueno, pero por la inversa: era agudo como el de una histérica, con modulaciones muy de garganta, de llanto propiamente dicho, incluso de palabra, de querer decir algo. Los numerosos animalitos de la llanura quedaron congelados de terror al oírlo. Ya estaban nerviosos de antes, por causa de la tormenta; ésta había sido subrepticia, había esperado a la noche, de modo que noche y tormenta se confundieran. Las sombras habían subido cargadas de enormes nubes negras; lo opaco, lo volumétrico, casi lo escultórico, intercedieron en el cielo; un viento fuerte, producto de la descompresión repentina de la atmósfera, contribuyó a este efecto. Sobre el silencio del viento se recortó una inquietud de cegueras. Las constelaciones no desaparecieron. Era la realidad. Y de pronto, esas lamentaciones.

Los tres amigos, que se disponían a dormir después de la cena y el té, también quedaron alelados. Ya estaban preocupados por la tormenta, que amenazaba anegarlos; no podían creer en la mala suerte de que les tocara justo la noche que salían a pernoctar a cielo abierto, después de la excursión subterránea. El llanto, menos que sobrecogerlos, les provocó un incómodo desconcierto. Los indios en ese sentido eran la discreción personificada. ¡Y tan alto, tan afeminado!

—¿Qué es eso? —dijo Carlos Álzaga Prior echando unas aprensivas miradas a la tiniebla.

No le contestaron. La emisión persistía en una distancia incierta. El fuego que tenían prendido los cegaba a todo el resto.

Clarke y Gauna hablaron a la vez, revelando cada cual su distinta actitud frente al mundo.

—¿Será un herido? —dijo el inglés.

—¿Será un marica? —dijo el gaucho.

Eran sendas suposiciones descabelladas. El "ayayay" continuaba, casi parecía como si en cualquier momento fuera a romper en una explicación. El silbido del viento trepó al umbral de la percepción, y al mismo tiempo comenzó a rodar, lento, el trueno. Todo se hacía siniestro. No lo podían, o no lo querían, creer, pero el desconocido se acercaba. Necesariamente tenía que haber visto el fuego. Las veleidades del viento habían distorsionado su dirección, y seguían haciéndolo. De pronto cayó un rayo, con un fantástico estrépito de frituras y un retumbar que hizo temblar la tierra. Lo vieron con toda nitidez: un hilillo retorcido que pinchó el horizonte. Esos rayos en seco eran lo más horrible que pudiera imaginarse. Gauna se levantó a tapar los caballos, cuyo pelaje ya se había electrizado. Los otros dos lo ayudaron, sin palabras. Al tocar a los animales, pequeñas corrientes los recorrían. Debían pensar en cubrirse ellos mismos, porque ya empezaban a caer unos goterones violentos como balazos. Y el llanto seguía. Cuando volvieron a prestarle atención, después del sobresalto, lo encontraron teatral, mezquino, indigno del momento, demasiado privado para competir con una furia realmente superior. Tenía algo de llamado, algo de "las desgracias nunca vienen solas". Sin decírselo, sintieron que era un desperdicio que el rayo no hubiera entrado por esa boca seguramente bien abierta. El fuego empezó a agonizar, estirado por el viento en largas llamas fugacísimas. Ellos estaban sentados todavía, esperando algo antes de acostarse. Hubo una seguidilla de relámpagos, y Gauna dijo que lo había visto. Señaló en una dirección. Hubo un lapso de oscuridad, en el que se largó el primer chaparrón. Otro relámpago, con concomitancias de rayo apartado, el trueno múltiple pura resonancia, y los otros también lo vieron: un jinete que pareció quieto en el blanco instantáneo, y cuando se lo volvió a tragar la tiniebla, su aproximarse. Después de un aullido fortísimo, su vocalización decayó a sollozos, a murmullo agudo. Ya estaba sobre ellos. Clarke sintió una especie de malestar: no tenía ganas de conversar, de hacer preguntas, de nada. La lluvia ya le mojaba la cabeza. El desconocido ya estaba sobre ellos, y al último resplandor del fuego mortecino lo reconocieron con la mayor sorpresa: era Mallén, el machi favorito de Cafulcurá.

—¡Mallén, usted por aquí! —exclamó el inglés sin atinar siquiera a ayudarlo a desmontar.

Una liviana bizquera de cortesía se insinuó entre las lágrimas del indio mientras echaba pie a tierra.

—¿Podremos calentar un poco de agua, para hacerle té? —le preguntó Clarke a Gauna.

—Lo veo difícil —condescendió a responder el gaucho con una punta de sorna, mirando el charco donde había estado el fogón.

—No se preocupen por mí —dijo Mallén sorbiéndose los mocos—. Ya cené. Ahora sólo quiero morir.

Habría que conversar después de todo, eso estaba cantado. Se había hecho una oscuridad completa, pero las frecuencias de los relámpagos bastaban para verse las caras de vez en cuando. El indio se sentó y Clarke se le acercó hasta casi tocarlo. De otro modo no podrían oírse con el estrépito de la lluvia. Carlos hizo lo mismo, después de echar una manta sobre los hombros calados del machi. Gauna, en cambio, les dio las buenas noches, se encapulló en el poncho y se dispuso a dormir. Esa falta de curiosidad era muy propia de él.

—Mi sorpresa —dijo Clarke— no es sólo por encontrarlo tan lejos de Salinas Grandes, sino por el estado en que lo encontramos. Las malas noticias, las doy por descontadas. Pero cuáles son.

—Ah, señor Clarke, una gran desgracia se ha abatido sobre nuestro pueblo, me temo que la peor de todas. La peor, la peor.

—¿Se asesinaron todos entre sí?

—Ya llegaremos a eso, pierda cuidado. —Un suspiro. Estaba renuente a hablar, él que era tan locuaz. Un desánimo completo le cerraba la boca. Había que sacarle las palabras con tirabuzón. Las circunstancias exteriores (la mojadura, los truenos, el frío) colaboraban, pero más colaboraba él, y el inglés terminó impacientándose.

—Vamos, hombre, suelte la lengua de una vez. Si no, cómo voy a enterarme. Empiece desde que nos despedimos. ¿Qué pasó?

—Nada.

—Qué interesante. ¿No apareció el cacique?

—¡Qué va a aparecer!

—¿Namuncurá tampoco?

—Menos. Ni Alvarito volvió.

—Estábamos en lo de Coliqueo cuando...

—Ah, eso. Encima. Lamentablemente, también desapareció la Juana Pitiley, la única con influencia como para impedir esa clase de imprudencias.

—Pero entonces, están poco menos que acéfalos.

—Ajá.

—¿Concertaron una tregua con Coliqueo al menos?

—Sí, pero el muy traidor se dispone a faltar a su palabra.

—¿Cómo lo sabe?

—¿Qué otra cosa va a hacer? No bien piense "Pero entonces están poco menos que acéfalos"...

Hizo una perfecta imitación del acento de Clarke, quien prefirió no incomodarse.

—No puedo creerlo.

—Está reclutando a todos los guerreros a los que puede echar mano.

—De todos modos, se le puede hacer frente, y hasta con ventaja.

—¿Con qué? ¿A pedos?

El exabrupto era tan inusual en la boca del culto machi, que Clarke se quedó pensativo. ¡Qué frágil era el dispositivo mapuche, para derrumbarse por el lado de la corrección al primer inconveniente!

—Pero supongo que ustedes estarán reclutando a su vez. La red de alianzas de Cafulcurá no puede disolverse por su mera desaparición temporal.

Mallén volvió a suspirar, bebió la lluvia con abandono, y se decidió a hablar con un visible esfuerzo:

—Sí, algo de eso pensamos. Mi viaje obedece a tal propósito, y no fui el único en partir. Pero aquí y allá, las malas noticias saltan como la liebre, ¿cómo no deprimirse? Mi hijo, que me acompañaba, se volvió pretextando asuntos, a mis caballos les pasaron accidentes y me quedé con este sólo, y para colmo de males, por ahí extravié las boleadoras y no las volví a encontrar.

Carlos no pudo evitar una risa, aunque quiso contenerla.

—Sí, ríase —dijo Mallén—. Pero es triste. En otra ocasión yo también me habría reído. Hoy a la tarde, cuando vi que iba a llover, empecé a preguntarme seriamente: ¿para qué? ¿para qué hago todo esto? ¿para qué vivir?

No pudo hablar más. Clarke resopló nervioso. Entendía las razones del machi: las complicaciones siempre le parecían inútiles, creía que en toda ocasión debía prevalecer la simplicidad de la vida; caso contrario, no valía la pena vivirla. Pero al mismo tiempo lo asombraba la frivolidad de este hombre en cuyas manos bien podría encontrarse la supervivencia de un imperio, y que por causas tan circunstanciales como la lluvia se permitía un cambio de nivel en sus motivaciones. Era de una irresponsabilidad apabullante. Trató de decírselo sin herirlo. Por supuesto, el otro no quiso ni escuchar. Y como la tormenta arreciaba, y el entrechocar de dientes se estaba haciendo excesivo, dejaron para cuando aclarara la continuación del coloquio, se envolvieron en cuanto poncho tenían y cerraron los ojos, con intención de dormir.

Pudieron hacerlo, a despecho de la humedad, y no pocas horas. A la mañana seguía nublado, con lloviznas intermitentes, pero lograron encender un fogón, con un puñado del buen carbón que les había regalado el jerarca de las profundidades, asaron dos pollitos que había traído Mallén, hicieron té, y cuando volvieron al tema de marras, eran otros. Hasta el machi, quizá por vergüenza, estaba más razonable.

—¿Adónde se dirigía —le preguntó Clarke— antes de... su depresión?

—A los toldos de Colqán.

—A pedir refuerzos, supongo.

—A efectivizar la alianza ofensivo-defensiva que tenemos hecha, que es otra cosa.

—¡Así me gusta oírlo hablar!

—Pero son capaces de darme una patada en el culo.

—No se deje dominar por el acento negativo. ¿Qué motivos tendrían para hacer tal cosa? ¿No coincide con sus intereses, oponerse a Coliqueo?

—¡Qué sé yo! Pueden haber hecho una paz por separado.

—Ese es un recurso extorsivo de la razón. Iremos a ver a Colqán, nosotros lo acompañaremos. ¿También se enviaron emisarios a los demás aliados, no?

Las explicaciones de Mallén tomaron un cariz técnico; no podía ser de otro modo, tratándose de una política tan complicada como la de la confederación mapuche. Carlos perdió interés (Gauna no lo había mostrado en ningún momento) al tiempo que Clarke iba compenetrándose más y más. El mismo machi se animaba, volvía a ser el de antes. Ya estaban muy lejos de las metafísicas de la simplicidad que habían rozado a la noche, pero el inglés descubrió que no lo lamentaba. Las complejidades de la política, por basarse en un simulacro de psicología (todos admiran que era un simulacro, partían de ahí), se resolvían en una segunda simplificación, de tipo pueril.

Cuando empezaba a llover fuerte otra vez, partieron. Antes, Gauna tuvo un aparte con Clarke: ¿no pensaría entrometerse en ese conflicto idiota, no? No habían venido para eso.

—¿Y para qué vinimos, señor Gauna, si tiene la amabilidad de decírmelo?

La cosa inglesa le salía de adentro. El gaucho no insistió. Su cuento se derrumbaba: la guerra era real, sus fantasías diamantinas volvían al limbo de donde nunca debieron haber salido. En cuanto a comprometerse o no, Clarke se sentía liviano como un volátil. Lo mismo podía participar en una guerra que en un partido de mus. No ignoraba que Coliqueo haría lo imposible por embarcar a sus aliados blancos en la aventura contra los huilliches. Pero para los blancos, un indio siempre sería un indio, y en el fondo no les importaba quién ganara. A él tampoco le importaba, pero eso acentuaba su impulso: era una oportunidad demasiado rara como para desperdiciarla, la de observar desde adentro una guerra de pueblos abstractos. Además, se sentía feliz y eso bastaba.

De modo que montó a Repetido, lo emparejó al caballo de Mallén, y partieron hablando todo el tiempo de números, posiciones, distancias, fuerzas, disuasiones, y todo eso. Carlos, que se sentía desplazado, demostró su malhumor adelantándose junto a Gauna. No necesitaron hacer más de cuatro o cinco leguas para tener la sorpresa de haber llegado a destino.

Un millar de guerreros había acampado en un arroyo, improvisando toldos en las enramadas, hasta que cesara la lluvia. Mallén supo a qué atenerse desde lejos:

—Son hombres de Manful —dijo; era otro de los aliados a los que se habían despachado emisarios, más eficaces que él, por lo visto—. Señor Clarke, antes de que lleguemos, quiero pedirle un grandísimo favor.

Clarke sabía de qué se trataba: de que no hiciera mención de su agachada. Lo tranquilizó con unas indirectas corteses. Un cuarto de hora después, estaban sentados frente a Manful en persona, bajo unas telas enceradas y el calor del fuego, hablando de estrategias como si nunca hubieran hecho otra cosa. El indio estaba ansioso por combatir; había traído vacas en abundancia y hectolitros de aguardiente, que su tropa consumía como si el mundo fuera a acabarse en cualquier momento. Había hecho otra cosa, que terminaba de exculpar a Mallén: había enviado una delegación rápida a poner sobre aviso a su vecino Colqán, de modo que no tenían más que esperarlo.

—Sí —dijo Clarke—, cuando nos acercábamos vimos un grupito que se alejaba. Supongo que eran ellos.

—No —dijo Manful mirando en esa dirección—. Colqán vive para el otro lado, y mis hombres salieron anoche, de la toldería. Esos que vieron, y que todavía se ven, ¿alcanzan a divisarlos?, allá, son otros, que no tienen nada que ver.

Ellos miraron (el grupo, de unos veinte jinetes, era una mancha bajo la lluvia, cerca del horizonte) y en esa posición los sorprendieron las palabras del cacique:

—Ésa es la Viuda de Rondeau...

Instantáneamente los ojos se les transformaron en telescopios, claro que sin cristales; es decir, no veían más claro ni más lejos, pero enfocaban más: Gauna por sus motivos, Clarke no sabía por qué, por contagio, supuso. O por nada. Era una visión de un encanto sin igual. Esa mujer, cuya existencia misma ignoraba un mes atrás, en tan breve lapso se había vuelto parte de su imaginación. ¿Y si fuera de verdad la media hermana de Gauna? Lo miró de soslayo: el gaucho estaba en suspenso, contenía el resuello, se le iban los ojos. No había odio en su mirada, ni siquiera codicia, sólo una pura sed de aventura y conocimiento, que lo embellecía, feo como era. A Clarke nunca se le había hecho tan patente la utilidad de lo novelesco en la vida: era lo único útil de verdad, porque le daba peso a la inutilidad de todo. Se volvió hacia Manful:

—¿Cómo es posible que la haya dejado ir así como así? ¿No es una voroga?

Mallén quiso hablar, pero el cacique se adelantó:

—Nosotros también somos vorogas.

—Perdón, no lo sabía.

—Nuestras lealtades no siguen estrictamente las líneas étnicas. Hay mucho cruzamiento en el aire. Además, ella no es voroga, y se la tiene jurada a Coliqueo.

—¿Adónde va?

—Prometió reunirse con nosotros en unos días, cuando haya reunido a unos súbditos suyos que andan dispersos.

Eso tranquilizó a Gauna.

—A lo nuestro —dijo Clarke, ya compenetrado a fondo con la cuestión bélica. Un bonito arco iris se había dibujado en el cielo, aunque seguía lloviendo y el sol sin salir. Desplegaron los mapas.

A partir de ese momento los hechos se precipitaron. Los aliados no tardaron en manifestarse. Empezaron a vivir una especie de simetría perpetua, con emisarios que iban y venían todo el tiempo. A los indios les gustaba eso más que nada, pero sólo en trance de guerra. De hecho, se diría que usaban a la guerra como excusa para saber al instante dónde estaban los otros, qué se proponían, en qué dirección estaban moviéndose, a qué velocidad, etcétera. No porque les interesara. Lo curioso era que todas esas condiciones se anulaban en la actividad misma de averiguarlas: al trazar las distancias, las reducían a cero; al poner en evidencia las posturas de tránsito relativas como líneas en un pasado aplastado contra el presente, las ponían a todas en un mismo plano de acontecer, que era el plano de la llanura. Lo lejos o lo cerca no les importaba: un indio brincaba al caballo lo mismo para hacer una legua que para hacer cien. Y corrían rápido, de eso no había dudas. En un primer momento Clarke pensó que simulaban, no por engañarlo a él sino por mero juego; de donde estaban a Salinas Grandes no podía haber menos de cuatrocientos kilómetros: de un día para otro, un mensajero iba y volvía, con un trayecto que normalmente debía ocupar dos semanas.

Pero era muy cierto. Un sistema ingenioso de refrescos, estimulante a los potros... y sobre todo el conocimiento de ciertas cuestas y perspectivas. Justamente lo que neutralizaban era lo que conocían como si fuera la carne y sangre de ellos mismos. Con la salvedad de que estos indios, o sea todos los indios, no daban la impresión de estar hechos de carne y sangre, sino de algunas delicadas maquinitas fervorosas. La suma de sus pasiones desatadas o anudadas unas a otras no representaba nada, era solamente un funcionamiento. Clarke tuvo ocasión de asombrarse de esa paradoja: él, que era inhumano, había creído acercarse a lo humano al avizorar el sistema indígena; pero al llegar a la cosa en sí, advertía que eran iguales que él. Podían amar, es cierto, ¿pero él no había amado también?, aunque no se parecían a su pasado, sino más bien a una resonancia del pasado en el presente. Sólo ahora, en el alboroto de la contienda inminente, se mostraban en su más desnuda verdad: un deseo de partir, y una realidad del deseo, y un alejarse con que lo real se hacía presente y desaparecía a la vez. De Salinas

Grandes llegaron noticias tranquilizadoras: la disolución había sido evitada, y unos cinco millares de guerreros estaban dispuestos a partir en cualquier momento, no bien supieran cuándo hacerlo y en qué dirección. El arroyo donde estaban, al que Carlos Álzaga Prior bautizó lluvioso, se volvió centro de recolección e irradiación de las informaciones. Pasaron dos o tres días en eso, y en todo el tiempo no paró de llover o lloviznar. Era otro paisaje, decididamente. Agua por todas partes, lo gris; no se reconocía la pampa. La circunstancia también había cambiado. Colqán llegó, con sus rumbosos guerreros, y otros dos caciques, con lo que la concentración se hizo multitudinaria, y en permanente juerga. Se comía, se bebía, se despachaban y recibían mensajes a toda hora, como en una transparente cabina de telegrafista. El espionaje también estaba a la orden del día: todos eran espías, había noticias que directamente no se sabía si provenían de los aliados o de los enemigos. Coliqueo, al parecer, estaba jugadísimo como rey de los alzados. Clarke empezó a sospechar que había caciques que se comunicaban con ambos bandos; no tenía motivos concretos para asegurarlo, pero se le ocurría que nada habría sido más fácil, ya que todo se reducía a palabras lanzadas a lo lejos; sin ser un cínico, él habría tendido, por un impulso natural, a quedar bien con todos. Había una cierta ambigüedad incluso en las cúpulas. Por ejemplo, a Coliqueo afectaban no tomarlo para nada en serio, se reían de él, lo tenían por el más lívido de los fantasmas de una amenaza real. Pero no había otra. De no haber sido el motivo del que había salido todo, la ausencia de Cafulcurá habría merecido la responsabilidad de esas fluctuaciones. Al desaparecer, era como si los bandos supuestamente opuestos se atrajeran hacia una franja vacía.

Ese tiempo pasó en un soplo. La lluvia, el manoseo de mapas, las conferencias con enviados ocupaban un ocio irreconocible. Gauna hacía la suya por su lado (pero la Viuda no se presentó), Carlos encontró distracciones sin cuento entre las naciones confundidas en un perfecto jolgorio bajo la lluvia (de su Yñuy, ni palabra), y Clarke no se despegaba del concejo, del que no tardó en ser el principal asesor. Lo irritaba la irracionalidad reinante entre los salvajes, pero había visto cosas peores, y mientras no se combatiera en realidad, no había nada serio que lamentar. Tuvo un solo problema con uno de los caciques asistentes, un indio muy bajo, casi enano, llamado Maciel, y fue por una tontería fuera de serie. Sucedía que estaban permanentemente de cónclave bajo un toldo, tendido entre cuatro postes plantados en rectángulo. En la tela embolsada hacia el centro se acumulaba el agua, que vaciaban cuando el peso amenazaba con hacerla caer sobre ellos, cosa que no necesitaban hacer con mucha frecuencia porque el fuego encendido justo debajo de ese bolsón la evaporaba. Era un sistema insensato, pero los indios lo preferían al convencional declive, que según ellos crearía una cascada perenne de un lado y los salpicaría. Una vez, Clarke se levantó a estirar las piernas, entumecidas por varias horas de posición sentado, y lo hizo tan distraído que levantó con la cabeza la tela cargada de agua; el agua se desbordó entonces por un costado, en un grueso hilo helado que roció la espalda de Maciel. Como el salvaje estaba en babia, la súbita mojadura le arrancó un grito. Lo quiso degollar a Clarke. Fue un trabajo de los más arduos calmarlo. Después, como suele suceder, se hicieron íntimos. El enano, además de irritable, era un ebrio consuetudinario, y sus lubias confluyeron con fijación maniática en Clarke, del que decía que le recordaba a su padre.

Otro elemento que molestó al inglés fue la prodigalidad con que se ejecutaban espías. En eso exageraban. Por una ligerísima sospecha menudeaban las degollaciones. La gota que colmó el vaso fue la sumaria pena de muerte decretada contra un vulgar indio atrapado a cierta distancia, cuya única carga consistía en una bolsita de bulbos de dalia. Clarke se hizo una cuestión personal de obtener su indulto.

Era casi obvio que el individuo no era un espía ni cosa que se le pareciera. Pero los salvajes del fogón de jerarcas se empeñaron en cortarle el cuello. Sus razones eran inexistentes, pero puestos en el desafío de tenerlas, las tuvieron. A uno se le ocurrió que los bulbos eran un mensaje, por el número, por los tamaños, incluso por piedritas que tendrían adentro (esto último, y todo lo anterior, no pudieron probarlo porque la bolsita con su contenido la habían robado). Uno sugirió que el mensaje podía ser diferido: cuando las dalias abrieran, en sus colores el enemigo lo leería todo. Clarke respondió que era el absurdo más grande del mundo. No importaba. Recurrió a un argumento que le parecía central: la preservación de una vida, con miras al futuro. De eso los indios se rieron con ganas. Le dijeron que era como si a un inglés le prohibieran tomar té para preservar el sistema parlamentario. La discusión se complicó con una disputa adventicia sobre la propiedad de la palabra "bulbo" (en mapuche) frente a "cebolleta", que era más gráfica. Aunque parezca mentira, estuvieron tres horas dándole vueltas a este bizantinismo. Al fin al pobre infeliz lo degollaron.

—¿Están contentos ahora, se sacaron el gusto? —les preguntó Clarke con rabia.

Sí. Estaban contentísimos. Hasta tuvieron la grosería de comentar:

—Hemos averiguado algo útil: el contrabando de bulbos se castiga con la pena capital.

A las risas subsiguientes se unió Maciel, que había sido el único en tomar el partido de Clarke, no porque estuviera convencido sino por una fantasía de amistad. Clarke, cosa curiosa, no tardó en reponerse; en otras épocas de su vida habría salido dando un portazo. Que no lo hiciera ahora podía explicarse por distintos motivos, pero quizás el principal de ellos fuera que no había puertas que sacudir, ni un "afuera" en el que hacer constar la salida. Eso cambiaba mucho las cosas. Los indios en buena medida eran inimputables. No por inocentes ni brutos, sino por una falta de adentro y afuera sobre los que ejercitar su inteligencia, que no era poca.

Mallén, por imperio de la urgencia, y por su prestigio de machi y de íntimo de Cafulcurá, era el referente obligado en los conciliábulos, que duraban todo el tiempo porque no hacían otra cosa. Pero Mallén distinguía a Clarke con un sempiterno pedido de pareceres. El inglés adecuó su razonar a lo que a ellos les parecía más lógico; pero como él tenía otra lógica, la suya propia, y actuaba ésta de la pampa como una representación, algo en su persona, lo más visible, quedaba *au dessus de la melée*, dispuesto, así fuera virtualmente, a cambiar de opinión en un tris, a irse al otro lado sin motivo alguno: eso era lo que más respetaban los indios. Al reinar lo simultáneo había una caída general de las necesidades. Era como si el relato se borroneara. Los encadenamientos se hicieron volátiles. En una media luz de la razón hubo toda clase de esos desplazamientos causales que a veces parecen confluir en un hombre, y ese hombre era Clarke. Obtuvo aureola. Tanto que cuando, al cabo de cuatro días de espera en el arroyo Lluvioso, maduró la oportunidad de hacer coincidir las tropas y aplastar a Coliqueo, por una decisión casi callada, que no hubo que someter a votación tan natural, el inglés se halló investido del cargo y las funciones de Comandante en Jefe de los ejércitos aliados de la confederación huillichetehuelche.

La guerra completa duró una semana, y concluyó con un triunfo en toda la línea de los huilliches. Un éxito más en la carrera del legendario guerrero Cafulcurá, esta vez inmerecido, caído del cielo, gratuito, pero prueba de su genio de todos modos: al fin de cuentas él había sido el motivo, la razón, la excusa, y ya se sabe que en el arte de la guerra desaparecer es el principio y fin de toda estrategia. Según cálculos aproximados, por cierto sujetos a inmensas correcciones, cien mil guerreros participaron en la contienda. Los muertos, a nadie se le ocurrió contarlos, pero debieron de ser bastantes ya que todo consistió en matarse. El clima fue pésimo del principio al fin, un clima verdaderamente inglés: lluvias, nieblas, ni una vislumbre de sol, vientos fríos que anunciaban o representaban al invierno en plenas inminencias del otoño. Era como para apurarse a terminar de una vez, a ver si el tiempo volvía a la normalidad. El apuro fue la constante de ésta que quedó en la memoria colectiva como la

Guerra de la Liebre. El porqué del nombre se confundió en suposiciones más o menos perplejas, pero para Clarke tuvo un sentido preciso; salvo que no acertaba a explicarse cómo este sentido había salido de su subjetividad. En realidad, fue el menor de los enigmas que quedaron sin respuesta. Se acostumbró a que quedaran así. Creyó encontrarse ante una apoteosis de la simultaneidad del nonsense. Él fue el centro y motor de todos los acontecimientos, pero como los resultados lo sorprendían infaliblemente, terminó desentendiéndose de ellos. Entró en el torbellino del instante con pasmosa naturalidad, como si no hubiera hecho otra cosa en toda su vida. Descartó de entrada la postura clásica del general sobrevolando el campo entero de la acción: él no era un pájaro, y además la pampa, con su falta de topografía, no se prestaba para esas gracias. Era un terreno puro, una geometría: tratarla como tal habría sido una redundancia. Peor: habría sido contraproducente, una ineficiencia. Los ejércitos circulaban por un plano cuyas pendientes ellos mismos producían e invertían en instantes. Todo se reducía a crear líneas, cuanto más rápido mejor; líneas de llegada y de partida que se entrecruzaban mágicamente en cada uno de sus puntos, no en uno privilegiado. Era como tratar la guerra en su carácter más eterno, como un epifenómeno natural del pensamiento; apresurar la vida hasta que se confundiera con la muerte, y que eso fuera una sorpresa para el otro. La clave estaba en poder imaginarse la grandeza del destino absolutamente plegada, en forma de un cristalito; lo grande a la vez que lo pequeño, lo alejado y lo próximo, la necesidad y la libertad. Ahora, cómo pudo Clarke imaginarse todo eso, ver claro donde otro se habría perdido mil veces, eso fue un milagro; no hay otra palabra. Para él no. Él se hizo su propio sistema, se aferró a las líneas, a las horizontales, a las verticales, a la poesía del destino, y con rotunda perseverancia dejó que sucedieran las cosas.

Lo primero que ocurrió fue el movimiento de tropas. Como nadie tomaba la iniciativa, Clarke ordenó efectuar una reunión con los ejércitos estacionados a cierta distancia; para ello era necesario trasladarse efectivamente, ya no por medio de los correveidiles consuetudinarios. A sus colegas del concejo les pareció mal; según su modo de pensar encontraban de mal agüero hacer que los cuerpos, la gente considerada físicamente, tomaran el lugar de los mensajes inmateriales. Le temían al ridículo. El inglés hizo oídos sordos, ante lo cual, lógicamente, cedieron. Por lo menos tenían de bueno que, cuando se decidían o alguien decidía por ellos, la actividad se revelaba fulminante, sin dilaciones. De modo que en un abrir y cerrar de ojos la gran masa de unos diez mil indios y otras tantas vacas estaba en marcha. Y a la carrera. La lluvia los apuraba, como era de esperar. Había algo de resbaloso en el espectáculo, que nadie observaba sin participar. Abusaban de la grasa, que tenía propiedades impermeables. Era increíble la cantidad de grasa que extraían de cada vaca carneada, así fuera de las más flacas. La almacenaban, con un toque de humor involuntario, en latas inglesas de té; no había indio que careciera de una de esas latas con su reserva. Muy hábiles por la práctica, en dos minutos y a dos manos renovaban el embadurnamiento de pies a cabeza. Brillaban como vidrios del lado de afuera de una ventana una tarde de lluvia. Invitaron a los blancos a hacer uso, por motivos prácticos. Carlos Álzaga Prior no tuvo inconvenientes en desnudarse y engrasarse, y muy contento. Clarke se había negado de plano, pero la incomodidad de la ropa húmeda y pesada sobre el cuerpo todo el tiempo, y la aparición el segundo día de Gauna ataviado de brillos a la moda indígena lo decidieron a probar después de todo. Le quedó muy bien. Con su piel mate, sus cabellos negros que habían crecido desmesuradamente durante la expedición, su contextura sólida, una vez engrasado y en cueros sobre el caballo, parecía un indio más. Incluso le gustó: le daba a todo el asunto un matiz carnavalesco, de fiesta de máscaras; como todo general en jefe en operaciones, tenía el prurito de restarle algo de seriedad al asunto, por si acaso. Pedía la grasa prestada, y en su caja de té llevaba cuidadosamente doblada y seca su ropa, listo para reasumir su personalidad de naturalista inglés en cualquier momento. El ejemplo fue multiplicador. Carlos empezó a tomar lecciones de boleo.

En la primera marcha llegaron al sitio donde habían estado los toldos estacionales de Coliqueo. Ya no estaban (y lo sabían: según sus datos el comando voroga se había trasladado cincuenta leguas al norte), pero eso no impidió que un poco más allá tropezaran con un nutrido malón enemigo que bajaba de prisa a cortarles el avance. En una gigantesca surgente de nieblas blancas y lloviznas se trabó la primera batalla, que duró, en su fase de enfrentamiento propiamente dicho, apenas tres o cuatro minutos. Los otros no serían más de mil, pero en la confusión fue como si la diferencia se neutralizara. Hubo un entrecruzamiento completo; desde que se vieron, sobre los respectivos horizontes, aceleraron a fondo. Se atravesaron de un lado al otro, limpiamente, y después se dispersaron en todas direcciones, huyendo pero también combatiendo, haciendo unas ostentosas persecuciones mutuas que se resolvieron en un gran círculo. El combate había terminado. Fueron a juntar las vacas espantadas y encendieron fogones para cenar. Al rato vinieron los vorogas a llevarse a sus muertos. Con los propios realizaron unas ceremonias fúnebres de noche. Hicieron la barbaridad de cuerear caballos vivos para envolver los cadáveres. Clarke pensó que los gritos de esos animales los iba a oír hasta el día del juicio. Se embriagaron de un modo fenomenal. Los caciques y el inglés se pasaron la noche despachando y recibiendo mensajeros. Como bautismo de fuego resultó aceptable. Gauna se había mantenido neutral, Carlos estaba ileso y contentísimo. Clarke apenas si había gastado una docena de tiros.

A partir de ese momento Clarke empezó a comprender algo que lo tranquilizó definitivamente respecto de la simultaneidad: que estaba subordinada al relato. Eso la ordenaba, le daba una perspectiva, la hacía comprensible, y al mismo tiempo le quitaba el terror del momento. Confirmaba su carácter irrepetible, pero lo hacía inofensivo. En el fondo, era trabajar siempre para el relato, que se volvía una gran repetición. Los indios parecía que trabajaban para lo fulminante del presente, pero quedaban sujetos a la buena voluntad de un narrador para que su actividad existiera en realidad. La visión de los patos lo confirmó en esta idea. Para llegar a verlos, la idea tuvo que adoptar una primera forma en el espacio, que los llevó a todos increíblemente lejos, de pronto, sin modificar demasiado la pensativa quietud de la que emanaba el movimiento. Fue la Gran Sinusoide de los ejércitos mapuches, un trayecto que habría volatilizado los mapas si alguien hubiera intentado dibujarlo en ellos. Clarke en su juventud había sido un entusiasta estudioso de las campañas de Carlos XII de Suecia, del Gran Federico de Prusia, y por supuesto de las de Napoleón, que se sabía de memoria. Intentó poner en práctica esos recuerdos, aun a sabiendas de que sobre la pampa saldrían distintos. Y así fue, en efecto. Ni diez Europas yuxtapuestas habrían bastado para contener la Gran Sinusoide. Era un movimiento envolvente de todos los demás movimientos, pasados y por venir. A los enemigos ni los vieron, pero los apabullaron de todos modos, los rodearon mil veces, les cortaron todas las retiradas, hasta las que jamás habrían soñado con intentar. Hubo un momento en el que el ejército rozó la tangente absoluta, el mar. Interrumpieron allí un día entero la marcha, por causa de la novedad. Una gran cantidad de indios veían el océano por vez primera, y los dejó absortos, fascinados, pese a que las nieblas le restaban al paisaje buena parte de su grandeza. De no haber estado lloviendo se habrían bañado. Lo hicieron de todos modos. Algunos se ahogaron arrastrados por la succión desconocida de las olas. Al atardecer de ese día de playa una partida de indios que había estado explorando se presentó excitada en el fogón del generalato a avisarles que un suceso notable estaba pasando en unos farallones próximos. Clarke montó a Repetido y mandó llamar a Carlos, hacia quien se sentía obligado en cierto modo a mostrarle todo lo que hubiera digno de ser visto. El joven no apareció, pero al llegar lo encontró entre los numerosos espectadores reunidos. Eran unas barrancas muy altas, desde cuyos bordes se veía una playita inaccesible, en la que se paseaba un centenar de patos cuyo tamaño era grotesco de tan grande. Había que hacer una traducción por la distancia, pero de todos modos no podían medir menos de un metro veinte de alto, como niños crecidos, y gordos a reventar, plumón níveo, enormes ojos celestes, grandes palmas que se imprimían con vigor (debían de pesar unos ochenta kilos) en la arena mojada. La primera sospecha que se imponía al espíritu era que se trataba de enanos disfrazados. ¿Pero cómo juntar cien enanos? De razas de pigmeos en territorio americano, Clarke no había oído hablar.

—No son patos —le dijo Maciel, que lo había acompañado—. Son gaviotas, que se les parecen mucho.

—Ah sí, ¿y el pico?

—Es que es la gaviota cucharón.

Colqán, el aristocrático tehuelche, soltó la risa. Según el eran patos genuinos ni siquiera demasiado grandes; diversas cosas que ellos, los indios, habían ingerido, les hacían ver grandes las cosas. Clarke no le dijo nada, pero estaba seguro de que no era así. De cualquier modo, aun dejando de lado el tamaño, los patos tenían un comportamiento de lo más extraño. Caminaban muy erguidos, como ocas, con pasos largos y decididos, sus evoluciones no seguían un orden aparente, pero debía de haber uno secreto. Lástima la bruma, que impedía apreciar ciertos detalles. Daban vueltas y vueltas. De pronto se hizo visible para los espectadores un gran huevo blanco del tamaño de un almohadón. Ahora sí no quedaban dudas de que se trataba de una especie de rito. Es cierto que los animales pueden practicarlos, y de los más complicados, pero la ilusión de superchería se acentuaba. Los indios habían interrumpido sus comentarios y risas al verlo. Se diría que ese huevo colosal los cautivaba más que el mar. Clarke recordó palabras que le había dicho Coliqueo; aunque no tenía mayor interés el contenido exacto de sus ensoñaciones, bastaba para saber que el huevo de pato formaba parte del sistema. El sistema era alucinatorio en Coliqueo, que como todo emperador exageraba con las hierbas; en la realidad, en cambio, era real, y Colqán estaba equivocado.

Los misteriosos palmípedos, sobre los que además de la niebla se cernía el gris oscuro del crepúsculo lluvioso, arrastraron con pataditas ceremoniales el huevo hasta la onda, y se zambullieron uno tras otro. A despecho del oleaje picado, del ronroneo siniestro de la marejada, de la llovizna ventosa, hicieron erguidas rondas alrededor del huevo, que flotaba.

—Debe de estar podrido, para que flote —dijo Maciel.

—Qué sabrás —respondió otro cacique.

Se retiraron pensativos. Podrían haber bajado pato tras pato a tiros (por lo menos el inglés podría haberlo hecho, y unos cuantos indios más de buena puntería que nunca mataban a nadie porque no se molestaban en apuntar, salvo con el ruido), pero no habrían podido cobrar las presas.

La segunda batalla sucedió fuera del alcance de la vista y el oído del naturalista e improvisado general, quien se enteró de ella a posteriori, y por supuesto en otro lado. La Gran Sinusoide había desconcertado a todos, propios y ajenos. La mitad de sus fuerzas, concentradas previamente en Salinas Grandes, se incorporó a la Figura de modo excéntrico, y en el momento de hacerlo tuvo un encontronazo con fuerzas vorogas. No hubo muertos, caso rarísimo que a Clarke le hizo pensar que no había sido más que una espantada. El que le contó los hechos fue un figurón de la Corte metido a chasqui por turismo. Hacía despliegue de grandes etiquetas para decir banalidades, se daba humos, estiraba las frases hasta lo inimaginable. Terminaba dando la impresión de que no sabía de qué estaba hablando, y que hablaba sobre nada. Y sin embargo lo decía a boca llena, convencido, convincente. Oyendo esa música Clarke se distrajo. Se le había ocurrido algo, y prefirió seguir el hilo de su pensamiento al de la disertación del indio, al que por otra parte los caciques del consejo prestaban la más apasionada atención.

Recordaba una de las primeras explicaciones que le había dado Cafulcurá. El continuo, le había dicho, era la clave de todo entre los indios. Podía aceptarlo, pero ¿dónde estaba el continuo? En todas partes, de eso justamente se trataba; hasta en la afirmación misma de Cafulcurá. Era un perfecto *passe-partout*, una cinta impalpable que se metía en todo. Era fácil decirlo, incluso fácil entenderlo, pero era más difícil hallar un ejemplo práctico. Clarke se había creído muchas veces a punto de hallarlo durante las últimas semanas, pero en el momento culminante su decisión vacilaba y prefería recluirlo una vez más en el rubro de las intuiciones abstractas, lo que parecía correcto, o lo único posible, cuando en realidad era la peor traición que se le podía hacer al continuo. Era negarlo por entero. Lo que se le había ocurrido mientras oía al chasqui era que la guerra constituía la mejor ocasión de asumir el continuo. Se sentía en condiciones de hacerlo y con el valor para hacerlo. Era una "ocurrencia" nada más, de las que asoman cien por día al pensamiento de cualquiera; sólo había que sostenerla y el continuo se realizaba. Podía empezar por cualquier lado, sin ir más lejos por un punto al azar en la cháchara del indio que tenía enfrente. Pero ni siquiera debía esforzarse tanto; también podía empezar por los convólvulos de la totalidad de lo que había pasado. Por ejemplo, la liebre, en cualquiera de las formas intrigantes o fantasiosas en que había venido apareciendo. La liebre era adecuada como emblema de una estrategia bélica: por sus carreras imprevistas, por su velocidad escurridiza, su flexibilidad, por sus observaciones fascinadas del sol naciente o poniente (la indiferencia a que fuera la salida o la puesta del sol se correspondía con la indiferencia a la victoria o la derrota en una auténtica fascinación de guerra). De la liebre podía y debía pasar a cualquier otro elemento. La línea. El horizonte. El vagabundo. Las inversiones de la perspectiva. Todo lo demás. Etcétera. No se iba a poner a hacer un catálogo del universo. Tuvo que hacer un verdadero esfuerzo para interrumpir la cadena. Siempre pasa lo mismo, dando la razón al dicho doméstico "todo es ponerse". La interrupción, que se montó al continuo de inmediato, tomó la forma (forma que también se incorporó al continuo) de una estrategia, que fue la que comenzó a aplicar desde el día siguiente: el camino de la liebre. En ese instante quedó decidido el triunfo de los huilliches. Así de simple fue. Sólo lamentó no tener a nadie a quién comentárselo, pero bien pensado no debía lamentarlo, porque de ese modo el contenido recibía en bloque el "pase" de la forma.

A la mañana, con la excusa de las vaguedades que había traído el cortesano, ordenó marcha general en línea recta hacia los errantes aposentos vorogas. Una onda de eléctrico entusiasmo corrió entre los indios, que se hicieron a la idea, con su veleidoso fanatismo, de que los guiaba un iluminado. Fue una exhalación general. A media tarde con quién se cruzaron si no con Equimoxis, al que habrían degollado en un ala, por mero apuro, de no haberse enterado Clarke, a quien su presencia casual le dio una idea, ¡otra más! Sería una trampa genial, pensó, una superación implícita del propio método de la Liebre, hacer un pasaje por debajo, de horizonte a horizonte. Al fin de cuentas, era de eso de lo que se trataba. Era la idea misma, era lo único que hacia la Liebre. En la realidad, era imposible. Pero aquí se daba la posibilidad, casi como una broma. Clarke recordaba haber oído en el subsuelo que las galerías tenían lejanísimas terminales de superficie: eso le bastó. Tras una breve conversación con Equimoxis, decidió bajar con él y pedir la colaboración de Pillán. Así se hizo, y esa noche los veinte mil indios atravesaron la entrañas de la tierra, con caballos y vacas.

Salieron del otro lado de todo lo que esperaban salvo la lluvia, que seguía cayendo con profusa monotonía. Se unieron a los contingentes que venían de Salinas Grandes, y se dispusieron a caer sobre la espalda de los vorogas, que ni se lo sospechaban ni falta les hacía. Como sus horarios se habían desordenado, durmieron, marcharon, bebieron y deliberaron, en una fantástica mezcolanza. La batalla final duró dos días con sus dos noches, pero en cierto modo hubo motivos para decir que no había tenido lugar. Fue una especie de gran maniobra disuasoria. Clarke y su "equipo" de íntimos acamparon en un arroyo al que empezaron a confluir mensajeros con los partes más contradictorios. Se combatía o no se combatía. El mal tiempo arreció. La segunda noche fue de relámpagos y truenos. Al caer la oscuridad, ansioso por un cierto exceso de noticias que hacía temer una descomposición de los propósitos, Clarke se marchó acompañado del infaltable

Maciel y cuatro edecanes al sitio donde suponía que se hallaba el campamento más próximo. Allí había muy poca gente, cambiando caballos con los que se precipitaban a las sombras, pero le aseguraron que a poca distancia se hallaba Mallén con el grueso del consejo, y en la dirección indicada partió el contingente. No encontraron al viejo machi sino a un grupo de indios ebrios en una termitera sin fuego ni abrigo. Clarke despachó a dos indios para un lado y a dos para otro, con la consigna de recoger algún dato seguro y llevárselo al sitio primitivo, adonde se dirigió al galope en compañía de Maciel. La lluvia y los fenómenos eléctricos menudeaban. Preocupado como estaba, con varios días sin dormir, distraído por una infinidad de cosas, el inglés no se había parado a observar lo borracho que estaba Maciel, más todavía que de costumbre. Tanto que le pasó lo que dicen que a un indio no le pasa nunca: se cayó del caballo. Clarke no lo habría visto, tan cerrada era la tiniebla en la que corrían, de no ser porque con la insistencia de la lluvia y la grasa que le impermeabilizaba la piel tomaba una ligera fosforescencia. Así que vio una especie de fantasma fetal pasarle por encima de la cabeza, en posición de dormido. Tan rápido iba que tardó unos cien metros en sujetar a Repetido, y cuando emprendió la carrera por donde había venido, el caballo desmontado de Maciel, que había frenado y girado imitándolo, lo condujo en una dirección errónea y no lo encontró. No se demoró mucho; pensó que estaría ileso por ahí, pues los borrachos nunca se hacen nada en los accidentes; lo más que le podía pasar era sentir sed, y eso si no había conservado el frasco en la mano después del vuelo planeado. De modo que se alejó al galope; fue un milagro que no se perdiera con tanta vuelta, pero llegó al arroyo. Bajo los árboles había un fuego y dos indios dormitando. Los mandó a socorrer a Maciel, indicándoles aproximadamente la dirección. Por su parte decidió hacer una siesta hasta el amanecer, si no venían a despertarlo antes. Le resultaba curioso que estos desencuentros constituyeran la mayor batalla que hubiera tenido lugar entre naciones indias, pero no estaba para asombros. Su cansancio acumulado hacía crisis. Los truenos lo hacían temblar, los relámpagos parpadear, y la grasa de sus hombros y espalda necesitaba renovarse. Esos dos últimos días había habitado un toldo rectangular, improvisado entre ramas bajas del arbolado del arroyo; al acercarse a él vio que había un semifuego brillando adentro, toda una promesa de sueño abrigado. Apartó la tela que hacía de puerta, dio dos pasos en el interior, con la cabeza zumbando de agotamiento, los miembros flojos... y sólo entonces advirtió que había alguien sentado junto al fuego. No pudo menos que reconocerlo, y por la red de su maltratado sistema nervioso estalló un colmo de confusión.

Allí estaba, y había alzado la cabeza para mirarlo... él mismo, un sosias perfecto, más parecido a él que él mismo pues llevaba sus ropas y fumaba su pipa. Un viajero inglés, un gentleman, mientras él, desnudo y chorreando, debía de parecer el más miserable de los salvajes. Fue inevitable: se puso a balbucear.

—¿Qué está haciendo? —Lo que había querido preguntar era: "¿Quién es usted?".

—¿Usted es el inglés? —dijo el gentleman idéntico a Clarke. Éste asintió, más con la boca abierta que con la cabeza. —Discúlpeme por ponerme su ropa, pero no encontré otra cosa que me abrigara. Ahora se la devuelvo.

—No es necesario.

—Es que ya estoy bien. —Se la quitó.

—Veo que se duerme de pie. Me habían dicho que era parecido a mí, pero no imaginaba que fuera tanto. Mañana hablaremos. —Se puso de pie. El pequeño fuego en el piso creaba sombras sobre las telas que sacudía la lluvia.

—¿Se va?

—¡Hay una batalla ahí afuera! Bastante tiempo he perdido ya.

El otro Clarke se había acercado al primero; su voz sonaba grave, preocupada, casi inaudible bajo el fragor de los truenos:

—La Viuda no me quiere ni ver.

Clarke se dejó caer en el piso, tan atontado que era peor que si ya se hubiera dormido. El otro salió. Él se durmió, profundamente.

Cuando se despertó, todo había terminado. La paz perpetua había sido restablecida, en condiciones lesivas para el honor y las finanzas de Coliqueo, quien corrió a refugiarse entre sus aliados blancos. Cada cacique se llevó su gente, sin darse tiempo siquiera de asistir a los festejos que se organizaron en Salinas Grandes. Clarke se levantó treinta horas después de haberse acostado, solo, en una linda mañana de cielo despejado con el sol brillando por fin sobre la llanura húmeda. De hecho, fue el sol el que lo despertó, porque sus asistentes al marcharse habían desarmado el toldo. A Maciel no volvió a verlo, cosa que no lo sorprendió: así terminan las amistades que se traban de apuro. Estuvo un rato desperezándose y reflexionando. No se sentía molesto porque lo hubieran olvidado, al contrario. Descontando un poco de hambre, estaba en buenas condiciones; Repetido, junto a sus otros caballitos estaba pastando ahí cerca. Daba por terminada la aventura, podía imaginarse perfectamente los resultados, y no le quedaba más que decidir en qué dirección partir. Lo más lógico era ir a Salinas Grandes, pero lo cansaba un poco la idea de ver indios. En fin, ya se vería. Por lo pronto, fue a darse un baño al arroyo, se sacó los rastros de grasa que tenía en la piel, se secó al sol fumando una pipa, y se vistió. Su ropa estaba desparramada en el suelo, lo que significaba que algo del borroso recuerdo que tenía, del desconocido que también era él, no había sido un sueño. Pero podía serlo. Una segunda pipa. Los pájaros cantaban en los árboles. Tomó ociosamente una piedra y la arrojó contra un tronco. Un ratón espantado salió corriendo. Dejó vagar su pensamiento sin orden. Lo que predominaba en su fuero interno era una vaga vergüenza, no tanto de haber andado correteando desnudo y engrasado al frente de locas hordas de salvajes, sino de lo demás, de las cosas improbables que había presenciado y aceptado: patos grandes como personas, degollaciones impromptu, un borracho volando sobre su cabeza, una columna de guerreros jineteando las profundidades de la tierra, un doble que se le aparecía a la medianoche... El hombre, filosofaba, se acostumbra a todo... porque ha empezado por acostumbrarse a tomar por real la realidad. ¿Valdría la pena pescar algo? En las aguas sombreadas del arroyo se dibujaban las siluetas móviles de unos gordos dientudos. Tenía anzuelos en las alforjas, pero podía apostar a que los indios se los habían robado. Bajar un par de gallaretas era más simple en primera instancia, pero tendría que desplumarlas... claro que a los peces también había que descamarlos... La poliginia, las treinta y dos esposas, o por lo menos las diecisiete, podían ser una solución en cierto modo, a veces.

En esas tranquilas cavilaciones se hallaba, cuando oyó un galope aproximándose. Se levantó a ver quién era. Un indio flaco con una tropilla de espléndidos parejeros atrás. Un poco más cerca, y vio que venía vestido. Otro poco, y era Carlos Álzaga Prior con su sonrisa de oreja a oreja, y una oreja vendada. Los dos levantaron la mano al mismo tiempo saludándose, y prorrumpieron en risas nerviosas. Era una alegría verlo, a pesar de todas sus locuras y parloteos; sobre todo porque era una alegría correspondida, sincera. El chico echó pie a tierra de un salto y le dio un abrazo aparatoso, aunque hacía apenas tres días que no se veían.

—¡Vale, vale, salutis, Clarkenius!

—Hola, loco.

—¡No te hagás el frío! ¡Sos un héroe! ¡En todas partes se habla de vos! ¡Sos un Aníbal!

—Callate. Si estuve durmiendo no sé cuánto...

—Te lo merecés. Ni un rasguño, por lo que veo. ¿Te metiste en una vizcachera? Ja ja ja.

¿Y esa oreja? ¿Te la cortaron?

—No, no te preocupes. Exageraron con el vendaje nada más.

—¿Pero qué fue? ¿Un chuzazo? En ese caso, te pasó cerca de las ideas.

—No, qué esperanza. Mirá, me da vergüenza decírtelo. Lo que pasó fue que quise agujerearme el lóbulo para ponerme aro, y al bestia que me metió aguja se le fue la mano. ¡No sabés lo que me sangró!

Clarke levantó los ojos al cielo. Fueron a sentarse al otero entre unas violetitas que, regadas sin parar durante una semana, despedían con vigor su perfume. Ahí fue donde el inglés se enteró de la rendición voroga, de la separación de los ejércitos, de las ceremonias que a esta altura se estarían desarrollando en Salinas Grandes, aunque Cafulcurá seguía sin aparecer. Lo había hecho en cambio Namuncurá, según le habían dicho a Carlos, para hacerse cargo del ejecutivo.

—Entonces ya no me necesitan más —dijo Clarke.

—A vos siempre te van a necesitar, esos cuadrados.

—¿De dónde sacaste tantos caballos tan buenos?

—¡Hubo una repartija fenomenal! Eché mano a unos cuantos pensando que vos, que sos un bohemio, estarías a pie.

Notó que Carlos estaba más agrandado, más desfachatado, se sentía un adulto, un igual con Clarke, al que abrumaba a anécdotas.

—A propósito, ¿no tenés un poco de hambre?

—Bastante. Cuando llegaste estaba pensando en cazar o pescar algo.

—¡Pero no seas primitivo! ¿Estamos en la Edad de Piedra acaso? Traje unas pajaritas asadas, y no sé cómo no me las comí en el camino.

—¿Cómo supiste que yo estaba aquí?

—Me lo dijeron unos indios. Menos mal que les hice caso, a pesar de que te había visto partir para el otro lado.

Cuando volvía con la comida, traía un gesto intrigado:

—¿Me equivoco, o me dijiste que te habías pasado todo el día de ayer durmiendo?

—Así es.

—¿Y cómo es posible, si ayer te vi, en esa carga espectacular entre los gamos?

—¿Los gamos? —Clarke quedó desconcertado un momento.

—¡Te vi clarito!

—¿En serio? Vos sabés... Me parece que tengo un doble.

Carlos lo aceptó enseguida, como lo más natural del mundo. Le contó cómo había sido esa acción, una media luna de jinetes tehuelches que sin querer embolsaron una enorme cantidad de venados. Los vorogas, por supuesto, los tomaron por demonios auxiliares, y dieron media vuelta.

—Justamente allí me encontré con Mallén, y él también lo habrá tomado por vos, porque me dijo: "Este inglés se las sabe todas". Así que un doble... ¿Y de dónde lo sacaste?

—Qué se yo. Apareció aquí, cuando yo estaba por dormirme. Creí que había sido un sueño, pero ahora que me contás eso...

—Es totalmente real, te lo aseguro. Y aunque lo vi de lejos no tuve ninguna duda de que eras vos. La misma cara, el mismo porte, ese aire de cajetilla que tenés, y de sabio al mismo tiempo, de estar pensando en el binomio de Newton...

Se desbarrancaba por la carcajada. Así siguieron un rato. Las aves estaban deliciosas. Hicieron té, y después Carlos se durmió. Dijo que tenía sueño atrasado. Como Clarke lo tenía más bien adelantado, se quedó fumando y mirando el cielo entre el follaje. No tenía ganas de pensar; prefería la voluptuosidad del vacío, al que de todos modos llevaba el pensamiento. Retomó sus ensoñaciones en el punto en que las había dejado al llegar Carlos... ¿En qué estaba? Estaba tratando de decidirse entre peces y aves... Y no había sido necesario decidir: había comido igual. Tuvo una larga meditación sin pensamientos, que fue un momento feliz de su vida, aunque no dejó huellas. Pero le permitió hacer una pequeña rectificación: hasta entonces había tenido al pensamiento por la representación viva del continuo; ahora advertía que ese papel lo cumplía mejor la felicidad. La felicidad era el continuo, el verdadero, el que daba gusto.

Cuando Carlos se despertó (porque siempre hay alguien que se despierta para dar nuevo impulso a una historia), Clarke ya había decidido emprender el regreso a Buenos Aires. Consideraba terminada la aventura, y los hilos que quedaban sueltos realmente no lo inspiraban. Al contrario, encontraba adecuado que algunas puntas permanecieran sin explicación. Ya había tenido bastante, estaba agotado, se sentía una planta, incapaz de emprender acciones nuevas. Puede parecer contradictorio, que alguien sintiéndose una planta tuviera la urgencia de partir, pero en el fondo es natural. El error estaba en otra parte.

—Estuve pensando... —empezó—, y creo que ha llegado el momento de dar la vuelta. Estoy un poco saturado de indios y pamplinas, y si nos hacemos un plan de marcha razonable, en un mes podríamos estar en Buenos Aires...

—En mucho menos también.

—Es que preferiría hacerlo tranquilo, dándome tiempo para descansar, incluso para hacer algunas observaciones... Aun así llegaríamos para el comienzo de las clases, de modo que tus padres no se incomoden.

—¡Por eso no te preocupes!

—Dejá que me preocupe por lo que me parezca. ¿Qué tal la idea?

—Clarke, ya sabés que estoy incondicionalmente a tus órdenes. Lo único que lamento es que no hayas encontrado a tu liebre.

Una irritación instantánea sacudió al inglés:

—Si no fueras tan, tan inconsciente, diría que sos un cínico. No entiendo cómo tenés cara para reprocharme lo de la liebre, cuando vos que viniste para pintar no hiciste el más miserable croquis, y...

—¡Me llevo la pampa en las retinas, que es lo importante! ¡Qué sabrás vos de arte! ¡Los ingleses nunca han pintado nada que valga la pena!

—... y de tu famosa Yñuy te olvidaste más rápido que ligero.

Se arrepintió mientras lo decía, pero el chico, en la sorpresa, no atinó a resentirse:

—Es cierto, Yñuy... Te juro que me había olvidado.

—¿Viste?

—Pero la busqué, vos sos testigo. ¿Qué puedo hacer si no la encontré?

—Hace quince días querías casarte, ahora te da lo mismo.

—¡No, lo mismo no! Si la encontrara, la seguiría amando...

—No hables de amor, que me da risa.

Se quedaron en silencio, enfurruñados.

—Mirá, Clarke, hay que decir la verdad: sos medio hijo de puta. No tenías derecho a decirme eso.

—Perdoná.

—Sí, "perdoná", "perdoná", pero me lo dijiste.

—Te lo merecías. —Como era evidente que así no iban a ningún lado, prefirió cambiar el nivel de la discusión:

—No te preocupes. Después de todo, fue ella la que se escapó. ¿No la habrás embarazado vos, no?

—¡Cómo se te ocurre! Cuando la conocí estaba de ocho meses por lo menos.

—¿Tanto? Una panza... ya lo tuvo, quién te dice. Por ahí lo dio en adopción.

—No creo.

—Es increíble el poco cuidado que tienen los mapuches con sus recién nacidos. Ellos, que pasan por los defensores de la raza humana, pierden a sus críos sin pestañear.

—Yo diría lo contrario, sin dudar de tu sapiencia. Me parecen muy cariñosos con sus hijos.

—Es cierto, pero yo me refería a la identidad, cuando recién nacen.

—Ah, pero para eso están las marcas de nacimiento.

—¿Eh?

—Las marcas. ¿Vos no tenés? Yo tengo una en el... en la nalga, un lunarcito en forma de liebre corriendo. Ahora en la guerra, cuando andaba en... pañales digamos, se me veía, no sabés cómo se fijan los indios, qué observadores son.

Clarke olió una tomadura de pelo, pero la dejó pasar.

—Yo también tengo una marca de nacimiento —dijo por decir algo—. Aquí, entre los ojos. No se me ve porque soy cejijunto.

—A ver —dijo Carlos acercándose.

—Apenas si se nota. Es una V cerrada, algo más clara que la piel.

—Pero sí, hombre, se ve perfectamente. Parecen las orejas de una liebre.

El inglés estalló:

—¡Y dale con la liebre! ¿Me lo hacés a propósito?

El chico se apartó riéndose, y al cabo de un momento, con la vista a lo lejos, murmuró:

—Yñuy es una chica muy dulce.

—¿Es bonita?

—Preciosa. Te habría encantado.

—Quizá la encontremos todavía.

—Yo pregunté en todas partes...

Una pausa.

—¿Nos vamos, entonces?

—Y... vamos. La verdad, no sé qué estamos haciendo aquí. ¿En serio no querés ir a Salinas Grandes?

—Ni loco. Además, estamos lejísimos.

—¡Clarke!

—¿Qué pasa? No pegues esos gritos, que me vas a matar de un susto.

—¡Nos olvidábamos de Gauna!

—Mejor. A ése mejor perderlo que encontrarlo.

Montaron. Como Carlos seguía acordándose del baquiano, Clarke le contó mientras marchaban al paso lento la historia de los Gauna Alvear, y las interpretaciones del gaucho.

—No me negarás que es ingenioso —dijo el chico cuando su amigo terminó el relato.

—Eso es lo peor.

Caía la tarde. Se cruzaron con unos indios. Los indios con otros indios... Para no hacerla larga: al día siguiente Gauna estaba con ellos y habían invertido la dirección de la marcha: volvían hacia el sudoeste, adonde el baquiano quería. Un cambio de viento tan repentino exigía una explicación.

—¿Por qué le hiciste caso? —le preguntaba Carlos (habían reasumido el orden de marcha habitual, el de preguerra, ellos dos atrás, Gauna cincuenta metros adelante para no oírlos).

Clarke no respondía.

—¿No ves que sos un veleta? A mí, que soy tu amigo, me decís una cosa, viene éste y...

—Yo a todos les digo lo mismo: sí. ¿Qué nos cuesta acompañarlo? En tres o cuatro días él se saca el gusto, damos un paseo, conocemos... y nos volvemos los tres a Buenos Aires, tan campantes.

—No, viejo. Vos me ocultás algo.

—Si querés que te sea franco, hay dos cosas: primero, que tengo ganas de conocer esa famosa Sierra de la Ventana; segundo, que la Viuda realmente puede estar metida en la historia de Gauna, y en ese caso vamos a conocerla.

—¿Y quién quiere conocerla?

—Yo, por ejemplo. Mirá si de veras es la media hermana de él.

—Qué va a ser.

—Todo es posible, Carlos.

—¿Y eso en qué la vuelve especial? Mirá si se parecen. Mirá si tiene el mismo carácter podrido y nos hace degollar.

Clarke se encogió de hombros. Contraatacó con lo siguiente:

—Lo único que me dijo Gauna fue que se había enterado de que la Viuda encontró por fin una chica a la que hacer pasar por su hija, ya sobre la fecha, y se dirige a marchas forzadas a la Ventana a celebrar el supuesto cumpleaños. Ahí debería recibir, de manos del desconocido mapuche que la guardó durante todos estos años, una gema que va a liberar la herencia con la que Gauna será un Rotschild, si llega a tiempo. De acuerdo: es la fantasía más improbable del mundo. Pero él va a ir de todos modos, con mi compañía (que le conviene, dice, por Repetido, el salvoconducto equino) o sin ella. Ahora decime, poniéndote una mano en el corazón: si a vos te hubieran contado ese cuento, disparatado y todo, y te diera lo mismo ir o no ir, ¿no habrías sentido curiosidad? Decí la verdad.

Carlos soltó su fresca risa de niño:

—Sos un genio, Clarke. Siempre me convencés.

—Ay, Dios Santo, no puede ser...

—¿Qué?

—¿Ves lo que yo veo?

—Uy, tenés razón. Tu amigo el vagabundo. ¿Va o viene?

Clarke, levantando la voz:

—¿Lo ve, Gauna?

—Sí.

Parecía quieto en el horizonte, un punto fijo. El inglés se propuso no despegar la vista de él, porque quería saber cómo desaparecía. Lamentó que la hora todavía no tuviera estrellas para hacer una triangulación. Con el sol, que se movía, era inútil. Los guerreros a los que había conducido durante las operaciones siempre decían haberlo visto en los últimos días, pero por un motivo u otro nunca lo habían visto en ninguna parte que no fuera el horizonte. Siguió mirándolo hasta que desapareció. Fue un instante, y ya no estaba. Pero, ya fuera una ilusión visual o una fantasía de la mente, en ese instante le pareció notar un sutilísimo solapamiento: no como si el horizonte se acercara, que habría sido lo normal, sino como si todo el inmenso plano de la llanura se cambiara por otro, lo que era absurdo. Se quedó pensando.

Gauna había aportado una decena de caballitos, con lo que la tropilla que llevaban a la zaga era una multitud. En cuanto a víveres, tenían para semanas, de modo que no necesitarían molestarse en cazar. No encontraron a nadie esa primera jornada de marcha, pero la siguiente sí; almorzaron con una bulliciosa banda de indios que cazaban, y faltó poco para que se vieran obligados a cenar con otra. Lo evitaron con la excusa de grandes prisas, e hicieron noche en uno de los sitios más encantandores que el inglés hubiera hollado en su vida, o así le pareció: un arroyito, algo crecido por las lluvias, pero delgado en sí, rodeado de vistas minúsculas que se multiplicaban con exquisita variedad. Con las últimas luces de la tarde y las primeras de la mañana juntaron ágatas y jaspes, admiraron miles de lirios amarillos, oyeron cantar a los pájaros, caminaron largamente por las orillas, y se bañaron dos veces por falta de una, antes de cenar y antes de desayunar. El sueño, con nanas de ranas, fue reparador.

Al día siguiente el clima estaba radiante. Gauna se fue adelante, como hacía siempre. No habían andado ni media hora cuando Carlos levantó la vista y dijo:

—¿Qué son esas... acumulaciones de tierra?

No se atrevía a decir "montañas", tan fuera de lugar parecía siempre la suposición en ese ambiente.

—Son montañas. Y creo... —Alzando la voz: —Gauna, ¿son las Sierras de la Ventana?

—Sí —dijo el gaucho sin darse vuelta.

—Son.

—O sea que ya llegamos.

—No tanto. Están lejos.

Asomaban apenas del horizonte, una línea constante del más luminoso azul. Marcharon un rato en silencio, la vista fija en ellas a veces, a veces perdida en la nada.

—Ahora que me acuerdo, Clarke —dijo Carlos—, tenés que terminar el cuento que me empezaste el otro día.

—¿Qué cuento?

—Bueno, "cuento" es una manera de decirlo. Era la historia de tu amor.

—¿...?

—¿Pero no te acordás? Lo de Rossanna...

—¿Yo te conté eso? —preguntó Clarke sinceramente alarmado.

—Claro que me contaste. Fue antes de la guerra.

—No me acordaba.

—Y lo dejaste por la mitad.

—Por algo habrá sido.

—Te juro que no fue por culpa mía. Hubo alguna interrupción, no sé cuál. No me dirás que no ha habido interrupciones.

—En efecto, sobraron. ¿Pero estás seguro...? Lo tengo totalmente borrado de la memoria. Pero al oírte pronunciar el nombre de ella... No es que dude metódicamente de tu palabra, pero es un fragmento de mi pasado que hasta este momento había creído guardado en el mayor de los secretos. A veces he pensado que es la clave de toda mi vida. En cierto modo me alegro de haber confiado en vos, aunque no lo recuerde.

—Hay ocasiones en que no te entiendo, Clarke.

Clarke se había hundido en un profundo pozo de reflexiones, y su expresión se había cubierto de un velo sombrío. Carlos no insistió, pero al cabo de un rato de avance silencioso volvió a preguntarle:

—¿Me vas a contar, entonces?

—¿Eh? ¿Qué?

—Tu historia con Rossanna...

—Rossanna murió.

—Lo siento muchísimo. Pero ya me lo imaginaba, por el modo en que habías encarado el relato.

—Vas a terminar por convencerme de que te lo conté de verdad. ¿No habré hablado en sueños?

—Mirá, si no querés no me cuentes nada.

—No, perdón. ¿En dónde había quedado?

—Después de todo este prolegómeno, te parecerá ridículo que te diga que no me acuerdo, pero han pasado tantas cosas que creo tener alguna disculpa. Recuerdo a ese negro, ¿cómo se llamaba? ¿Mandango?

—Callango. ¿También te hablé de él?

—¡Acabala con eso, por Dios! Me lo contaste todo, en el estilo clásico. Dejame pensar. —Se acarició el mentón imberbe. —Habían sufrido un ataque de los indios, Rossanna había desaparecido, vos y el padre de ella, el Profesor...

—Haussmann.

—Exacto. La buscaban. Ahí quedamos, creo, cuando iban al glaciar.

—¿Te conté lo del glaciar?

—Andate a la mierda. Me voy con Gauna.

Espoleó el caballo, y se habría adelantado si Clarke no lo retenía con un pechazo de Repetido, que era una luz para esas maniobras.

—Perdón, perdón. Prometo no decirlo más. De ahora en adelante haré como si te lo hubiera contado todo, que seguramente es lo que hice. Cuando el Profesor y yo volvimos adonde había estado el campamento, en el que nos habían caído encima unos indios de pésima catadura y peores intenciones, no encontramos a Rossanna ni a Callango; en un primer momento no hice la conexión entre ambos nombres, y si la hubiera hecho habría sido para alumbrar una débil esperanza, porque él, después de todo, era miembro de nuestra expedición. Incluso el hecho detestable de que la amara podía motivarme. Habíamos pasado muchas horas huyendo en un estado extremo de tensión, y caía el crepúsculo más tormentoso, plúmbeo y siniestro que haya habido. Los dos, agotados, desesperados, tuvimos la idea de ir a los sitios que, respectivamente, más amábamos. Yo a un bosque de mirtos, al que arrastré al Profesor; y él, después de comprobar que su hija no estaba entre los árboles, me condujo a su glaciar. Yo lo seguí como un autómata.

Aquí Clarke hizo una pequeña pausa. En algún rincón de su inconsciente debía de recordar que era el exacto punto en que había interrumpido su narración antes. Siguió en otro tono, con una voz baja y conmovida que dio cierta verosimilitud al extraño y horrible suceso con que había terminado todo:

—A un lego el glaciar se le presentaba como una venerable y amenazante montaña de hielo negro, inaccesible por naturaleza, que además se movía, lo que le agregaba una nota sobrenatural. Algo para mirar de lejos y marcharse a contarlo. El Profesor en cambio había pasado semanas "dentro" de ese prodigio. No es que se hubiera metido en el hielo, por supuesto; se había metido en el sistema de su formación, de su movimiento, lo había sopesado, auscultado, lo había "cabalgado" largamente. Con sus indios, ahora muertos, y con el deplorable Callango, todavía, ay, vivo, había trepado a la cornisa superior a tender sus plomadas y colocar sus metrónomos. Calzados con gruesos portabotas de fieltro habían pasado horas en la cresta, cronometrando el desplazamiento del frontón de hielo. El Profesor se había habituado a considerar aquella cosa nefasta como un ente de razón, y eso lo movió aquella tarde. Necesitaba apaciguar su angustia con una imagen de índole científica, aunque toda la ciencia la hubiera puesto él. Hubo un inconveniente menor: no lo recordaría si no fuera porque todo lo que pasó entonces me quedó grabado a fuego. Fue que el Profesor se extravió. No tuvo consecuencias, porque la desgracia ya había sucedido sin que lo supiéramos. Durante unos minutos caminamos al azar, él preguntándose dónde se había metido el glaciar, yo atrás sin pensar nada. Reaccioné y lo guié. Casi no se veía, no porque fuera tan tarde sino porque una nube completamente negra había comenzado a bajar y se cernía sobre nosotros, ya con rumor de tormenta. Empezó a soplar un viento huracanado cuyo roce con los montes producía aullidos. En cualquier momento se descargaría la lluvia, y no teníamos dónde meternos, pero eso era lo de menos. Al fin salimos de entre los árboles, al espacio abierto por donde se extendía el cauce de hielo y rocas. Frente a nosotros se alzaba la mole oscura del glaciar, a la que no alzamos la vista, pero sentimos de todos modos la proliferación de oscuridad que brotaba de ella, su indiferencia; y oímos nuevos sonidos escalofriantes que arrancaba el viento de sus anfractuosidades afiladas, y una resonancia profunda, de masa sonora. En ese momento sucedió algo que habrás observado, es cierto que muy rara vez, en un crepúsculo tormentoso. El sol, que parecía haberse puesto hacía una hora por lo menos, en realidad todavía estaba bajando hacia el horizonte. Y allí, muy bajo, había una franja más o menos despejada de nubes. De modo que sin moverse ni alivianarse el océano de plomo que teníamos sobre nuestras cabezas, de pronto apareció, rasante y teatral, una luz enérgica y suave a la vez, y un rayo de sol, un rayo que atravesó los laberintos de las montañas y el aire cargado de vientos horrísonos, fue a dar en el glaciar, lo iluminó, sobre un fondo de negruras casi uniformes, como un diamante... Entonces la vimos. La vimos durante todo el tiempo, no más de un minuto, que duró esa extravagante luz de sol, y yo he seguido viéndola desde entonces cada día, como un epifenómeno de la luz, de cualquier luz. El cuerpo blanco y desnudo de Rossanna estaba incrustado en el glaciar, unos dos metros debajo de la cresta, es decir, a unos treinta metros del nivel del suelo. En nuestras mentes confusas y agotadas, pareció un simple milagro espantoso, más allá de cualquier explicación. No obstante, comprendí lo que había sucedido. El cerebro desarreglado de Callango había ideado aquella macabra muestra de amor. Con una habilidad que podía parecer prodigiosa, y que en cierto modo lo era, al modo de los prodigios de la locura, el negro había descendido con cuerdas desde la cornisa, había cavado a pico el nicho en el hielo, había metido en él al cadáver de Rossanna, y lo había rellenado con agua que, a esa temperatura, había fraguado en minutos. He pensado mucho en esto, durante años. Supongo que él habrá dicho: si no es mía, no será de nadie, será del gran diamante, congelada, intacta por toda la eternidad... Trabajos de ese tipo, con cuerdas, picos y cubos de agua, los había hecho repetidas veces por cuenta del Profesor, de modo que no podía asombrarnos que supiera hacerlo. La luz comenzó a borrarse, el sol se ponía, ahora definitivamente (este adverbio, en sentido lato, en lo que concierne a mi corazón), dedos ávidos de oscuridad nos quitaban de los ojos la aparición. El Profesor soltó un grito y alzó una mano señalando: por la cresta del glaciar, dibujado ya en una confusa silueta, gris sobre negro, se deslizaba Callango, con un rollo de cuerdas bajo el brazo. Nos había visto, y corría a ponerse a salvo por el lado más lejano. Levanté el rifle, que desde hacía horas llevaba aferrado y olvidado en una mano, y disparé casi sin apuntar. Debo decirte que lo hice como un gesto automático, sin ninguna esperanza de acertar, a cuatrocientos metros como estaba del blanco, porque era un pésimo tirador, tan malo (nunca había acertado un solo tiro) que más de una vez había pensado si no habría en mí alguna resistencia psíquica a aquel ejercicio. Pero he aquí que apenas sonó el tiro la silueta simiesca del negro se detuvo, vaciló un instante, y cayó por el borde de la pared. Creí oír, con cierta melancólica satisfacción, el ruido del cuerpo al estrellarse en el suelo. Entre paréntesis, te diré que desde entonces mi puntería ha sido infalible. No creo haber desperdiciado un tiro en quince años. En fin, misterios del alma humana. La noche había caído, y la tormenta postergada se desató. Comenzó a caer sobre nosotros una lluvia espesa, arremolinada en los vientos salvajes, cruzada de relámpagos. Uno de ellos me mostró el rostro del profesor, en el que no había pensado en los últimos minutos: era la máscara de alguien cayendo al abismo. Lo tomé por los hombros y lo arrastré hacia el bosque, donde esperaba hallar algún abrigo. No fue así, y el peligro de muerte que corríamos aumentó. Los mirtos se sacudían con espasmos de látigo, el bosque entero parecía a punto de ser arrancado de cuajo y sepultarnos. Cuando salimos de él, a la carrera, vimos grandes pinos desprendidos de la tierra, peñascos de nieve que volaban de montaña a montaña, y las aguas del lago irguiéndose en rugientes olas negras, una de las cuales llegó hasta nosotros y nos hizo rodar... Corrimos, locos, desesperados, y en mi cabeza se sucedían algunos vagos proyectos en los que encontraba un remoto alivio: esperar a la mañana, ir a recuperar el cuerpo de Rossanna, darle sepultura, llorar, cualquier cosa. Pero hasta los proyectos, en una apoteosis del horror, quedaron descartados cuando se produjo una nueva catástrofe en la que los elementos mismos tomaron el partido de mi desdicha. A un trueno incomparablemente más fuerte que todos los que se habían sucedido sin interrupción, siguió la pesadísima descarga de un rayo. Miramos en esa dirección. Nuestra carrera a tientas nos había llevado a un sitio desde donde pudimos verlo: el rayo cayó sobre el glaciar, que se destrozó entre un cósmico fragor de vidrios rotos. Miles de toneladas de hielo cayeron unas sobre otras. Pensé en Rossanna. El Profesor era un guiñapo que apenas si podía dar pasitos acartonados. No recuerdo mucho más de esa noche terrible. Sí que corrimos, deshechos todos los refugios, y sobrevivimos al día siguiente de lluvia y vientos, y terminamos en los toldos de cuero de unos indios que nos habían recogido agonizantes de frío y extenuación. Nos repusimos, al menos en el cuerpo, y realizamos un largo viaje harapiento que terminó en Buenos Aires, y de ahí en una goleta a Southampton; el Profesor no había recuperado la palabra, ni el uso pleno de sus facultades mentales, y falleció en mis brazos pocos meses después, en su casa del Surrey. Mi vida... bueno, podría decirse que siguió. Estudié, me hice naturalista...

El esfuerzo del relato lo había dejado agotado, trémulo. El agotamiento constituía en este caso toda una estética, habida cuenta de que era el estado permanente en que se había movido su personaje, o sea él mismo, en la narración. Le corría el sudor por la cara, por el cuello, lo llenaba de escalofríos en la mañana calurosa. Carlos estaba impresionado.

Prueba de ello es que se había quedado sin palabras. Cuando pasó el pico de la emoción, Clarke mismo entendió este silencio: hablar del amor, de la locura, de la muerte, era innecesario. Sólo quedaba el destino. Pero el destino era algo demasiado amplio, tenía cierto parentesco con el continuo. Comprendió un sentimiento remanente que lo había acompañado en sordina durante todo su discurso, un ligero malestar que no había acertado a localizar. Era que antes de empezar el cuento, o lo que faltaba contar, habían hablado de las interrupciones. Eso no estaba bien, no era correcto. Las interrupciones no existían. Se lo habría dicho de inmediato a Carlos, pero no quiso interrumpir sus reflexiones, que debían de tener algo de edificante.

Al mediodía cruzaron un encantador arroyo. Gauna los sorprendió afirmando que era el mismo en el que habían pernoctado, que describía un arco. Podía ser cierto o no. Hicieron un alto en su arboleda para almorzar.

—Dígame una cosa, Gauna —le dijo Clarke cuando terminaron de comer—, ¿cómo puede estar seguro de que encontraremos a la Viuda? Es obvio que, aunque sea poca, nos llevaba ventaja. ¿No existe la posibilidad de que haya hecho lo que tenía que hacer en la Sierra, y se haya marchado? No encontraríamos más que unos fogones fríos.

—Sucede que mañana, nueve de marzo, es una fecha importante en nuestra familia. Es el cumpleaños de mi abuelo (cumpliría cien años, si viviera), de mi madre, y también el mío.

—Qué increíble coincidencia.

Carlos se había entusiasmado:

—¡O sea que mañana es su cumpleaños, Gauna! Nos hubiera avisado con tiempo. Ahora no creo que podamos comprarle un regalo.

No hubo respuesta.

Atardecía cuando llegaron a las sierras, que por supuesto, vistas de cerca no eran azules, y mucho menos una línea ondulando sobre el horizonte. Eran un terreno accidentado en el que la marcha se les hizo penosa a los caballos. Se introdujeron entre las montañitas un poco al azar. Clarke había esperado vagamente que el famoso cerro agujereado se presentara a sus ojos de inmediato, pero no sería tan fácil. Aquello era muy extenso, con cientos de picos entremezclándose en un dédalo. Un arroyo, o más bien río, pues tendría cien metros de ancho, los obligó a cambiar de rumbo; no valía la pena tomarse el trabajo de vadearlo a nado si no estaban seguros de que su meta estaba del otro lado. Habían subido todo el tiempo, y ahora olían un aire diferente, que actuaba sobre el sistema nervioso con efectos euforizantes. No había un solo árbol. El silencio era completo. Algunos pájaros se desprendían de los flancos de los cerros y planeaban un rato sin emitir sonido. Recortados contra el cielo en unas alturas separadas de ellos por un cordón de sierras bajas vieron correr, en la mudez de la lejanía, un interminable rebaño de ciervos. El paisaje tenía algo de cordillera de cartón, pero agigantada, lo que resultaba en la impresión de que eran ellos quienes habían sido miniaturizados. El sol había quedado oculto no bien se internaron en la serranía, y ya debía de estar pasando la línea del poniente, porque la luz se hizo azulada, después gris, mientras unos bonitos fragmentos lila flotaban apaciblemente en lo alto. Gauna miraba a los costados con tanta curiosidad como los otros dos: como ellos, era la primera vez que visitaba la sierra. Los tres estaban igualmente perdidos. Clarke pensó que sería un absurdo insuperable que llegara y pasara el día señalado, y ellos no encontraran el famoso cerro de la Ventana. Carlos debía de estar pensando lo mismo, pero no hizo ningún comentario porque en el nuevo terreno iban los tres juntos, y Gauna no parecía de buen humor. Era raro que no se hubiera hecho dar datos precisos. ¿Habría pensado que el agujero sería visible desde todas partes? Clarke se dijo que quizá ni siquiera era visible desde el pie de ese mismo cerro; quizás era cualquiera de éstos que flanqueaban.

Quizá no era ninguno; la serranía parecía extenderse indefinidamente. Por lo pronto, ya era de noche, y como en el terreno escabroso no convenía transitar sin ver bien, acamparon en una hondonada a la que rodeaban casi por entero unas abruptas sierras cónicas. La jornada había sido fatigosa; esta última etapa la habían prolongado más de lo habitual, hasta la noche oscura, y como además al día siguiente tendrían que madrugar si querían tener chances de hallar lo que buscaban, hicieron brevísima la cena, sin más conversación que la necesaria para que no pareciera que estaban enojados, y se durmieron.

La mano de Gauna sacudiéndole el hombro despertó a Clarke. Era plena noche, quién sabe qué hora inadecuada para despertarse. Su reloj fisiológico le dijo que había dormido varias horas. Le faltaban otras tantas, con seguridad, pero aun así estaba razonablemente lúcido, lo suficiente para pensar que Gauna había tenido un buen motivo para despertarlo. Se incorporó y miró a su alrededor. Era de noche, pero estaba muy claro: había luna llena. El gaucho no parecía tener ganas de hablar. Todo estaba quieto y callado, y el claro de luna producía un extraño efecto sobre esa orografía de altibajos... un efecto un poco demasiado extraño, como advirtió tras unos segundos. Se preguntó a qué se debería. No era una iluminación uniforme: había áreas muy claras, otras sumidas en la sombra, y más allá otras de vuelta claras. Al dirigir la vista, que había tenido alzada hacia las sierras lejanas, al sitio donde estaban, notó que se hallaban en el centro de un círculo irregular de blancura. Era un efecto "reflector", impropio en un astro como la luna. Entonces se volvió a mirarla, y lo que vio fue tan inexplicable que quedó cerca de medio minuto en un estupor idiota. La luna *se transparentaba* al otro lado de una alta montaña cónica que tenían a menos de un kilómetro de ellos. Eso era imposible. Echó un vistazo a Gauna, de pie a su lado (él seguía sentado en el apero, girando el torso) con la mirada fija en el mismo punto. Una asociación de ideas vino en su auxilio. Cuando volvió a mirar la amarillenta cara de la luna, ya había comprendido de qué se trataba: por un feliz azar, la estaban viendo a través de la Ventana. En la duración misma de la atónita contemplación la luna se desplazó, y el círculo de luz en la tierra lo hizo también, acercando a ellos su borde oscuro. La Ventana los había encontrado a ellos, lo que resultaba muy conveniente.

—Voy a ir ahora mismo —dijo Gauna sin bajar la vista.

—¿Quiere decir que va a escalar?

—Me gustaría estar allá arriba al amanecer.

—¿No será peligroso hacerlo en la oscuridad?

—Aquella ladera —dijo Gauna señalando a la izquierda— parece accesible, y dentro de unos minutos le va a dar la luna de pleno.

—De acuerdo —dijo Clarke decidiéndose—. Vamos a despertar a Carlos.

—¿Van a subir ustedes también?

Eso Clarke lo había dado por supuesto todo el tiempo.

—Si vinimos hasta aquí... —se limitó a decirle. Se puso las botas y fue a despertar a Carlos. Le explicó el descubrimiento que habían hecho. La luna ya había abandonado el agujero y aparecía por un costado de la sierra, impidiendo que el joven verificara por sí mismo lo que le decían. No dejó de manifestar sus dudas. ¿No habría sido una alucinación, lo que los ingleses llamaban un *wishful thinking*? Le aseguraron que no.

Partieron de inmediato, sin más trámite que el de recoger la escopeta Clarke, y Gauna, un papel doblado que era su documento de identidad. Esto último resultaba un tanto patético. Escalar una montaña a la medianoche para reclamar una herencia era llevar un poco demasiado lejos la codicia. A los caballos los dejaron donde estaban: no tenían motivo para escaparse, salvo que se les apareciera un puma, y eso era una contingencia inevitable. La excitación, la hora, y la falta de carga les pusieron alas en los pies. Antes de que se dieran cuenta ya estaban subiendo, de lo que sí se dieron cuenta sus pulmones. Era increíble la población que albergaban esos faldeos: lechucitas, cuises, zorros, murciélagos, tatúes se escabullían frente a ellos casi a cada paso. Era un paraíso de la caza menor; la escopeta le escocía en las manos al inglés, que había decidido respetar la sugerencia de Gauna de no hacer ruido, no tanto porque creyera como el gaucho que los hombres de la Viuda estaban allí, cuanto por darle gusto. La luna blanqueaba, servicial, cada mata de pasto. Cuando alzaban la vista, la pendiente parecía excesiva. Se diría que una vida no sería suficiente para llegar a la cima. Pero al dirigir la mirada hacia atrás los sorprendía todo lo que habían subido. Ya sentían la presencia de la montaña bajo sus pies, esa incomparable sensación de masa que tanto contrasta con el abstracto trajinar de la llanura. No hablaron, porque el resuello se había hecho caro.

La luna se alejaba y parecía subir. Los ponía en foco. Se percibían a sí mismos casi infinitamente pequeños, pero también gigantes montando las ocultas microscopías de la sierra. La luz de la luna era rechazada por los sólidos, que permanecían oscuros. Todo era dualidades. Incluso lo alto y lo bajo. De pronto estaban altísimo. Habían estado escalando sin cesar unas tres o cuatro horas. La luna seguía en el cielo, un poco más pequeña quizá, con una forma algo distinta, como si la vieran de Costado; con la vía láctea pasaba lo mismo. En cuanto a la forma de la montaña en sí, a esa altura daba lo mismo que fuera una montaña o cualquier otra cosa. Clarke recordaba haber visto desde abajo un cono casi perfecto, de base muy ancha, tipo pirámide egipcia. Desde arriba, era apenas un terreno monstruosamente desnivelado. Probablemente al llegar a la cima volviera a primar la perspectiva geométrica, pero lo dudaba. Además, la noche lo transformaba todo. Carlos se había adelantado un poco, más liviano que sus compañeros, que ya tenían las piernas de plomo. Gauna quedó atrás, dando sus buenos resoplidos. Algo los sorprendió de pronto, y fue un matiz diferente de oscuridad. Era simplemente que la luna se había ocultado detrás de una sierra bastante lejana: otro signo de la distorsión con que estaban considerando las cosas, ya que un momento antes la habían creído justo encima de sus cabezas, y probablemente allí estuviera. Ahora la luz provenía de los bordes de aquella sierra, que irradiaba una fresca blancura como un velador. Pero veían menos lo que pisaban.

De esto último no tuvieron mucho tiempo para lamentarse, pues varias sombras humanas saltaron sobre ellos y los inmovilizaron contra el suelo en un abrir y cerrar de ojos. Gauna conservó su altivo mutismo, pero los otros no se privaron de dar unos gritos. Y resistirse, lo intentaron los tres, sin éxito. Les sujetaron las manos a la espalda y los pies por los tobillos con esas tiras de cuero a las que más valía resignarse, y envainaron las dagas con las que les habían abanicado las gargantas en forma intimidatoria. Una vez atados, los atacantes se sentaron a reponerse de la fatiga, se pasaron un frasco con alguna bebida aguardentosa cuyo olor se difundió en el aire, y se pusieron a conversar. Las víctimas escuchaban con atención.

—Ahora —decía uno— vamos a tener que llevarlos a upa.

—¿Por qué? —preguntaba otro como si no fuera evidente.

—Porque les atamos los pies también, por eso.

—Tenés razón —decía un tercero, o cuarto, como cayendo en una verdad que nunca se le habría ocurrido a él solo.

Otro, seguramente el que había sido de la idea de atarles los pies, salió en defensa del procedimiento:

—Primero, así no pueden salir corriendo. No estaríamos sentados tan tranquilos como estamos, pasándonos el frasco, si tuvieran los pies sueltos y tuviéramos que vigilarlos. Segundo, pueden darte una patada...

—Una vez un tipo que yo había atado por los pies me dio un rodillazo, así que ya ves que no es tanta garantía.

—Eso es rarísimo, y sólo te podía pasar a vos...

—No, un momento...

La discusión tomó caminos más personales. Pero no incluía elementos de los que pudiera deducirse la identidad de estos indios. Hablaban una silvestre mezcla de lenguas de la zona; Clarke había dado por sentado que eran hombres de la Viuda. Los vieron apenas como siluetas confusas, hasta que la luna volvió a salir por la otra ladera de la sierra que se alzaba a lo lejos. Eran unos salvajes comunes y corrientes, bastante engrasados. Se pusieron de pie no bien volvió la luz, les quitaron las correas de los pies (los habían maneado como a caballos ariscos, en suma, para hacer un alto) y los conminaron a subir delante de ellos. Eran cuatro nada más, lo que habría sido motivo suficiente para avergonzarse, si no hubieran tenido la excusa de que habían venido distraídos. Había ocurrido lo que temían: los habían atacado. Pero la desgracia tenía una ventaja: los asaltantes los llevarían directamente adonde se proponían ir, a la presencia de la Viuda, quien quizá tendría la gentileza de hacerles desatar las manos, con lo que no se habría perdido nada.

Subieron un buen rato, siguiendo un sesgo que nunca habrían descubierto librados a sus medios, por lo menos de noche. No se dirigieron la palabra, pero fueron todo el tiempo en posición de hacerlo. No había nada demasiado agresivo en todo el asunto. Los raptores parecían bastante feroces, pero no podía ser de otro modo, era su posición, sencillamente. En cierto punto, bastante escarpado, se detuvieron. Dos quedaron al cuidado de los prisioneros, otros dos salieron a la carrera y volvieron ceremoniosamente con un tercero que miró a los tres recién llegados a la cara, en especial a Clarke, y al fin les dijo:

—La señora vendrá a verlos en unos minutos, si puede.

Esta última condicional encerraba mucho del espíritu indígena. Antes de retirarse, el individuo les pidió a los otros que los desataran.

—Fue un exceso de prudencia. En realidad sólo debían conducirlos.

—Somos totalmente pacíficos —dijo Clarke.

—Eso jamás lo habría puesto en duda, señor —dijo el indio al tiempo que se retiraba.

Los tres blancos fueron desatados, y los cuatro indios que los habían traído hicieron algo menos que comentarios, unas risitas, y les ofrecieron de beber. Clarke dijo que no, pero como Gauna tomó un trago, se decidió a hacerlo él también. Estaba tranquilo, y hasta ligeramente divertido por la nerviosidad de su baquiano. Pensó en lo que sería encontrarse con una media hermana a la que nunca había visto; creía que debía de ser más raro todavía que encontrarse con una hermana completa. Porque en este último caso el encuentro colmaba la presencia, mientras que al tratarse sólo de la mitad de un parentesco, la mitad faltante proyectaría una sombra... Se perdía en reflexiones bastante fuera de lugar. Estaban los tres sentados contra una roca, cómodamente; Clarke en el medio, el sudoroso y agitado Gauna a su derecha, Carlos a su izquierda. Notó que el chico cabeceaba.

—Si tenés sueño —le dijo—, podés dormir.

—Ni loco. Por nada del mundo me perdería el encuentro de Gauna con su hermana.

Clarke se sintió obligado a volverse a su compañero de la derecha y decirle:

—Si prefiere verla a solas...

—No.

Los indios se habían apartado y estaban conversando en voz baja. La luna había pasado por diversos avatares, y ahora estaba sobre la sierra, no porque hubiera dado un salto en el cielo, sino porque en el último tramo, el que habían hecho atados, ellos habían recorrido el borde de una imaginaria sección cónica inclinada, al punto de quedar casi del otro lado. Un extenso paisaje se abría frente a sus ojos: un inmenso recinto de aire oscurecido, con algunas laderas a los costados brillando como plata, y encima y en el fondo un profundo negro. Pero ese fondo se volvía, bien mirado, una suerte de corredor, como el primer plano, a cuyos lados había sierras iluminadas, que no eran otras que las observadas en primer lugar, en una vaivén paisajístico nocturno que confundía agradablemente.

El sujeto que había estado antes volvió, en compañía de una figura femenina; supieron que no era la Viuda, aunque en la media luz se la veía mal. Era demasiado alta, demasiado formidable. Los tres hombres se pusieron de pie respetuosamente. El indio se quedó atrás después de cambiar unas palabras con la mujer, que siguió adelante sin detenerse. Cuando estuvo muy cerca, y la luna bañó sus rasgos hermosos y altivos, Clarke la reconoció con la misma emoción que había sentido tiempo atrás al verla por primera vez. Era Juana Pitiley, la legendaria esposa de Cafulcurá. La aventura tomaba un rumbo por entero diferente del esperado. Cuando los tres pensaron que iba a hacer alto, tuvieron la sorpresa de ver que seguía avanzando. Lo hizo hasta quedar a centímetros de Clarke, al que miraba con fijeza. El inglés se había puesto nervioso, y estaba paralizado. Se preguntó si la mujer sería miope. Pensó que había sido reina toda su vida, por lo que no podía extrañarle que se comportara como tal; él era un objeto raro, y ella no veía inconveniente en examinarlo de cerca. Desde tan cerca, no pudo evitar verla muy bien. Le resultaba extrañamente familiar, casi demasiado intensa y bella para no bajar la vista. Ella esbozó apenas una sonrisa, y dio un paso atrás. Los invitó a sentarse, y lo hizo también, justo frente a Clarke, al que no había dejado de mirar. Cuando habló, lo hizo con voz grave y dulce:

—¿El señor Clarke, no es verdad? —Clarke asintió con la cabeza. —¿El hijo de Nehemias Clarke? —Eso ya era totalmente asombroso, y anunciaba alguna revelación inesperada. —Yo lo conocí a tu padre —dijo la mujer— hace muchos años, y algo lejos de aquí, al Oeste. ¿Vive todavía?

—Murió hace casi veinte años —dijo Clarke.

—Lo siento. Nos tratamos unos pocos días, y en circunstancias muy especiales. Pero quedamos unidos por un don que le hice, y que sinceramente no pensaba recuperar nunca. Supongo que no te habrá hablado de ello.

—No, señora.

—Fue lo que me prometió.

Su padre le había hablado mucho de sus andanzas americanas, pero él había conservado siempre la impresión de que quedaba un punto ciego en el conjunto de sus relatos, y de eso se trataba ahora. Juana Pitiley se quedó en silencio un rato, evocando aquellos lejanos sucesos. Alzó la vista y miró algo que ella sabía, hacia lo alto de la sierra. El inglés tenía la boca sellada; sabía que no era la ocasión de hacer preguntas.

—Fue hace muchos años, y aquí mismo. —Bajó la mirada y volvió a fijarla en Clarke. —Hay hasta una leyenda, la de la Liebre Legibreriana, que nació de aquellos sucesos de hace treinta y cinco, años.

Hace un mes, cuando me dijeron en Salinas Grandes que había un inglés que buscaba la Liebre y que se parecía sobrenaturalmente a mi hijo mayor, me lo imaginé todo, como si lo hubiera estado esperando. Los caminos de la fábula suelen ser los más reales.

—Usted —dijo Clarke con un temblor— concibió un hijo en la cima de esta montaña...

—Ah, veo que te contaron la vieja historia. En efecto, aquí transcurrió mi noche de bodas. Aquí rescaté a mi marido de sus captores, estas mismas laderas hollamos buscando refugio en un agujero que hay en la punta. Cuando bajamos, al día siguiente, ya llevaba en mi vientre una descendencia. También te habrán contado de la prolongada huida que siguió, y te habrán hecho notar el agujero que hay en la trama: pues me separé de mi marido antes de dar a luz, él llegó solo a Salinas Grandes creyéndome muerta, y yo aparecí meses después, con un niño en brazos: Namuncurá. Y supongo que no habrán dejado de insinuarte lo que se ha venido pensando desde entonces: que Namuncurá no es en realidad mi hijo, etcétera. Como no volví a tener hijos, lo más lógico ha sido imaginarse que soy estéril, pero necesitando ser la madre de un heredero legal para afianzar mi posición política, urdí aquella combinación para hacer pasar por hijo mío un expósito cualquiera. Preferí que circulara esa inepta mentira, para impedir que se sospechara la verdad, que a nadie se le ocurrió... ni siquiera ahora.

Hizo una larga pausa. Tan larga que era como si su relato hubiera concluido. Clarke no se atrevía a moverse, a hablar, a pensar, y casi ni a respirar. De tanto contener el aliento le estaba dando taquicardia. Una parte marginal de su conciencia, la parte más inglesa, percibía el efecto que las palabras de la mujer provocaban en los otros dos. Gauna parecía impresionado; Carlos Álzaga Prior estaba excitadísimo, y anticipando la portentosa revelación lanzaba miradas alternativas a Juana Pitiley y a Clarke, con los ojos brillantes.

—Fue en ese intervalo —dijo ella— cuando encontré al que desde entonces fue tu padre, Nehemias Clarke. Yo acababa de parir, no del todo sola como quiere la leyenda, pero sí en condiciones bastante primitivas. Cuando lo conocí, ya estaba decidida a desprenderme de uno de los gemelos que había dado a luz, y la posibilidad de que se alejara tan radicalmente de mí y de todos los mapuches me decidió a dárselo a él. Era un hombre callado, modesto, locamente romántico. Nunca hubo nada entre nosotros, por supuesto (mi condición de madre reciente lo impedía), pero supe que se había enamorado de mí, y sin ningún cinismo de mi parte, al menos eso creo, comprendí que su amor era una garantía para mis propósitos. Le hice prometer que nunca le revelaría al niño su verdadera identidad, criarlo en Inglaterra, donde lo esperaba una esposa estéril, y no volver nunca a América. Partió de inmediato, y veo que cumplió con su palabra.

El claro de luna tenía otro sentido para Clarke ahora. De alguna manera sabía que ya no se trataba de hacer o no hacer el ridículo. Se sentía aplomado otra vez, con una especie distinta de aplomo que estaba más allá del desconcierto.

—Entonces —dijo—, usted es... mi madre.

—En efecto —respondió Juana Pitiley—. ¿Te sorprende?

—Bueno... algo sospechaba —mintió.

—¡Hijo e'tigre! —dijo Carlos, que se había puesto a llorar, sin motivo, por generosidad.

—Hijo de la Piedra —corrigió Gauna, que también estaba visiblemente emocionado. Se refería a Cafulcurá, que era el padre, al que no se habían referido hasta entonces.

Clarke trataba de ordenar sus vertiginosos pensamientos:

—De modo que Namuncurá es mi hermano gemelo. Fue él entonces el sosias que encontré hace poco.

—¿Sí? —preguntó Juana—. El pobre ha andado detrás de la Viuda de Rondeau durante años, pero creo que ya ha llegado a convencerse de que es inútil.

—Un momento —dijo Clarke—. En Salinas Grandes, cuando me vio Cafulcurá, y Mallén, y todos... y las esposas de Namuncurá, en cuyo toldo me alojaron además... tienen que haber advertido el parecido.

—Vaya si lo advirtieron —dijo ella.

—¿Y por qué no me dijeron nada?

—Esperaban que lo dijera primero Cafulcurá. Hay ciertas reglas del honor que dictan la precedencia en estos casos...

—¿Y por qué no lo hizo?

—Tuvo sus razones. Prefirió desaparecer.

—¿De modo que huyó por propia decisión? ¿No hubo secuestro?

—Por supuesto que no.

Clarke empezaba a vislumbrar el complicado hilo de la trama que su presencia había creado. Pero comprendía que nada podía explicarse sin remontarse a los orígenes de todo, de su vida y del secreto.

—Lo que no entiendo es por qué... por qué ocultarme, y enviarme a Inglaterra...

Su madre se tomó un tiempo para responder. Y antes de que empezara a hacerlo surgió de las sombras un hombre que se inclinó sobre su oído. Lo escuchó, asintió, y les dijo:

—Tendrán que disculparme, pero la hora de la pequeña Yñuy parece haber llegado...

—¡Yñuy! —exclamó Carlos.

—¿La conocen?

—Mi amigo —dijo Clarke— la ha estado buscando desde que salimos de Salinas Grandes.

—Pues la ha encontrado, aunque en una circunstancia quizá poco propicia a las efusiones. Estoy oficiando de partera con ella, y ya es hora de poner en actos mis servicios. Si me disculpan...

Se marchó, dejándolos tan paralizados que ni atinaron a ponerse de pie.

—¡Encontramos a Yñuy! —susurró Carlos—. No puedo creerlo. Pero lo tuyo, Clarke, puedo creerlo menos todavía. ¡Sos el primogénito de Cafulcurá! ¡Encontraste a tu madre y a tu padre! Me imagino cómo te sentirás.

—Todavía no puedo pensar con claridad. Estas cosas sólo pasan en las novelas... Pero las novelas sólo pasan en la realidad.

—¿Qué le parece, Gauna?

—Estoy perplejo. Los felicito a los dos.

—¡Y nosotros creíamos que iba a ser usted el que tendría un encuentro notable!

—Creo que lo tendrá —dijo Clarke—. Es muy

posible que la Viuda también esté aquí. ¿Recuerdan que oímos que andaba buscando una jovencita, y que al fin la había hallado?

—Es cierto. ¿Sería Yñuy?

—Eso explicaría su presencia.

—¿Por qué no vamos a buscar a esos indios y les preguntamos? —propuso el chico.

—¿Pero dónde se habrán metido? —dijo Gauna escudriñando las sombras.

—Un momento. Viene alguien.

La que venía era Juana Pitiley, que se sentó en el exacto sitio del que se había levantado unos minutos antes:

—Fue una falsa alarma —dijo—, todavía le falta una buena media hora. Es una chica muy valiente —agregó mirando a Carlos—. Le dije que estabas, y se alegró. ¿Querés verla?

—¿Puedo?

—No le des mucha conversación. Creo que será una buena distracción para ella.

Le hizo una seña a uno de los hombres invisibles en la sombra, que se puso de pie y acompañó a Carlos.

—Una cosita más —dijo Clarke—. Aquí mi amigo el señor Gauna Alvear es hermano por parte de madre de la mujer conocida como la Viuda de Rondeau, que usted nos mencionó antes. De hecho, vinimos a la Ventana en busca de ella, y hace un momento nos preguntábamos si no estaría presente.

—Si está —dijo la Pitiley mirando a Gauna—. Esto parece una reunión familiar. ¿Quiere verla?

—Me gustaría —dijo Gauna.

Otro gesto, otro indio que se puso de pie, y Gauna partió tras él, envarado y nervioso. Madre e hijo quedaron solos.

—Había quedado una explicación pendiente entre nosotros —dijo ella—. Disponemos de un rato, hasta que esos niños se decidan a salir al mundo, así que intentaré satisfacer tu curiosidad. Pero no te hagas ilusiones de entender.

—Algunos razonamientos difíciles han logrado entrar en mi mollera.

—Ninguno tan difícil como éste, eso puedo declararlo por anticipado. En realidad no es que sea tan difícil, sino que es demasiado amplio. Es de esas cosas que la vida entera, con su innumerable variedad, no alcanza a contener, justamente porque se trata de eso mismo, de la variedad de la vida en su totalidad. —Hizo una pausa, y tomó por un camino que parecía no tener nada que ver: —La Viuda es una buena amiga mía, y lo que ha venido a hacer aquí lo hizo por pedido mío. Sucede que esa chica Yñuy tuvo unos amores fugaces con un hijo de mi marido, Alvarito Reymacurá, y quedó encinta. A los pocos meses empecé a sospechar que podía estar esperando mellizos. Aunque no dije nada, y le recomendé a ella que no lo hiciera, Alvarito debe de haber sospechado algo, y puso a la niña bajo estricta vigilancia. Entonces planeamos su huida, que vino a coincidir con tu llegada a Salinas Grandes. La Viuda, advertida por mí, salió en busca de Yñuy, y la encontró después de sortear numerosos inconvenientes. Alvarito también se había lanzado a buscarla, y supimos que ustedes también lo hacían, por motivos que no podíamos imaginarnos...

—Era solamente porque Carlos se había creído enamorado de ella. ¿Pero cuáles fueron los motivos de ustedes?

—La casa real de los piedra pasa por ser un linaje de gemelos, gemelos que nadie ha visto, aunque mi marido alimenta la ficción de ser él gemelo de un hermano muerto. Podría ser otra de las fantasías inofensivas a las que tan afectos son nuestros hombres, si no fuera porque nos implica seriamente a nosotras, las mujeres. Si realmente pusiéramos los mellizos bajo su vista, estaríamos perdidas.

—¿Por qué? —preguntó Clarke. Ella había dicho su última frase de modo terminante, que parecía descartar toda explicación ulterior.

—Podemos tolerar la poliginia, la guerra, los juegos de palabras, los alucinógenos, los machis...

No se nos puede culpar de no hacer manga ancha. Pero hay un punto en el que debemos trazar una línea, o dejaríamos de ser mujeres, y entonces se desvanecería la función que más aprecian los mapuches, que es la preservación de la especie. Esa línea es la que separa la ficción de la realidad. En eso, y solamente en eso, somos inflexibles, y no nos arredra llegar a las últimas consecuencias, como te habrán demostrado los acontecimientos recientes. La multiplicación de lo idéntico, la repetición, debe quedar del lado de lo imaginario, para que lo real siga existiendo.

—No entiendo.

—No esperé que lo hicieras. Vos mismo sos parte del sistema de la separación. Y sin embargo, también sobre vos ha de haber actuado nuestro mecanismo, que mantiene al mundo en movimiento. Porque esa línea es el sol de todas las vidas, es la posibilidad del amor, de la aventura, del saber. Es la reproducción. Ya lo entenderás, algún día.

Esto último (que era muy de madre) lo había dicho de prisa, al ver que se le acercaba un indio, que le cuchicheó algo. Miró la posición de la luna, y se levantó:

—Esta vez apuesto a que va en serio —dijo—. Voy con Yñuy.

Se marchó, y casi de inmediato apareció Carlos:

—Ya va a tener —dijo entusiasmado y algo asustado—. Tiene contracciones todo el tiempo. ¡Pobrecita! Está más hermosa que nunca. ¿Sabés que va a tener mellizos?

—Sí, me lo dijo mi madre.

—¡Tu madre! ¿No es increíble? ¿No estás emocionado? Reaccioná, Clarke, largá por una vez en tu vida ese acartonamiento británico. Mirá que te puede hacer mal, se te puede hacer un coágulo en el corazón. Yo en tu lugar...

—¿Qué?

—No sé... Me habría echado en sus brazos, le habría dicho: "¡Mamá, mamá!".

Lagrimeaba otra vez, totalmente posesionado.

—Pero no seas loco. Dejame ser como soy.

—Está bien. No me malinterpretes. Por supuesto que estás bien como sos. No por nada sos mi mejor amigo, Clarke. —Le dio un abrazo, ahogando otro sollozo. —Es que han pasado tantas cosas...

—¿Te reconoció Yñuy?

Lo miró asombrado, incluso algo ofendido:

—¡Por supuesto que me reconoció! Me dijo que había pensado todo el tiempo en mí. Está hechizada conmigo.

Clarke no quiso recordarle que él no se había mostrado tan fiel. En eso apareció Gauna.

—¿Qué tal? ¿Era?

—Sí. Es mi hermana. Me dijo que vino a traer a esa chica, por pedido de su señora madre, señor Clarke, para ocultar los mellizos que iba a tener...

—Sí, ya nos explicaron ese punto —lo interrumpió Clarke, que prefería no entrar en detalles delante de Carlos—. ¿Y el diamante?

—Me dijo que no existe tal diamante.

—¿Y usted le creyó?

—Me temo que no me queda otra alternativa.

Al inglés esto le sonó raro, viniendo de alguien tan suspicaz como Gauna. Pero lo sintió bajo los efectos de una impresión fuerte, que bien podía ser la causa de su docilidad. Carlos debió de adivinar oscuramente lo mismo, a juzgar por la pregunta que le hizo:

—¿Es linda?

El gaucho se tomó su tiempo para responder, en voz muy baja de conspirador intimidado:

—Creo que es la mujer más hermosa que he visto en mi vida.

—¡Qué importa que la piedra no exista! —exclamó Carlos—. Con lo que encontramos tenemos de sobra: Clarke a su madre, que es lo más importante, yo a Yñuy, usted a su hermana. Es más de lo que podríamos haber esperado, en caso de que hubiéramos esperado algo.

—Es cierto.

—¡Pero tenemos que conocer a esa belleza! —dijo el chico—. ¿Nos la presentará, no es cierto, Gauna?

—¡Me olvidaba! —dijo el gaucho dándose la clásica palmada en la frente—. Ella me pidió conocerlos. Vengan.

Cuando se movieron, notaron con sorpresa que la oscuridad ya no era tal. Una ligerísima claridad se había difundido en la noche, y en ese primer momento que muy poco después decaería en el triste gris del amanecer, había vuelto transparente la sombra. Era de noche todavía, pero también de día, y a la vez no era ni una cosa ni otra.

—Ahí viene, justamente —observó Gauna antes de que dieran más de cuatro pasos. Alzaron la vista. El terreno subía en unos senderos abruptos seguramente trazados por los gamos. Una mujer sola bajaba hacia ellos. La esperaron. En esa luz que no disipaba la oscuridad, pero permitía ver, la Viuda se les apareció casi dolorosamente hermosa. Se habían quedado con la boca abierta. Ella alzó la vista y se detuvo también, mirando a los ojos de Clarke. Hubo un momento misterioso, y luego asomó al rostro de ella esa "sonrisa seria" que un hombre sólo ve unas pocas veces en su vida. Había una confianza, una aceptación en su mirada, que por cierto estaban ausentes en la de Clarke, todo horror y conmiseración. Su corazón, después de todo, se había hecho un coágulo. Sintió que en un espasmo toda su vida afluía al presente, a un instante que por estar demasiado próximo y ser demasiado grande, se le escapaba, lo abrumaba...

—Rossanna...

—Tom...

—¿Estoy soñando?

—No.

—Pero... ¿no estabas muerta? ¿El glaciar...?

—No. Me salvé. Hubo un rayo, no sé si te diste cuenta, el hielo que me aprisionaba se rompió y se fundió... Al día siguiente me rescataron unos indios...

—¡No puedo creerlo! ¡No es posible!

—Tom... Hola.

—Rossanna... ¿Qué...? ¿Qué tal? —Era una pregunta idiota, pero no resultaba fácil pensar.

—Estás igual.

—Vos también... Más, muchos más...

—¿Más igual?

—Más hermosa.

—Ya no soy joven.

—¡Sí! —dijo Clarke alzando la voz del nivel de murmullo tartamudo en que la había mantenido hasta entonces. Volvió a bajarla de inmediato: —¿Te... acordabas de mí?

—¿Y vos?

—Todo el tiempo.

—¿Y todavía...?

—¡Sí, sí, siempre!

Era sincero, eso no podía dudarse. Dieron unos pasos y se tomaron de la mano, siempre mirándose a los ojos. Estaban en una burbuja, el mundo había dejado de existir para ellos. Carlos, que había seguido la escena con la más apasionada atención, intercambiaba encendidas miradas con Gauna y se salía de la vaina por intervenir.

—Clarke, Clarke... —susurró—. Señora...

Ella se volvió hacia él con una mirada dulce:

—¿Sos el enamorado de la pequeña, no?

—Señora, puedo dar fe de que Clarke, que es mi mejor amigo, sigue enamorado de usted... Para él no hay otra...

Clarke no se molestó en hacerlo callar porque ni siquiera lo oyó. Ella volvió a mirarlo:

—Cuando me miraste, ahora, volví a ver en tus ojos exactamente la misma mirada de aquella tarde fatídica, cuando yo estaba en el glaciar...

—Pero... ¿acaso me viste?

—Claro que te vi.

—¡¿Me viste?!

El horror volvía. Clarke había sobrevivido todos esos años en la convicción absoluta de que la había visto muerta, y ahora resultaba que no sólo no era así, sino que ella lo había visto mirarla. Es que la vida entera (y ésta era la verdadera revelación) estaba teñida de un espanto difuso que en general se ignoraba. Fue entonces, y sólo entonces, cuando renació en él, avasallante y gigantesco, el amor por esa mujer más hermosa que todo, la mujer de su vida; creyó que era la primera vez que amaba de verdad; lo anterior había sido fantasía, juventud, nostalgia; esto era lo genuino y definitivo. Aliviado en cierto modo, se volvió hacia Carlos, que observaba pasmado la transformación en los rasgos de su amigo. Iba a decirle algo, cualquier cosa, cuando oyeron unas risas.

Era Juana Pitiley, a cuyo alrededor se habían juntado varios indios mirando algo con curiosidad. Vino hacia ellos, y notaron que traía dos criaturas, una en cada brazo.

—Dos niñas —dijo.

Las traía envueltas en unos limpios trapos blancos. Eran muy pequeñas y perfectamente formadas, como dos muñequitas. Las estuvieron mirando arrobados un momento.

—Qué notable proliferación de mellizos —dijo Clarke.

—Me alegro de que hayan sido niñas —dijo Juana Pitiley—. Es como si un maleficio hubiera quedado atrás.

Rossanna, tomando del brazo a Clarke, le dijo:

—Hay algo que debés saber, Tom, y este momento me parece apropiado. Cuando nos separamos, hace quince años, yo estaba embarazada. No te lo había dicho esperando una oportunidad que lamentablemente no se presentó. Y también yo tuve mellizos, un varón y una niña.

—¡No!

—Es como si todos perteneciéramos a la misma familia.

—¡Pero es así! La señora acaba de revelarme que soy su hijo.

Rossanna miró a Juana Pitiley desconcertada, y encontró en su rostro la confirmación de las palabras de Clarke. Murmuró:

—Eso explica tu extraordinario parecido con Namuncurá, mi eterno pretendiente.

—Somos gemelos. Pero, ¿por qué nunca lo aceptaste?

Una "sonrisa seria" fue toda su respuesta.

—¿Y esos niños? —dijo Clarke—. Nuestros hijos. ¿Dónde están?

—Quizá te resulte difícil perdonarme, pero los entregué en adopción no bien nacieron. La niña se la di a unos mapuches de Saliqueló, el niño a una prima mía en Buenos Aires, Susana Prior.

Clarke no relacionó al principio, pero el grito que pegó Carlos lo obligó a hacerlo:

—¡Susana Prior es mi madre adoptiva! ¡Soy yo! ¡Tenía que ser yo, Clarke!

Rossanna, cuya aristocrática reserva tanto contrastaba con la bulla histérica de este supuesto hijo suyo, le preguntó:

—¿Estás seguro? Mirá que Susana adoptó otros chicos...

—¡No! ¡Soy yo! ¡Me lo dice el corazón!

Se reía y lloraba todo al mismo tiempo. A Clarke le empezaba a brotar una risa del pecho.

—De todos modos —dijo Rossanna—, sería fácil comprobarlo, porque mis mellizos tenían una marca de nacimiento, una liebrecita en la nal...

—¡Aquí está! ¡Aquí está! ¡Qué te dije, Clarke, quiero decir papá!

Sin observar conveniencia alguna se dio vuelta y se bajó el pantalón con manos tan torpes por la nerviosidad que debió romper el cinto. En efecto, en la mitad de la nalga derecha tenía un lunar alargado en forma de liebre corriendo. Cuando se volvió tenía la cara roja y mojada de llanto. No podía hablar. Clarke lo tomó en brazos y lo consoló.

—Un lunar como ése —dijo Juana Pitiley— se lo vi a Yñuy durante el parto.

—¿Yñuy? —dijeron todos. Carlos levantó la cabeza del hombro de su padre.

—¿Dónde dijiste que la habías entregado? —le preguntó Juana Pitiley a Rossanna.

—En Saliqueló.

—Pues Yñuy y su familia, llegaron a Salinas Grandes provenientes de Saliqueló, hace unos años.

—Entonces no hay duda de que es ella.

—Entonces... ¡Yñuy es mi hermana!

—Sí, tu hermana... —dijo Clarke—. Decime, ¿no habrás...?

—No, no te preocupes —le respondió sonriendo entre las lágrimas—. Vos siempre vas a ser el mismo. Quedate tranquilo que no hubo incesto.

Rossanna le sonreía.

—¡Voy a decírselo! —exclamó Carlos.

—Ahora no —lo detuvo Juana Pitiley—. Está durmiendo. Se lo diremos cuando despierte.

—Estas niñitas son nuestras nietas —le dijo Clarke a Rossanna.

—Te dije que ya no era joven.

—Y mis biznietas —dijo Juana Pitiley.

—¡Clarke, creo que me voy a morir de felicidad, papá! —exclamaba Carlos—. Yo lo sabía, todo el tiempo, *tenías* que ser mi padre...

—No olvides que ella es tu madre.

—Es cierto. ¡Yo también estuve en el glaciar!

—No me refería a eso. ¿No era que si vos encontrabas a tu madre, te ibas a echar en sus brazos, y todo lo demás?

Carlos había evitado con timidez la mirada de Rossanna, que le sonreía.

—Ahora que sé que soy tu hijo, cierta discreción británica...

—En realidad sos más inglés que yo, por la sangre del pobre Profesor Haussmann. —Clarke vio llegado el momento de declarar algo que le daría gusto al muchacho, y además era cierto: —Debo decir que si me hubieran preguntado cómo quería que fuera mi hijo, te habría señalado a vos.

—¡Pero eso no es necesario decirlo! —dijo Carlos de inmediato, sinceramente convencido.

Se habían sentado en rueda, y la luz había aumentado. Carlos se acordó de algo:

—¡Pero entonces Gauna es mi tío! Venga un abrazo, tío. Gauna, me vas a tener que permitir que te tutee.

—Pero mirá las cosas que se le ocurren —dijo el padre.

—¿Qué les parece si desayunamos? —dijo Rossanna.

—Esperen un momento —dijo Juana Pitiley—. Creo que está por salir el sol, y quizás a mi hijo y a mi simpático nieto y al señor Gauna les agrade verlo por la Ventana, como lo vi yo cuando empezó todo.

Asintieron y se pusieron todos en marcha, después de dejar a las criaturas al cuidado de una india. Estaban muy cerca de la cima, prácticamente en ella. No les llevó nada de tiempo llegar a la Ventana propiamente dicha, que era un agujero bastante grande, al que treparon con cuidado entre grandes rocas. No soplaba viento, que era lo que podía hacer incómodo el sitio. Cuando Clarke subió, estaba saliendo el sol, anaranjado y gigantesco, justo frente a él, en el horizonte del Este, que no se hallaba tan lejos como en la llanura. Gauna señaló hacia abajo: entre las sombras remanentes, en la explanada frente al cerro, sus caballos se habían dispersado mucho. Clarke buscó a Repetido. Cuando lo vio, el caballo levantaba la cabeza, palpitante. Entonces, lo vio lanzarse en una inesperada carrera hacia el sol naciente.

—¿Pero adónde va? —dijo alarmado. Los otros también lo seguían con la vista, entrecerrando los ojos contra el resplandor hacia el que corría. Y una misma sorpresa los atravesó cuando vieron que en el horizonte había aparecido la silueta de un jinete.

—¡El Vagabundo! ¡Repetido también se cansó de verlo de lejos!

Pero no era curiosidad por parte del animal. Porque el caballo del vagabundo era otro Repetido, y los dos se alzaron sobre las patas traseras en un movimiento exactamente igual, y se sostuvieron un instante quietos como dos caballos de ajedrez. Entonces, fue como si la página de la superficie del mundo se volviera al fin, y el Vagabundo estuvo de este lado, y lo vieron avanzar hacia ellos. Todos lo reconocieron al mismo tiempo: era Cafulcurá.

Juana Pitiley soltó la risa.

3 de agosto de 1987

BIBLIOTECA CÉSAR AIRA